紙上銀幕

民初的
影戲小說

邵棟——著

獻給爸爸媽媽

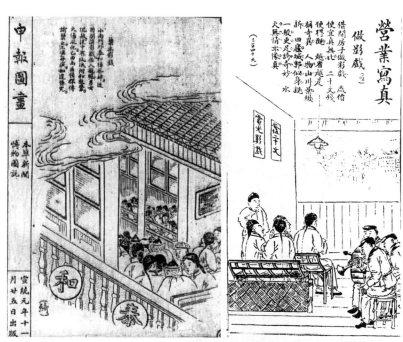

1 | 2

1:《禁止影戲》：「小南門外泰和樓茶肆、近園開演影戲，任人觀瞻，男女混雜。況中有流氓附和游豐，大傷風化。已由南區偵探傳諭禁止，不准再演。如違傳究。」宣統元年十一月二十五日（公曆1910年1月6日）《申報》本埠新聞。

2:《做影戲》：「借間房子做影戲。戲價便宜真無比。二十文錢便得觀。越看越是稱奇異。人物山川景緻新。田廬城郭似身親。一般更足誇奇妙。水火無情亦像真」1910年《圖書日報》第四冊・第一百七十五號・第八頁・營業寫真。

1：《龐貝城之末日》劇照。

2：1913《龐貝城之末日》海報。

3：虹口大戲院是上海首家電影院。雷瑪斯在海寧路乍浦路口租借了一處跑冰場，拿鐵皮將其圍起來，內設250張木板座椅，放映影片，取名虹口活動影戲園，又稱「鐵房子」。

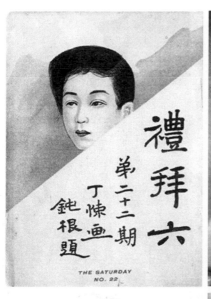

1	2
3	4
	5

1：丁悚作畫。王鈍根題詞的《禮拜六》封面。丁悚是影戲小說的提議者。
2：民初的周瘦鵑。周瘦鵑是影戲小說的創作者。
3：二十年代的大世界遊樂場，長篇影戲小說的誕生地。
4：二十年代早期中國電影拍攝現場。
5：民初的大世界遊樂場。

▌序言

　　學術研究，務求不斷開拓與創新，這不僅在自然科學的領域有此需要，其實在人文學科何嘗沒有同樣的追求？否則研究陳陳相因，人云亦云，怎會有進步和成就！邵棟同學這部著作，雖然只是從一本碩士論文修訂而成書，但它確實具備了開拓與創新的學術價值。

　　影戲小說是鮮有學者探討的課題，但它的存在於近代電影發展史及文體史上均具有重大的意義。影戲小說是無聲電影（默片）傳入中國後衍生出來的一種文體範式，在民國初年的上海文藝界曾經一度風行，頗受讀者大眾歡迎。無聲電影由於沒有任何配音、配樂或與影像同步的聲音，加上操作成本較高，並非普羅大眾可以負擔，所以觀看的消費者並不太多。即使後來加入所謂的「間幕」，以文字向戲院觀眾展示主要對話，甚至對一些內容略作評價或預示，仍未能引起大眾的消費意欲。反而一些趨時的文人及曾經為默片撰寫過「間幕」的作者，他們抓住大眾對無聲電影的好奇意識卻又不願付出高昂費用的矛盾心態，窺準時機，開展了以文字編寫無聲影片故事的方式，刊登報上，而影戲小說便因應市場形勢而產生了。影戲小說除了可以補償、滿足市民大眾的閱讀需求之外，還具有宣傳影片的導引功能。撰著者必須在影片的內容基礎上編寫故事，由於不少影片取材自外國的人和事，如何把影片「中國化」以迎合民眾的口味又不失外國風情，那便成了考驗撰述者功力的一種嶄新的書寫範式。而周瘦鵑、陸澹安和包天笑等著名滬上通俗文學家，也就是影戲小說的編寫能

手。他們撰述的影戲作品，是影片的文字本，有著作家個人的感受寓意，也是中外文化思想的雜糅載體，顯示了中國接受外來新潮過程的東方化、跨媒體互文化的軌跡。然而隨著第一部有聲電影《歌女紅牡丹》於1931年出現之後，影戲小說的需求也就日趨下降，漸次退出閱讀市場而式微。

影戲小說無疑是伴隨著無聲電影發展而存在的，無聲電影被取代，影戲小說自然失去它的市場價值。然而這畢竟是一個中國現代化進程閃現的特殊現象，同時也為中國文體增添一種新的書寫類型。過去無論從事民國的電影或通俗文學的研究者，都對影戲小說的文化及文體價值認知不足，更遑論深入的挖掘和探討了！邵棟同學的論文，便是以開拓的精神，把影戲小說這類文體在民國年間的消費功能及文化意蘊翔實地展示，讓一些長埋故紙堆的小說文本重見天日，也讓它們一度閃爍的光芒再次得到注視。

從文體學的角度來看影戲小說，它可算是一種特殊的書寫範式。撰著者必須按照影片情節、角色形象、主題意識，以至場景、服飾和器具等進行敘述、想像和潤飾；小說改寫自電影，屬於跨媒體的形式轉化，當中又摻和著作者的主觀意念與設想，必然會造成兩種文本之間的差異。邵棟同學也深明箇中道理，於是考慮到從撰述者、讀者受眾和兩種範式本身不同的藝術特徵等面向，以嶄新的多維度視角切入，借助文化、語言、電影技巧等理論，比較、分析了兩類文本的關係與異同，充分說明了影戲小說的文體價值與文化內涵。其實要比對以視覺為主的電影和以閱讀為本的小說並非易事，邵棟卻能闖過跨媒體、跨文化的障礙，把影像和文字之間的參差錯落與審美意趣揭示；論說縝密有力，令人耳目一新！

開拓與創新誠是邵棟論文的重大優點，難怪校內、外考試委員一致地予以稱許，也是它被推舉去競逐香港大學該年度最佳學術論文獎的原因。如今論文修訂成書，將為中國電影史研究及民國通俗文學研究呈獻一枚碩果，作為導師，自然十分樂意誌記共勉，分享新書誕生的喜悅！同時，期望邵棟同學再接再厲，專心致志，不斷地為學術界增添堅實的著作。

　　　　　　　　2017年夏　楊玉峰書於香港大學中文學院

目次

第一章

緒論

第一節　民國初年通俗小說與早期電影發展概況

　　小說作為一個歷史悠久的文體，肇始於秦漢，勃發於唐，大興於明清。其與民間趣味息息相關的通俗屬性，使得它長期受到讀者的歡迎與追捧。雖然即便是在小說極其繁榮的明清時期，正統文學秩序依然為詩文所把持，但小說這一文體也奠定了自己不可替代的重要地位，為現代文學的變革埋下了伏筆。於是「三千年來一大變局」[1]到來的時候，在文化的多重衝擊中，小說也有了自己的回應：晚清梁啟超（1873-1929）在意識到小說在通俗群眾中的鼓動作用時，以「小說界革命」的姿態推動政治小說的潮流[2]，然而與之相伴而來的政治思潮並沒有通過辛亥革命完成其所給予人們的理想國家的承諾。隨著民初政治亂象叢生，人們回到晚清新小說一脈而下的通俗小說——亦即所謂的鴛鴦蝴蝶派[3]小說之中。一方面，科舉的崩潰和印刷文學的市場化、刊物化，使得許多有較好舊學修養的準士人們投入通俗小說的創作，並在作品中訴諸相當的社會理想和文人議論[4]；另一方面，因為文學市場化的需要，這批文人的小說創作方式呈現了週期化和遵循讀者口味的傾向，在市民價值之上提供了相當多的類型化文本，某種程度上也在文本中呈現了真實的平民日常心態。

---

[1] 李鴻章（1823-1901）：〈同治十一年五月覆議製造輪船未可裁撤折〉，《清實錄》第五十一冊卷三三四（北京：中華書局，1987年），頁414。

[2] 梁啟超，〈譯印政治小說序〉，《清議報》，第1冊（1898年12月）頁24。

[3] 筆者無意在此對「鴛鴦蝴蝶派」的概念做過多糾纏釋辨。包天笑（1876-1973）和周瘦鵑（1895-1968）等人都對這個身分有堅決的辯白，但追究到底的「鴛鴦蝴蝶派」概念已經失去了其指代的意義。本文僅取這個概念最為流通的（即便也是被誤會的）意義，即以通俗愛情故事為主要寫作對象的舊派小說創作主體。

[4] 觀點參考陳平原：《中國現代小說的起點：清末民初小說研究》（北京：北京大學出版社，2001年），頁82-83。

在五四文學革命之前，以「鴛蝴派」為代表的通俗文學眾人幾乎壟斷了民國第一個十年的小說話語，周瘦鵑（1895-1968）、包天笑（1876-1973）等上海洋場才子在《禮拜六》、《小說大觀》等雜誌上不斷發表作品，一時洛陽紙貴，更不用說徐枕亞（1889-1937）那本直接掀起鴛蝴派風潮的《玉梨魂》了。而上溯至晚清，魯迅、葉紹鈞（1894-1988）以及劉半農（1891-1934）等都在通俗刊物上發表過作品，足見這批通俗刊物影響力之巨。然而也正是因為其在辛亥革命之後的倫理標準缺失和政治混亂中擁有的巨大民間影響力，使得《禮拜六》等滬上雜誌幾乎成了改良的道德教科書、共和國民行動指南和城市生活示範範典，以及擁有了讓讀者第一時間瞭解在上海頓陸的諸種西方文明的功能。[5]許多新共和國民通過這些週刊報章獲得了對於民主制度、現代文明和時尚生活的初體驗，即便已經是由通俗作家們消化過一遍的再創作文本。

電影也是這些通俗報刊向讀者們引介的一種重要藝術形式和文化載體。電影於1895年12月28日在巴黎第一次放映，標誌著這種藝術形式的誕生。不到半年之後，電影便在上海徐園以「西洋影戲」之名登陸中國[6]。起初電影像其他「把戲」一樣流動穿梭在茶館、戲院和酒樓等做奇觀性的演出。而觀眾們也將其視作與

---

[5] 關於民國初年的通俗小說作家對於上海新興城市氣圍的道德憂慮，以及他們的創作回應，可參見許紀霖、羅崗等，《城市的記憶：上海文化的多元歷史傳統》（上海：上海書店出版社，2001年），頁43。而關於小說對於新市民的安慰和生活示範功能，並指出城市資產階級生活方式方面的論述可以參見Perry Link（1944- ）, *Mandarin ducks and butterflies: popular fiction in early twentieth-century Chinese cities* (Berkeley: University of California Press, 1981), pp.21, 54-55.

[6] 載《申報》，1896年8月11日第6版副刊廣告欄。關於電影初到上海的時間，學界晚近亦有爭論，如黃德泉等認為當時放映的是幻燈片，電影到中國的時間應該在1897年，但魯曉鵬等亦提出辯駁的證據。本書暫取舊說。

皮影戲類似的表演藝術，這從「影戲」的譯名就可見一斑[7]。早期電影的內容僅僅是一些生活片斷和風景畫片似的動態景象[8]，影響力有限。而第一家電影放映場所的誕生則要遲至1908年，西班牙商人安東尼奧‧雷瑪斯（Antonio Ramos, 1878-1944）建立虹口活動影戲園。這位西班牙商人在接下來的數年間又相繼建立了多座影戲園，二十世紀一十年代他擁有上海近一半的電影場地。[9]這在側面也說明了影戲在國內的發展十分迅速，而這與歐洲劇情電影的發展和傳入是分不開的。1910年代中，隨著《何等英雄》、《龐貝城之末日》等形制頗大的歐洲劇情默片在上海與歐洲同步放映，人們對電影的熱情與喜愛逐步高漲。雖然這樣，但電影在彼時的上海依然是屬於高消費的活動，電影院裡通常大多數都是富有的白人，普通老百姓很難有機會真正地在影戲園看一場電影。而電影院除了富有的白人，時常光顧的中國人中就有一些是通俗文學作家，有趣的是，也正是通過這些作家在作品中一再對電影的提及，普通讀者才逐步瞭解和熱愛起電影來，這一點將在後文詳述。而對於普通市民來說，另外一個重要的障礙就是，彼時依然是默片時代，而對敘事起到幫助與說明作用的間幕都是由外文書寫，對於沒有外文基礎的普通觀眾來說，易於造成誤解。因此，那些懂得外語且看電影較多的通俗作家就不可避免地成為

---

7   具體論述參見陸弘石：《中國電影史1905-1949：早期中國電影的敘述和記憶》（北京：文化藝術出版社，2005年），頁5。

8   早期無聲電影其實是有聲音的，但並不是膠片同期聲，而是電影放映時在銀幕旁設置一個管絃樂隊即興演奏，電影膠片傳入中國時，不可能將整個樂隊同時引進，常常是由一些吹奏民族樂器（如笛子、嗩吶等）代班，常常只是提供了一種增加熱鬧效果的功能，與電影敘述功能是剝離的。電影放映的場地狀況可參見〈營業寫真：做影戲〉，《圖畫日報》第175號，《圖畫日報》重印本（上海：上海古籍出版社，1999）卷4，頁296；電影放映內容的闡述參見陸弘石：《中國電影史1905-1949：早期中國電影的敘述和記憶》（北京：文化藝術出版社，2005年），頁5。

9   吳貽弓等主編：《上海電影志》（上海：上海社會科學出版社），頁117。

電影和報刊讀者的中間人。而影戲小說便是這些文人看完影片之後，憑著個人的觀賞能力和文學想像，以生花妙筆重構影戲故事，發表於刊物之上，引起讀者興趣，一方面可以借影戲作題材，賣弄己才，賺取稿費；另一方面又可以故事輔助看過影戲的讀者進一步瞭解劇情，甚或給一些讀者於看戲前作參考樣本，吸引他們去觀賞。由此看來，影戲小說不僅是電影的副產品，促進了民國的電影發展，同時也是大眾文學的一種特殊樣式，提供讀者另類的閱讀文本。它們是通俗作家對電影文本的再創造，豐富了民初大眾消費文化和文學產業，值得我們珍視和深入地研究。

▌第二節　影戲小說簡介

　　1896年，電影傳入中國。這一年的8月10日到14日，《申報》連連登出廣告：上海閘北唐家弄私家花園徐園內的「又一村」，將在日常的娛樂表演（雜技）中間穿插放映由外國人帶入的電影短片，這是電影在中國放映最早的文獻記錄，距1895年12月28日電影誕生僅半年多時間。當時，中國人把它稱為「西洋影戲」或「電光影戲」，以後長時間統稱為「影戲」。直到二十世紀二十年代後期，「電影」的名字才逐漸興起。[10]實際上「影戲」原指現在所謂的皮影戲，但由於嘉慶年間有河北皮影戲藝人參與白蓮教起義（被稱為「懸燈匪」），使得這一民間藝術在晚清相當長的時間遭到禁演[11]，導致皮影戲迅速沉寂，觀者寥

---

[10]　參見陸弘石：《中國電影史1905-1949：早期中國電影的敍述和記憶》（北京：文化藝術出版社，2005年），頁4。

[11]　對內禁止官員私養戲班，對外禁止戲班夜間演出。據《中樞政考》卷十三禁令：「嘉慶四年五月內奉上諭……各省督撫司道署內，俱不許私養戲班，以肅官箴而維風化。」又據《培遠堂偶存稿文檄》中說：「陝西省向有夜戲惡習……影成一

寥。再加上晚清民初之際現代生活方式逐漸興起，皮影戲作為一種民間藝術的影響力不及逐漸市場化規模化的電影業，而電影本身「幕布上有人影活動」的特點也足資比擬，因此有了「雀佔鳩巢」之實。而皮影戲在南北方的普及程度也影響了這一命名。[12]

影戲小說是這樣一種特殊的文體：文人通過觀看西洋默片，將大概的劇情記在腦中，事後轉述改寫成通俗的中文小說的這一類創作形式。這種文體是由周瘦鵑開創的，他在1914年第24期的《禮拜六》雜誌上發表了一篇名為〈阿兄〉的短篇小說，並在小說的序言中寫道：

> 是篇予得之於影戲場者……惜余未能得其原文，只得以影戲中所見筆之於書。掛一漏萬，自弗能免。然其太[13]意固未全失……[14]

件（種）必在夜演，亦聚集多人，皆足滋事，嗣後須一並實力禁止，違者鄉地會首，及戲班之首，一並重處」。嘉慶年間在臺灣普濟殿的重修碑上刻有：「毋許演咱影戲」的字樣。更使人驚異的是，《中樞政考》中記載：道光二年間「密雲副都統阿隆阿二品大員，在署內演唱影戲，被革職發配烏魯木齊贖罪。」到了光緒庚子年（1900）慈禧當政時期，義和團興起，朝廷競下令說：國有大難，民無天良，若再演影，點火燒箱。「國有大難」，可能指的是八國聯軍摧毀了皇上的巢穴，「民無天良」，可能是指抗擊洋人的義和團。清廷對義和團是忽而利用，忽而屠殺，他們把影戲與義和團同等看待。當時北方官府把影戲藝人目之為「匪徒」。如永平府知府遊知開就做過「禁演影戲」，捉拿「懸燈匪」事。見劉銳華、楊祖愈：〈冀東皮影戲漫話〉，載中國人民政治協商會議唐山市委員會文史資料研究委員會編：《唐山文史資料第一輯》（唐山市政協文史資料研究委員會，1984）。頁64-65。

12　「江浙等省名叫『影戲』，京津一帶名叫『電影』……可是名稱雖不同，意義卻大同小異。」周劍雲，王煦昌：〈影戲概論〉（1924），載《中國電影理論文選（上）》（北京：文化藝術出版社，1992年），頁13。可見，在影戲普及較高的北方，用新詞「電影」來指代這一新興藝術是有其合理性的，而在東南沿海各種西洋把戲雜遝而來，借用「影戲」來命名也是可能的。

13　原文為「太」，應為「大」之誤。

14　周瘦鵑：〈阿兄〉，載《禮拜六》第24期（1914年10月），頁11。

周瘦鵑夫子自道指出了這一種寫作狀態與方式。這篇小說的小標題尚是「倫理小說」，但之後周瘦鵑在諸如《小說大觀》、《中華婦女界》等刊物上相繼發表了多篇以影戲小說為小標題的短篇作品，很受讀者歡迎。通俗文人圈中於是多有沿襲這一稱謂，都稱之為影戲小說。包天笑、陸澹安（1894-1980）以及鄭逸梅（1895-1992）等人都有自己不同特色的影戲小說創作，涉及多種題材和類型，長短也不一。可以說，影戲小說的作者基本上都是以鴛鴦蝴蝶派成員為代表的上海通俗作家。這種文體影響不小，由於讀者喜愛以及電影市場化的需要，二十世紀二十年代創刊的《電影月報》專門闢出了一個「影戲小說」的專欄，使之成為一種類型文學，而其突出的譯述性質和時尚生活的廣告宣傳作用是其重要特點。

　　這種文體的創製與周瘦鵑對於電影特別的喜愛也有關係，他在寫作影戲小說的同時也在《申報‧自由談》上創作他的《影戲話》，比較系統地向讀者介紹電影和電影運行機制，順帶還提及了許多電影中出現的著名女演員和她們的發展狀況等，對於電影知識的普及化有著非常重要的推動作用。而通俗文學圈其實也是一個熟人的文學場，這些供職於報社書局的文人同儕很多是蘇州同鄉，甚至是中學同學，他們都在不同階段加入南社，被後世稱為鴛鴦蝴蝶派作家。包天笑對於周瘦鵑有知遇之恩，陸澹安和周瘦鵑又都是民立中學的同班同學，同時為老師孫延庚（號警僧，生卒年不詳）介紹加入南社。他們的親密關係也使得影戲小說的創作逐漸成為一種文學團體的集體行為和文學時尚。因此包天笑、陸澹安和鄭逸梅、華吟水[15]等人也先後加入了影戲小說創作

---

[15]　筆名滄浪，生卒年不詳。

的行列，甚至存在周瘦鵑、包天笑二人進行同題創作的情況，整體創作景觀十分之熱鬧。而陸澹安也不甘人後，在根據偵探影戲的觀影經驗創作了偵探題材的《毒手》、《黑衣盜》等之後，自己的小說創作也受到了很大的啟發，寫出了《李飛探案》系列的偵探小說，大受好評，在中國早期原創偵探小說的歷程上有非常重要的典範意義。這是第一次的影戲小說熱潮。

到了1910年代後期，周瘦鵑的影戲小說創作相對減少，而《申報》上的《影戲話》欄目依然在連載。周在專欄中向讀者介紹電影這一新興藝術的各種背景知識和時尚內容，後來更進一步，涉足國產電影的劇本創作。通俗作家參與電影創作是早期國產電影的重要特點，而商業嗅覺敏銳的通俗作家選擇加入電影業，與當時的歷史背景有關。第一次世界大戰前幾乎壟斷了市場的歐洲電影[16]，在一戰爆發之後迅速蕭條，而國產電影所需的德產電影膠片也全部停產。於是，於外在競爭的真空和內在消費的需要之下，國產電影抓住機遇，轉而購買較便宜的美國膠片，促成了國產電影業的大發展。其中的代表就是張石川（1890-1954）成立的幻仙電影公司拍攝的《黑籍冤魂》（1916年，根據文明戲改編）。另外，作為民族資本的第一家電影製作機構的商務印書館影戲部也在1917年成立。在這樣多方面的機遇與最早一批電影人的實踐基礎上，二十年代國產電影的發展便蓄勢待發了。

影戲小說的第二個高潮與美國有關。美國輸入中國的不僅是膠片產品，也包括在一戰後發展迅速的好萊塢電影，格里菲斯（David Llewelyn Wark Griffith, 1875-1948）的多部電影在中國引起了巨大的熱度。而此時陸澹安等人藉著影戲熱映的潮流，將他

---

[16] 一戰前的影戲小說所本，幾乎都為歐洲影戲。

的電影改寫成的〈賴婚〉、〈鐵血鴛鴦〉，同樣受到讀者的歡迎。之後的幾年時間裡，影戲小說誕生了多部根據國產電影改編的文本，如周瘦鵑的〈小廠主〉和包天笑的〈良心復活〉等。之後更由於電影長片愈加增多，包天笑在《申報》多次開設影戲小說的連載欄目。《電影月報》甚至長期有固定的「影戲小說」專欄，介紹新近上映或者即將上映的國產電影，其中又湧現了一批影戲小說作家。

影戲小說在二十年代末的沒落，與默片時代的結束和電影本土化的發展不無關係：一方面有聲電影的出現使得電影敘述更加明確而清楚，而影戲小說想像的空間被縮減，觀眾對於藉由影戲小說補充電影情節的需要大大下降；另一方面，隨著電影院在上海乃至全國各地的普及，一輪影院和二輪影院的分層消費使得普通民眾與電影的距離愈來愈小，電影的神祕感減弱，而影院在電影開演前分發給觀眾的觀影手冊，給讀者帶來了更為專業和具有針對性的電影知識。另外，本場電影的劇情梗概，內容相對也更為精簡清楚，使得讀者能夠更快進入電影情境。與此同時，各大報章的影戲欄目和廣告也熱火朝天。因此，影戲小說的存在似乎也變得不那麼必要了。如是，這一文體在三十年代的消失也就順理成章了。

在研究「影戲小說」這一特殊文體的過程中，有兩方面的內容尤其值得關注：第一個方面是小說中突出的時代過渡性與中外小說範式碰撞的內在衝突。在敘事上，這類小說中架構多為傳統筆記小說或者話本小說的樣式，但因為電影的原因也雜糅了一些西方文學和電影敘述的手法；在倫理道德和文化觀念上，中西方也互不相容，這在影戲小說作者改寫電影情節的選擇上可見箇中情況。

另一方面，「影戲小說」從圖像到文字的轉化過程中的文化衝突。周瘦鵑、包天笑等人的創作無疑是一個從影像到文字的轉換過程，這種譯述工作比一般的翻譯工作改寫的成分更大。以林紓（1852-1924）為代表的晚清民初的外國文學翻譯者尚且以意譯為主，更不用提這種更大跨度的轉換。而且更為值得注意的是，鴛蝴派作家們對影像的轉譯帶有主觀曲解的成分，這不僅反映出作者們的文化心態與文學觀的問題，也揭示出當時外來文體對本土意識的沖擊及其結果。

　　這兩方面的內容其實都在集中地回答一個問題：即晚清民初的通俗文學家如何處理西方經驗和現代性的困境。而通俗作家的傳統文化背景與身處的大都市環境，都使得這一問題顯得更為具有代表性，更能有效地反映文化與文學過渡時期文人的心態與歷史的可能性：

> 波德萊爾[17]式的對現代性的悖論反應不一定能被上海的那些摩登作家認同，因為他們似乎很沉醉於都市的聲光化電而不能做出超然的反思。如果要找一個疏離點的作家，一個對現代性多少有點距離的人，也許我們就得在半傳統的禮拜六鴛蝴派作家中找。[18]

　　過去學者對影戲小說的研究不足，沒有系統性的討論，這無疑是研究民國時期電影和通俗文學的一大闕失。因此，本論文嘗試對影戲小說作較全面的收集和論述，追索影戲小說的興起和消

---

[17] Charles Pierre Baudelaire, 1821-1897。

[18] 李歐梵著，毛尖譯：《上海摩登：一種新都市文化在中國1930-1945》（北京：北京大學出版社，2001年），頁46。

退原因，探究它們的特性和功能，並給予它們在民國時期電影界和文壇的客觀定位。據筆者搜集所得，影戲小說為數不少，情況如下：

短篇小說			
篇名	作者	刊物	時間
1	〈倫理小說：阿兄〉	周瘦鵑	《禮拜六》	1914年第24期
2	〈哀情小說：WAITING〉	周瘦鵑	《禮拜六》	1914年第25期
3	〈英雄小說：何等英雄〉	周瘦鵑	《遊戲雜誌》	1914年第9期
4	〈哀情小說：龐貝城之末日〉	周瘦鵑	《禮拜六》	1915年第32期
5	〈歐戰小說：情空〉	包天笑	《小說大觀》	1915年第1期
6	〈警世小說：嗚呼……戰〉	周瘦鵑	《禮拜六》	1915年第33期
7	〈妻之心〉	周瘦鵑	《中華婦女界》	1915年第1卷第2號
8	〈言情小說：不閉之門〉	周瘦鵑	《禮拜六》	1915年第59期
9	〈言情小說：女貞花〉	周瘦鵑	《小說大觀》	1917年第11期
10	〈鐵血鴛鴦（原名世界之心）〉	陸澹安	《新聲雜誌》	1921-1922第5-7期
11	〈影戲小說之一：愛之奮鬥〉	周瘦鵑	《禮拜六》	1922年第153期
12	〈影戲小說：日光彈〉	鄭際雲[19]華吟水	《快活》	1922年第11期
13	〈喇叭島〉	周瘦鵑	《遊戲世界》	1922年14、15期
14	〈影戲小說：賴婚〉	陸澹安	《紅雜誌》	1923年第18-20期
15	〈賢妻〉	張南凌	《半月》	1923年第2卷第1期
16	〈小廠主〉	周瘦鵑	《半月》	1925年第4卷20期
17	〈良心復活〉	包天笑	《杭州畫報》	1925午12月
18	〈影戲小說：王氏四俠〉	木石	《電影月報》	1928年第1期
19	〈迷魂陣〉	白雲	《電影月報》	1928年第1期
20	〈影戲小說：就是我〉	碧梧[20]	《電影月報》	1928年第2期
21	〈影戲小說：海外奇緣〉	鵑紅	《電影月報》	1928年第2期
22	〈影戲小說：清宮秘史〉	碧梧	《電影月報》	1928年第3期
23	〈影戲小說：金錢之王〉	碧梧	《電影月報》	1928年第3期
24	〈影戲小說：木蘭從軍〉	壽星	《電影月報》	1928年第3期

---

[19] 即鄭逸梅。「鄭際雲」為其原名，反作筆名用。
[20] 即張碧梧，1905-1987。

		短篇小說		
	篇名	作者	刊物	時間
25	〈影戲小説：大俠複仇記〉	癡萍[21]	《電影月報》	1928年第4期
26	〈影戲小説：戰地情天〉	濮舜卿[22]	《電影月報》	1928年第5期
27	〈影戲小説：猛虎劫美記〉	鵑紅[23]	《電影月報》	1928年第5期
28	〈影戲小説：戰血情花〉	碧梧	《電影月報》	1928年第6期
29	〈影戲小説：上海一舞女〉	碧梧	《電影月報》	1928年第6期
30	〈影戲小説：飛行鞋本事〉	笪	《電影月報》	1928年第6期
31	〈影戲小説：火燒九曲樓〉	徐碧波	《電影月報》	1928年第7期
32	〈電影小説：萬丈魔〉	庚虁[24]	《電影月報》	1928年第7期
33	〈影戲小説：愛國魂〉	碧梧	《電影月報》	1928年第7期
34	〈奮鬥的婚姻〉	癡萍	《電影月報》	1928年第8期
35	〈影戲小説：火裡英雄〉	鵑紅	《電影月報》	1928年第8期
36	〈影戲小説：熱血鴛鴦〉	碧梧	《電影月報》	1928年第8期
37	〈影戲小説：金剛鑽〉	逸梅	《電影月報》	1928年第9期
38	〈續集火燒紅蓮寺本事〉	碧梧	《電影月報》	1928年第9期
39	〈影戲小説：半夜飛頭記〉	碧梧	《電影月報》	1928年第9期
40	〈懺悔〉	癡萍	《電影月報》	1929年第10期
41	〈影戲小説：糖美人〉	碧梧	《電影月報》	1929年第10期
42	〈影戲小説：王氏三雄〉	紅葉	《電影月報》	1929年第11-12期
43	〈風流劍客〉本事	孫瑜[25]	《電影月報》	1929年第11-12期
44	〈影戲小説：偷影摹形〉	劍塵[26]	《電影月報》	1929年第11-12期
45	〈影戲小説：偵探之妻〉	華華	《電影月報》	1929年第11-12期
46	〈隱痛〉本事	小椿	《電影月報》	1929年第11-12期
47	〈血淚黃花本事〉	癡萍	《電影月報》	1929年第11-12期
48	〈虎口餘生〉	小椿	《電影月報》	1929年第11-12期
49	〈梁上夫婿〉	小椿	《電影月報》	1929年第11-12期
50	〈富人的生活〉	癡萍	《電影月報》	1929年第11-12期
51	〈五集火燒紅蓮寺本事〉	癡萍	《電影月報》	1929年第11-12期

[21] 即宋癡萍，？-1931。

[22] 名俊，1902-？。

[23] 即周娟紅，生卒年不詳。

[24] 即姚蘇鳳，1905-1974。

[25] 1900-1990。

[26] 即谷劍塵，1897-1976。

長篇小說			
	書名	作者	出版方	出版時間
1	《言情小說：火中蓮》	陳蝶仙	不詳	1916年
2	《毒手》	陸澹安	新民圖書館	1919年
3	《黑衣盜》	陸澹安	交通書局[27]	1919年
4	《紅手套》	陸澹安	文業書局	1920年
5	《老虎黨》	陸澹安	世界書局	1920年
6	《虎面人》	陸澹安	新華印書局	1923年
7	《誘惑》	包天笑	《申報》連載	1925年10.4-12.31
8	《恩與仇》	包天笑	《申報》連載	1926年1.26-5.7
9	《富人之女》	包天笑	《申報》連載	1926年5.29-6.26
10	《情之貿易》	包天笑	《申報》連載	1926年6.27-8.13
11	《窮人之女》	包天笑	《申報》連載	1926年9.14-11.27
12	《盲目的愛情》	包天笑	《申報》連載	1928.12.18-1929.7.2

　　按照上列文本的發表時間，本論文標題「民初影戲小說研究」中以「民初」概指一二十年代的影戲小說應是切當的，原因目前還未有發現在三十年代出版的影戲小說。影戲小說的創作可以大致分為前後兩個時期，前期主要為1910年代周瘦鵑、陸澹安根據西洋電影改寫的影戲小說，後期為1920年代中後期《電影月報》創作群和包天笑根據國產電影創作的影戲小說。

　　上列影戲小說共六十三篇，就創作題材而論，大致可分為七類：家庭倫理、愛情、戰爭、偵探、社會、歷史及武俠。其中家庭倫理小說五篇、愛情小說十四篇、戰爭小說八篇、偵探小說十篇、社會小說十篇，歷史小說一篇，冒險・武俠小說十五篇。值得注意的是，前期的影戲小說創作（共二十八篇）中，有十一篇愛情小說，其中六篇為周瘦鵑所創作；有六篇偵探小說，有五篇為陸澹安所作。而後期的影戲小說創作（共三十五篇）中，有十

---

[27]　再版為第一圖書館。

五篇為冒險‧武俠小說，比例最大。由題材來看，愛情、偵探和武俠類數量最多，顯示了當時的電影內容趨勢，最受市場歡迎的依然是軟性的愛情作品與具刺激性的故事。這也是普通人所關注的人生問題及渴求。

第三節　影戲小說研究綜述與相關研究概況

　　影戲小說是一種誕生在上海的通俗小說形態，其本身又源自西洋電影，因此本研究在進行過程中，於文本分析的基礎上，將緊緊扣住「通俗小說範式」與「電影」在「上海」交匯碰撞這一情境展開論述，探討小說範式轉變中城市文學生態和電影敘事的交互影響，從而一窺民國初年中西文化和文學範式碰撞中的文學走向與文化心態。綜合這樣的考慮，在本節回顧既往研究成果時，除了會提及有關影戲小說的研究，也會在「通俗小說」研究和「城市與電影」研究方面做一番整理和回溯。

　　對於民初影戲小說，過去研究者甚少注目，只在文章中有半爪一鱗的涉及，二十一世紀第二個十年開始才有正面直接的涉及。陳建華（1947-）在〈論周瘦鵑「影戲小說」──早期歐美電影的翻譯與文學文化新景觀〉（2011）和〈文人從影──周瘦鵑與中國早期電影〉（2011）兩篇文章中直接介紹了「影戲小說」這種特別的文體：前者著重分析了其誕生的歷史背景和蘊含的意識形態，以及其所提供的一個文化新景觀；後者則在一個單獨的章節中，著力分析了這些影戲小說與本土化政治的關係。陳建華無疑是影戲小說研究的先行者，他在《從革命到共和：清末至民國時期文學、電影與文化的轉型》（2009）中對周瘦鵑本人

以及鴛蝴派的相關資料也有一番新的整理和認識，運用「想像的共同體」詮釋了周瘦鵑「影戲乃開通民智之鎖匙」的觀點。[28]

另外，對於影戲小說資料有所涉及的有李斌、曹燕寧〈鴛鴦蝴蝶派文人觀影活動研究〉（2010）和李斌〈早期電影對通俗文學的影響〉（2012）。王健〈電影初入——上海都市語境中的電影面貌：1896-1913〉（2013）則通過對《申報》中有關影戲的放映和社會活動的新聞的梳理，重構了影戲初到上海時的社會環境和官方及民眾接受狀況的現實。胡文謙〈影戲：「影」、「戲」與電影藝術：中國早期電影觀念研究〉則專注「正名」，從概念定義出發，對於中國電影發展初期，人們對於電影的期待和發展狀況進行了梳理。

其他一些雖非專門研究，但對本研究有密切關聯的前人成果有以下一些著作：雅各・盧特（Jacob Lothe, 1950-）的《小說與電影中的敘事》（*Narrative in Fiction and Film: An Introduction*, 2000）在電影與小說互動形態中的「敘事交流」，「敘事時間」和「電影改編」等主題上有非常深入和細膩的理論建構，在電影和文本的比對研究中舉例詳實，論述全面；梅雯《破碎的影像與失憶的歷史：從舊派鴛蝴電影的衰落看中國知識範型的轉變》（2007）中非常鮮明的指出「五四」一脈對於現代性話語的壟斷，也因此希望通過梳理鴛蝴派文人（尤其是南社出身）的電影實踐，揭示其對於現代世界的另一個維度的、常被忽略的艱難接近。

在民初通俗小說的問題上，最早對於這一群體有自覺研究意識的是范煙橋（1894-1967）。作為通俗文學的重要分子，他在三十年代撰寫了《民國舊派小說史略》（1932）一書，也算是為

---

[28] 周瘦鵑：〈影戲話・一〉《申報》1919年6月20日，第15版。

同儕作傳，將民初一些重要刊物上的重要篇目，以及重要史實做過紮實的梳理。這一本書在1949後定稿，被收入魏紹昌（1922-2000）主編的《中國現代文學資料叢刊（甲種）》（1961），並在次年作為主要文獻基礎形成《鴛鴦蝴蝶派研究資料匯編》（1962）。魏紹昌編撰的這一套研究資料與改革開放後芮和師（？-2003）編定的《鴛鴦蝴蝶派文學資料》（1984）在指導思想上是相似的，都是通過材料的整理為以「新文學」作中心的文學史做補充，為當時的社會背景提供材料支援。客觀而言，材料的組織是有預設的——與「新文學」做對比，彰顯五四文學的革命與先進。在材料選擇上的偏頗影響了其材料反映文學史實的能力，直至九十年代大陸學界對於鴛蝴派的研究仍然受限於這種思維。

最早的一本集中性的研究是林培瑞（Perry Link, 1944-）的《鴛鴦蝴蝶：二十世紀初中國城市中的通俗小說研究》（*Mandarin ducks and Butterflies: Popular Fiction in Early Twentieth-century Chinese Cities*, 1981）。這本書比較深入地整理了當時上海通俗小說的發行、閱讀以及營銷狀況，並指出鴛蝴派作者「假裝漫不經心（其實他們對現實充滿不安），對人世苦難持超脫態度，以各種古怪的方式使自己的生活潮流化」[29]的心理狀態，以及通俗小說「給失望的城市中人提供安慰劑效果，紓解城市現代性帶來的壓力」[30]的客觀效果。此書對於本研究具有啟迪作用。柳存仁（1917-2009）的《晚清民初的庸常小說》[31]（*Chinese*

---

[29] Perry Link, *Mandarin ducks and butterflies: popular fiction in early twentieth-century Chinese cities,* (Berkeley: University of California Press, 1981), pp.11.

[30] Perry Link, *Mandarin ducks and butterflies: popular fiction in early twentieth-century Chinese cities,* (Berkeley: University of California Press, 1981), pp.21.

[31] 此書無中譯本，中文書名翻譯為本文作者添加。

Middlebrow Fiction: From the Ch'ing and Early Republican Eras,
1984）作為一個作品、評論與訪談選集，一方面對於以往不夠受
重視的一些通俗作品有著富有個人色彩的選擇；另一方面（也是
最重要的是）提出了「Middlebrow Fiction」這一概念（張清芳譯
為「中等水準的小說」，個人以為不適合[32]），這個概念指出選
文的文學通俗屬性的同時，也彰顯了這類小說與之後五四革命文
學所相區別的「日常的、細節的」小說敘事傾向。書中作者對於
晚清民初的小說發展狀況的洞察十分切中要害。

　　陳平原（1954-）《中國小說敘事模式的轉變》（1988）在
清末民初小說範式的轉變方面有比較紮實的文獻建設和技術分
析：從小說的敘事時間、敘事角度和敘述結構三大方面探討了敘
事轉變中西洋文學的啟迪和傳統文學的創造性發展這兩股合力，
打破了國內學界以往「中國小說的現代化似乎成了中國小說主題
思想的現代化」[33]的思維困局。之後陳平原《中國現代小說的起
點：清末民初小說研究》（1989）對鴛蝴派的獨立價值及其功能
有較好的見解，指出其在俗雅轉換中語言，文體，題材和商業性
的特質。並對於兩種小說範式的技術性分析也有著非常細緻的見
解。米列娜（Milena, 1932-2012）所編《從傳統到現代：19至20
世紀轉折時期的中國長篇小說》（*The Chinese Novel at the Turn
of the Century*, 1980）同樣在類型和技巧研究方面有著具體而深
入的洞見；王德威（1954-）對於晚清小說的探討則更進一步，
從形式到內涵，挖掘了一批因類型化而不受重視的晚清小說中的
現代意蘊，並將之與「五四」的傳統做了嘗試性的連接，這種研

---

[32] （美）王德威，張清芳譯：〈英語世界的現代文學研究之報告〉，《海南師範大
　　學學報‧社會科學版》，第20卷第3期，總第87期（2007年9月），頁1。
[33] 陳平原：《中國小說敘事模式的轉變》（北京：北京大學出版社，2010年），
　　頁2。

究視野與努力主要集中體現在他《被壓抑的現代性：晚清小說新論》（*Fin-de-Siecle Splendor: Repressed Modernities of Late Qing Fiction, 1849-1911*, 1997）一書中；耿傳明（1963-）在其《決絕與眷戀：清末民初社會心態與文學轉型》（2010）一書中則並未將筆墨限制於文學視野之內，他尤其指出文學轉型無法脫開與社會心態，特別是市民的、個人的心態的關聯，並討論了鴛蝴派崛起與民初「共和」語境的複雜關係。

專門的通俗文學研究在范伯群（1931-）和孔慶東（1964-）的著作中得到了較為系統的基礎性延伸，二者一南一北，對於民國滬上和京津兩地的通俗文學有著紮實的文獻貢獻。如前者的《禮拜六的蝴蝶夢：論鴛鴦蝴蝶派》（1989）、《中國現代文學社團流派》（1989）以及《中國近現代通俗作家評傳》（1994）等，後者的《超越雅俗》（1998），以及二人合著的《通俗文學十五講》（2003）和《20世紀中國通俗文學史》（2006），都對該研究方向有一定貢獻。

值得注意的是，也有學者對於通俗文學包含的「現代性」，亦即相對於「五四」所代表的「啟蒙現代性」而存在的「通俗現代性」持謹慎態度，如陳國恩（1956-）在《中國現代文學的觀念和方法》（2012）一書中肯定了通俗文學的成就和文學多樣性的必要的同時，也指出了一種危險：「通俗文學的規則取代現代精英文學的規則，從而澈底顛覆和解構中國現代文學史的規範和架構」[34]。即過分抬高晚清文學中的現代元素和通俗小說中的創作範式，是對中國現代文學學科結構的破壞。而這個問題本文也將著重討論並予以解決。

---

[34] 陳國恩：《中國現代文學的觀念和方法》（臺北：新銳文創，2012年），頁11。

上海作為城市研究的重點對象，歷來著論甚多。與本文相關的重要著作包括：

　　李歐梵（1942-）《上海摩登：一種新都市文化在中國1930-1945》（*Shanghai Modern: The Flowering of a New Urban Culture in China 1930-1945*，1997）一書對於民國上海的器物與公共空間給予了格外的注意：他將電影院、電影觀眾和電影刊物進行了細緻地分析，剔掘出上海細節：在迎向西方與迎向現代中的微妙態度與姿勢；史書美（Shu-mei Shih，1961-）《現代的誘惑：書寫半殖民地中國的現代主義（1917-1937）》（*The Lure of the Modern: Writing Modernism in Semicolonial China, 1917-1937*，2001）在論述「五四」文人強加給「傳統中國」和「現代西方」之間的線性發展關係時，指出上海這一集中反映中國殖民狀況和中西文化衝擊的都市裡，文人所表現出的矛盾的、精英主義的殖民迷思；許紀霖（1957-）、羅崗（1967-）等合著的《城市的記憶：上海文化的多元歷史傳統》中敏銳地指出上海城市文化中傳統的「江南商業文化」的流變影響，並將之與進入上海印刷市場的鴛蝴派文人相聯繫，指出他們「文人氣與商業化之間的緊張」[35]，這也正是重要的上海文人心態。這一點在陳緒石（1968-）《海派文學與中國傳統文化》（2012）一書中有更為詳細的論說；而張英進（1964-）主編的《民國時期的上海電影與城市文化》（*Cinema and Urban Culture in Shanghai, 1922-1943*，1999）一書則整合了都市情態、女性形象和民族主義等多種視角，審視彼時上海混雜的電影文化與都市氣象。

　　在民國初年上海電影資料方面，《上海電影志》（1999）可

[35] 許紀霖、羅崗等，《城市的記憶：上海文化的多元歷史傳統》（上海：上海書店出版社，2001年），頁45。

謂數據詳實全面，深具參考價值；胡霽榮（1983-）《中國早期電影史》（2010）則詳盡梳理了電影登陸上海初期的傳播和接受的情境和事實，圖文的雙重讀解和統計數據的紮實富有說服力。

過往有關通俗文學、電影以及城市文學的研究著述甚豐，稱之汗牛充棟亦不為過，對後人研究啟發良多。然而，這些研究中也存在著一些不足之處：

第一，就影戲小說研究而言，陳建華的研究具有開闢疆域的意義，指出了這一特殊文體的文化價值和社會文化背景。然而他的研究淺嘗輒止，對於這一文體下的諸多作品缺乏系統性的文本分析與文體特徵的總結。研究視野僅僅局限在周瘦鵑的幾篇影戲小說上，其他如陸澹安、包天笑、鄭逸梅等數位重要的影戲小說創作者被忽略了。而正是這一批通俗作家的創作才構成了影戲小說創作的全貌。本文儘可能多收集影戲小說的文本與創作相關資料，並會以這些較為完備的文本資料，進行詳細的文本分析與文體研究。

第二，不論是以范伯群為代表的通俗文學研究還是陳平原為代表的敘事模式研究，他們的研究對象都存在著不完整的現象。或許是出於傳統研究的思維，他們始終認定文本才是文學研究的第一形式，而忽略了電影文學與電影劇本等一類新的具有影像特質的文學類型。影像，作為一個新的文本形式，在震撼近現代中國人的心靈的同時，也在潛移默化地改變著人物的思維和消費方式。而電影文學和電影劇本自身就有著明確的通俗文學性質和小說的基本敘述特徵，因此，影戲小說這一特殊文體的研究對於民初通俗文學和敘事學的研究是一個有益的補充和強化。而本文亦會有專章探討影戲小說中的圖像敘事和人物形象，從而研究圖文轉換中的範式衝突。

第三，過往有關上海的文化研究有相當部分停留在各種文化要素的堆積上，通過「電影」、「商場」、「雜誌」變換視角來觀看上海，屬於靜態的研究，研究面廣而相對分散，缺乏動態研究與互動研究。本研究試圖通過多方面的文獻重構影戲小說的誕生背景與情境，瞭解電影與文學在上海這個複雜多彩的大都市中如何接觸、融合、發展以及互相影響的動態過程，復現當時通俗文學與電影的親密關係。而這一切，也將在對影戲小說從誕生到消失的全過程的論述中實現。

▍第四節　研究之取向

本篇論文以影戲小說這種特殊文體為研究對象，進一步探討民國初年通俗文學場中的創作風氣和取向，以及諸位作家面對西方文化（主要以圖象呈現）時理解和回應的範式和創作歷程，展示現代文學發展的一個重要方面。

1. 通過對於史料的鉤稽，以及影戲小說文本的發掘，本文將重構影戲小說在民國初年興起和消退的客觀條件和消費功能，定位其作為銜接中西文化重要媒介的文學角色。

2. 通過影戲小說家的文章自述與時人評論材料的研究，探討影戲小說家創作的心理動機與文化心態，以及通俗作家通過影戲小說與讀者互動、與同儕應酬的文學景觀。

3. 通過影戲小說的文本細讀和比較，將之放諸於整個小說發展歷程之中來進行審視，重構影戲小說這種文體在晚清民初小說範式轉變的過渡狀態，以及呈現圖像對於文學文本產生影響這一重要史實。

4. 通過影戲小說與原電影的比較，以及作家創作論的梳理，

具體深入地展現傳統文人在接收、理解西方文化的過程
中，對於道德意識、女性形象符碼等文化要素的處理角度
與接受心態，展現影戲小說這一文體中複雜而具有獨特價
值的文化意蘊。

綜上所述，本文將通過歷史、文本以及文化三維的角度對於
影戲小說進行綜合闡釋和研究，深入瞭解影戲小說出現的歷史情
境，它的文體特質、文學及文化價值，以及作為跨媒體範式的功
能和意義。

第二章

影戲小說的創作者

第一節　鴛鴦蝴蝶派・上海・電影

　　1902年，經歷早前變法失敗的梁啟超在政治思維的考慮下寫出了頗不像小說的章回作品《新中國未來記》（1902）。這部小說行文鬆散，故事性較弱。文中主角黃克強與李去病政治觀點交鋒的論辯佔了很大的篇幅，使得小說自身的屬性被淡化，可看作梁啟超政治觀點的論辯宣言。這部小說的題目與日本明治時期倡言改革的政治小說如末廣鐵腸（1849-1896）《二十三年未來記》（1885）十分相似，內容上也與柴四郎（1852-1922）《佳人偶遇》（1885-1897，分三卷先後出版）及末廣鐵腸之後的作品《雪中梅》有相似之處，指向亦很明確，意在革新時人的思想。[1]然而小說創作自非任公本業，曲線救國的寫作也只維持了五回，借喉發聲效果不佳。同年，《新小說》創刊號刊登了梁啟超〈論小說與群治之關係〉一文，更為明確地提出了自己文學改革的主張。這篇文章總結了晚清康有為（1858-1927）、黃遵憲（1848-1905）等人的小說變革理論，明確提出「小說界革命」的口號，標誌著「小說界革命」拉開了帷幕：

　　　　欲新一國民，不可不先新一國之小說。顧欲新道德，必新小說；欲新宗教，必新小說；欲新政治，必新小說；欲新風俗，必新小說；欲新學藝，必新小說；乃至欲新人心，必新小說；欲新人格，必新小說。何以故？小說有不可思議之力支配人道故。[2]

---

[1]　關於梁啟超小說和日本政治小說的關係可參見趙稀方《翻譯現代性》（天津：南開大學出版社，2012年）一書。

[2]　梁啟超，〈論小說與群治之關係〉，《梁啟超全集》，（北京：北京出版社，1999年），頁884。

雖然梁啟超的政治目的喧賓奪主，且其小說包治百病的觀點也有缺陷，但其理論還是受到知識界的廣泛關注。之後大量白話小說的產生，某種程度上也的確起到啟迪民智、教育開化的作用。然而最為重要的是，通過以梁啟超、劉鶚（1857-1909）為代表的新知識分子創作主體的初步形成，使得小說的文學地位得到提升，逐漸向文學創作的中心靠攏，不再只被保守文人視為娛樂消遣的遊戲文字，在主題上和行文上都努力高雅化、嚴肅化，載起「道」來。然而非常具有諷刺意味的是，這樣的小說的受歡迎程度與林紓翻譯的《巴黎茶花女遺事》（1897）或者其他同時出現的柯南道爾（Arthur Ignatius Conan Doyle, 1859-1930）的偵探小說，又或凡爾納（Jules Gabriel Verne, 1828-1905）的科幻小說相比，真可謂小巫見大巫。當時的讀者固然對才子佳人神魔鬼怪的興趣並未減弱，而於新事物，他們也更願意接受趣味性強的科幻小說與偵探小說，對於小說文體消遣性的期待依然根深蒂固。[3]然而由於當時政治形勢的風起雲湧，大家不免對於政治有著相當高的熱情，而易於閱讀的政治小說也成為了一個解壓閥，在文學層面上雖然趣味寡淡，但仍有相當影響力。

　　雖然梁啟超痛罵過晚清通俗小說「不出誨盜誨淫兩端」[4]，但啟蒙之難並非一兩個有先見的知識分子提出幾個觀點，寫出幾本小說就可以全然扭轉的。然而為了達到改革目的，梁啟超甚至製造了一個西方國家以小說立國的「神話」[5]：「小說為國民之

---

[3] 小說界革命和新小說的困境，陳平原《中國現代小說的起點——清末民初小說研究》（北京：北京大學出版社，2010年）第一章中有詳細的論證。

[4] 梁啟超，〈譯印政治小說序〉，《清議報》，第1冊（1898年12月）頁24。

[5] 陳平原，《中國現代小說的起點——清末民初小說研究》（北京：北京大學出版社，2001年），頁4。

魂」，「往往每一書出，而全國之議論為之一變」[6]，足見矯枉過正之苦心。

然而這種不受大眾歡迎的強調隨著辛亥革命一聲炮響，逐漸成為歷史，只剩下一些零星或者隔岸觀火的吶喊。如果說清末政治小說的出現，以及消閒小說的一時低潮，和當時高漲的社會政治熱情相關的話，那麼辛亥之後這種小說的式微與消閒小說的重新風靡無疑也與不堪的政治現實不無關係，依舊不過是「城頭變換大王旗」[7]。民初政治一片亂象，清末的那些對變革持樂觀態度的知識分子們終於也產生了革命的幻滅感與失望情緒。於是像《玉梨魂》（1912）這樣的才子佳人式的小說再度登臺，倍受歡迎，小說中的革命線索也已經成為一道淡遠的背景而已。即便現實依然殘酷，讀者們仍然願意相信才子佳人小說中所許諾的浪漫愛情才更具現實性。與其為政治牽腸勞心，還不如讀讀消閒小說來得舒服簡單。誠如王鈍根（1888-1951）在〈《禮拜六》出版贅言〉（1914）中明確宣傳的那樣，消閒小說足以使人忘卻政治在內的種種不快：

> 賣笑耗金錢，覓醉礙衛生，顧曲苦喧囂，不若讀小說之省儉而安樂也。且買笑覓醉顧曲，其為樂轉瞬即逝，不能繼續以至明日也。讀小說則以小銀元一枚，換得新奇小說數十篇，遊倦歸齋，挑燈展卷，或與良友抵掌評論，或伴愛妻並肩互讀，意興稍闌，則以其餘留於明日讀之。晴曦照窗，花香入座，一編在手，萬慮都忘，安閒此日，不亦快

6　梁啟超，〈譯印政治小說序〉，《清議報》，第1冊（1898年12月），頁24。
7　魯迅，〈為了忘卻的紀念〉，《魯迅全集》，第4卷（北京：人民文學出版社，2005年），頁501。

哉！古人有不愛買笑，不愛覓醉，不愛顧曲，而未有不愛讀小說者。況小說之輕便有趣如《禮拜六》者呼？[8]

　　王鈍根在強調出版思維中的消閒傾向之外，也有意與帝制時代的「買笑覓醉顧曲」等消費活動劃清界限，企圖在民國初年那個話語真空的時段裡為自己所代言的文學流派建構一個「新」的理念：王鈍根將閱讀雜誌這一消閒方式和現代公民的行為舉止（社交與家庭）微妙地聯繫在了一起。這在某種程度上消解了「現代」的政治性和嚴肅性，使得這一話語最大限度地日常化，具體化，因而也獲得了說服力，而這一切與辛亥革命前一些空洞的政治許諾是形成鮮明對比的。而《禮拜六》在此後相當一段時間也基本扮演著故事化、圖式化的現代生活指南。

　　而素來為新文學作家所詬病的「寧可不娶小老婆，不可不讀《禮拜六》」[9]這一口號細細追究起來，其實可能並不僅僅如字面義上這麼簡單。新文學作家對此反應激烈，如葉紹鈞（1894-1988）所說：「這實在是一種侮辱，普遍的侮辱，他們侮辱自己，侮辱文學，更侮辱他人！」[10]然而如果揣摩《禮拜六》雜誌的發行語境及通俗文人的一貫腔調，可以發現這條宣言固然是具爭議與噱頭的，但另一方面其實這既是一種調侃也是一種諷勸：辛亥革命成功後，民國政權就推行過「一夫一妻」制，但隨著臨時政府的瓦解和傳統心理的慣性，這種法制在民智將開之際是名

8　王鈍根，〈《禮拜六》出版贅言〉，《禮拜六》，第1期（1914年6月6日），頁2。

9　為民國初年上海通俗閱讀市場的一句廣告宣傳語，具體出處不可考。葉紹鈞（1894-1988）〈侮辱人們的人〉（《文學旬刊》第五號（1921年6月20日））中對這一宣傳語有著直接的批駁，可見這句宣傳語的影響之大。

10　葉紹鈞，〈侮辱人們的人〉，原載《文學旬刊》第五號（1921年6月20日），引自魏紹昌編《鴛鴦蝴蝶派研究資料‧史料部分》（上海：上海文藝出版社，1962年），頁47。

第二章　影戲小說的創作者

041

存實亡的。現實社會娶小老婆的風氣一時也無法扭轉，所以這個宣言中的假定是非常現實和殘酷的，即「男人大都很想娶小老婆」，這一點新文學作家也能看到，只不過鴛蝴派文人先調侃性地承認了這個現實罷了，因此說葉紹鈞其實真正想攻擊的也正是這個假定而已。通俗文人不意忤逆自己的讀者（這其中自然是有很多想娶小老婆的），但也「諷諫式」地指出「現代生活」應該有新的行動方式，提議用一種「娛樂」來替代另一種「娛樂」，雖然言者在此巧妙偷換了「娛樂」的概念，卻使讀書和娶小老婆這兩件事獲得了表面上的同質性。

晚清小說（尤其政治小說）常指摘傳統小說中濫用詩詞，措辭靡麗，意在攻擊舊文體背後舊文人的那種吟詩作樂，不關世事的作態。強調「言之有物」的新文學作家無非是希望小說擔起當時詩文沒有做到的啟蒙與戰鬥的任務罷了，實際上，這種「載道」理想依然非常傳統而保守，掣肘他們的正是對「道」的認知。辛亥革命以後，徐枕亞、吳雙熱（1884-1934）等人大興復古小說的勢頭，不僅運用大量詩詞，甚至乾脆作起駢文小說，於是通俗小說捲土重來，鋪天蓋地。而細究起來，這何嘗不依然是讀者導向的結果呢。

雖然鴛蝴派小說家們常在字裡行間表態希望自己的文章有益世道人心，有著曲線救國的宏願（〈論小說與群治之關係〉式的政治啟蒙），然而就實際效果而言，鴛蝴派的創作卻增強了普通市民的「消閒」傾向，因為讀者厭倦了晚清政治小說的說教意味，關注小說的趣味與消費性，兼著對現實的迷茫與失望，「讀者想跟上世界這種願望便讓位於想忘卻自己跟不上這個世界這一願望了。」[11]

---

[11] 林培瑞，《論一、二十年代傳統樣式的通俗小說》，轉引自李歐梵《現代性的追求》（北京：三聯出版社，2000年），頁191。

與此同時，新興的電影在上海落地生根，西洋大型影院的落成，都逐漸培養了一批觀眾的消費需要。而周瘦鵑等人將自己在電影院觀看西洋電影的經驗演繹成小說形式，在《小說大觀》、《禮拜六》等發行量可觀的雜誌上發表，無疑也是非常契合讀者的「時尚」需要的。而有趣的是這些鴛蝴派作家如周瘦鵑，包天笑，陸澹安等人，在上海這樣一個中西雜糅，新鮮與腐朽並存的染缸中，率先向我們展示了傳統小說容納新觀念、新技術的嘗試——即影戲小說。在這一類小說中，許多西洋電影中滲透的傳統小說所沒有的敘述技巧得到接受與運用，而一些傳統觀念也必然也受到挑戰。

於此同時，這批活躍於上海的鴛蝴派作家的身分認同也同樣值得注意：許多鴛蝴派作家，尤以《禮拜六》為主要創作陣地的一批文人，皆是江浙人士，其中蘇州人最多。雖然在上海灘有著較塾師幕僚遠為優裕的經濟條件，但已經職業文人化的他們，心中仍不能釋懷「重士輕商」的傳統觀念，雖然生活上依賴上海現代的都市節奏與閱讀市場，然而心中念茲在茲的始終是那個代表著傳統優雅士大夫生活的蘇州。補白大王鄭逸梅曾續寫蘇東坡（1037-1011）「寧可食無肉，不可居無竹。無肉使人瘦，無竹使人俗」[12]：

不瘦亦不俗，要吃筍燒肉！[13]

其中非常明確剖白了自己想要「腳踏兩船」，既不俗又不瘦的心理。具體而言就是上海的錢要賺，但不想因之而俗；蘇州的

---

[12] 蘇軾著，嚴既澄選注：《蘇軾詩》（上海：商務印書館，1930），頁61。
[13] 鄭逸梅：〈呵呵錄〉，《天韻》（1923年3月26日），第3版。

生活要保留，但也不願因之宦囊羞澀「瘦」下來。這批蘇州作家常在自己的文章中流露出對於上海浮華的厭惡：「上海號稱文明而為汙穢之藪」[14]；「再也不願看見這萬惡的上海」[15]；「上海一埠，實為萬惡之藪，一舉一動，處處宜慎」[16]。話雖如此，他們終究沒有立即離開這汙濁不堪之地，「余居滬十年，心每厭其煩囂，徒以職業所繫，不能舍而他去。」[17]「有家不歸，坐使春樹暮雲，花開花落、衣食兒女之累人如此。」[18]周瘦鵑曾因思念家鄉寫過短篇小說〈我想蘇州〉，時人亦作歌曲談及此事：「周瘦鵑，年廿九，人在上海想蘇州。」[19]不少《禮拜六》作家因為鄉梓之情組建了文學社團「星社」，同道中人常結伴在蘇州玩樂。然而已經被吸收為刊物市場的一部分的鴛蝴派文人終於也不能放下在上海優越的物質生活，他們折衷地在福州路一帶住下，吃茶看書玩花叫局，儼然還住在「想像的蘇州區域」。而這種意識在一些土生土長在上海，但祖籍是蘇州的作家（如周瘦鵑）身上也有體現。這一點反映出其實想像「蘇州」只是一個具象的標示，而內裡則是「蘇州等同於傳統中國，上海等同於外來文明」的二元對立的想像，因此身在上海始終需要建立一個「蘇州意象」來維持對於傳統文化的歸屬感，而福州路則幾乎成為代表傳統文化的「聖殿」來維繫信徒的信仰和習慣。

　　而這想像的福州路，其實就是後來常被人提起的「四馬路」，東起外灘中山東一路，西至西藏中路。這條路成分複雜，

---

[14]　張丹斧：〈逐臭〉，《晶報》（1919年5月12日），第2版。

[15]　陳松峰：〈鑽戒的自由戀愛〉，《禮拜六》第189期（1922年），頁26。

[16]　花奴：〈釣上魚兒〉，《禮拜六》第69期（1915年），頁21。

[17]　小草：〈婚姻鑒〉，《禮拜六》第63期（1915年），頁6。

[18]　范煙橋：〈向廬十勝〉，《永安月刊》第80期（1946年），頁35。

[19]　王元恨：〈再度斜氣歌〉，《世界小報》（1923年8月6日），第2版。

東段被稱為「福州路文化街」，因為自1897年商務印書館在此開業之後，報館書局便在此雲集，而旗下的雜誌社也駐紮於周邊，商務印書館發行部、中華書局、大東書局、廣益書局、世界書局、正言出版社等都在一箭之間。而競爭激烈的《半月》、《紅玫瑰》等雜誌人也不過一街之隔。以製作江南河鮮著名的蘇州菜老字號「老正興」早在1862年就在這條街上開業，在清末民初成為報人作家時常光顧的鄉梓店面；西段則是著名的紅燈區，因太平天國攻下江南實行嚴法「禁娼」，大量妓女湧入外國勢力強盛的上海尋求保護，同時而來的也有大量江南商賈（尤以蘇州為主），於是供求關係明確的風俗業在上海迅速發展，而長三麼二們和福州路上這些報人編輯也常有來往，一來是這些蘇州文人常常光顧青樓，二來妓女們也常在這些報紙上（比如《遊戲報》、《小說大觀》等）刊登玉照，由交情較好的編輯來捧，甚至組織「花榜」評選，評出「狀元」、「探花」等諸種頭銜[20]……無疑，這樣一個圈子是傳統文人在上海這樣一個西化前沿之地營造出來的，它保留文人生活想像的公共空間，而其中湧動的消費主義傾向已經有了現代的端倪。

本雅明（Benjamin Walter, 1892-1940）在其遺作《發達資本主義時代的抒情詩人》（*Charles Baudelaire: A Lyric Poet in the Era of High Capitalism*，1938），提出了「驚顫經驗」的理論：即現代都市中，人們不得不與陌生人以及陌生經驗共生其間，快速消化並快速反應來爭取自己的生存空間，這種特殊的心理機制即「驚顫體驗」[21]。在這種體驗過程中，不僅有恐懼，還有克服

[20] 以上資料參考了林培瑞《鴛鴦蝴蝶：二十世紀初中國都市中通俗小說研究》（Berkeley: University of California, 1981）。

[21] 本雅明著，張旭東、魏文生譯，《發達資本主義時代的抒情詩人·論波德萊爾》（北京：三聯出版社，1989年），頁55-56。

恐懼而適應的快感。周瘦鵑等一批蘇州土生的通俗作家在上海撰稿維生，面對傳統文士生活所不能消化的現代經驗時，他們一方面抱怨上海的「物質」，懷念蘇州的優雅，另一方面卻炫耀「時尚」生活，看電影，介紹西洋新事物（包括「影戲小說」創作）。他們與上海城市本身保持微妙的距離，維持克制的觀看，成為整個城市的遊離的書寫者，同時保有好奇與批判的態度，充滿矛盾地重新審視與描繪這個供其衣食的城市空間。可以說他們面向城市讀者消費的創作活動（如影戲小說）與作者身分是不協調的，或者說這派文人與城市精神是存在隔離的。出於「驚顫體驗」與市場需要，周瘦鵑、包天笑等人接觸上海的現代生活與西洋文明景觀，「影戲小說」的創作除了是一種生活方式的示範，也是一種軟廣告的推介，是讀者導向的行為。事實上周瘦鵑也許真正從中獲得了精神上的認同與享受，但也不能忽略他所獲得的在上海繼續「才子生活」的物質資本。二者其實緊密地結合在一起。但此間的上海，電影也不過只是其中一個新興的重要藝術形式和消費對象，蓬勃發展的印刷業攜裏著市場化的文人創作，不斷地催動著各種現代文明要素在上海落地和發展，以及被理解，報刊雜誌成為現代生活方式和西洋器物的秀場與媒體空間，現代市民在其中遊動，汲取自己所需要的營養。

上海成為電影在中國的最早落腳點和蓬勃發展的中心區域並不偶然，作為最早開放的海港城市和租界林立的殖民前沿，許多西洋新生事物都在此地挖到第一桶金。清末民初蓬勃發展的報刊業和縱情膨脹的娛樂業保證了一個遠較內地成熟的通俗消費市場的快速形成。而電影這一19世紀末的新興娛樂方式，在它誕生半年之後，便來臨此地，播下了孕育的種子。1896年8月11日，上海申報登出了這樣一則廣告：

徐園，初三夜，仍設文虎候教。西洋影戲客串戲法，定造西洋奇巧電光火焰。秦淮畫舫、水漫金山、蛤蜊鬥法、火樹銀花、玉堂富貴、鰲魚化龍、哪吒鬥寶、五彩遮燈。

初七日，乞巧會，爰蒙同好諸君，在園內附設名稀古玩、異果奇花、群芳譜曲以助雅興。預白。遊資每位二角。[22]

這一則招攬廣告是我們至今可以看到的關於電影在中國放映的最早記錄了。早期電影作為一種西洋奇觀，在人們心中扮演著奇技淫巧的角色，在一些娛樂場合進行著節目式的放映，成為一日一時的賣點，與戲法在人們心目中的觀賞期待並無不同，而表演的內容（如「水漫金山」、「哪吒鬥寶」等）也有意中國化了，這一點在1898年5月20日上海《趣報》上發表的〈徐園紀遊敘〉一文中亦有所反映：

……堂上燭滅，方演影戲。第一出為《馬房失火》，第二為《足踏行車》，第三為《倒行斜鬥》，第四為《酒家沽飲》，第五為《廣道馳車》，第六為《瞻禮教堂》，第七為《左右親嘴》，第八為《春度玉門》，第九為《撲地尋歡》，第十為《空場試馬》，第十一為《水池浴戲》，第十二為《造鐵擊車》，第十三為《執棍騰空》，第十四為《秋千弄技》。以上各出，人物活動，惟妙惟肖，矚目者皆以為此中有人，呼之欲出也」[23]

22 載《申報》，1896年8月11日第六版副刊廣告欄。
23 佚名：〈徐園紀遊敘〉，載《趣報》（1898年5月20日）第6版。

此時在此上映的影片從名稱上就可以看出都是一些日常生活的碎片，與盧米埃兄弟（Auguste Marie Louis Nicholas，1862-1954; Louis Jean，1864-1948）打開電影世界時拍攝的《火車到站》等是一脈相承的，而且放映的都是法國影片。其中頗值得注意的是第八齣《春度玉門》，顯然法國影片不可能有這樣的名字，似是徐園中人討巧的「翻譯」。似乎從電影傳入一開始，這種本土化的改寫就命定般的存在了。而對於早期電影的視覺奇觀特質，時人亦有具體的描述：

> ……近有美國電光影戲，制同影燈而奇妙幻化皆出人意料之外著。昨夕雨後新涼，偕友人往奇園觀焉。座客既集，停燈開演，旋見線一影，兩西女作跳舞狀，黃髮蓬蓬，憨態可掬；又一影，兩西人作角抵戲；又一影，為俄國兩公主雙雙對舞，旁有一人奏樂應之；又一影，一女子在盆中洗浴……又一為美國之馬路電燈高燭，馬車來往如遊龍，道旁行人紛紛如織，觀者至此疑身入其中，無不眉為之飛，色為之舞。忽燈光一明，萬象俱失。其他尚多，不能悉計，洵奇觀也！觀畢，因嘆曰：天地之間，變化無常，如蜃樓海市，與過影何以異？自電發既創，開古今未有之奇，泄造物無窮之秘。如影戲者，數萬裡在咫尺，不必求縮地之方，千百狀而紛呈，何殊呼鑄鼎之象，乍隱乍現，人生真夢幻泡影耳，皆可作如是觀。[24]

作者在觀看過影戲後毫不吝惜自己表達震撼心情的字眼，一

---

[24] 佚名：〈觀美國影戲記〉，載《遊戲報》（1897年9月5日，第七十四號），第54版。

方面是目不暇接，另一方面電影「奇觀」的呈現方式顛覆了他感知世界的方式，距離、時間、速度的感受都被重新建構了。另一方面我們也可以發現，彼時的早期電影尚且只是一種視覺藝術，尚未形成敘事的故事片，因此只是許多動態生活片段的組合，是固定順序的馬戲團式的表演大雜燴。用意也僅在視覺感受。

而在最初落地的十多年裡，電影的發展卻也並非一番風順，在上海一地就曾因為安全的原因和風化的考慮屢遭禁演：

> 曩年每值夏令輒有無知之徒建設避暑花園為牟利之計，製備一切耗錢之戲哄動遊人，卜晝卜夜，漫無禁忌，甚至男女鈎誘，藏垢納汙，桑濮之行，勝載報紙。廉恥喪盡，言之慨然……廣登告白招人遊玩，察閱告白，內容載有園中備有焰火、戲法、影戲、西樂以及種種引人入勝之品，並登有通宵達旦，任從客便之語。尤為肆無忌憚，敗俗傷風，莫此為甚。名為衛生，實則釀病；名為避暑，實則養奸。[25]

> 牟利之徒往往踵事增華，在草地上蓋造房屋數椽，雇唱淫書，招演影戲，帶售酒食各項玩具以引人入勝之意。甚至男女混雜，通宵達旦，車馬驅馳，徹夜不絕。非但傷風敗俗，莫此為甚，抑且風露侵逼，大礙衛生。[26]

這兩則材料從側面顯現出傳統意識中對於新的公共空間與新的商業形態的恐懼。看電影本身作為一種新的生活方式，因消費主義相伴而來的觀影規則（觀眾聚集，不拘時間）都在挑戰著

25　佚名：〈縣令查禁避暑花園〉，載《申報》（1909年7月6日），第3版。
26　佚名：〈滬道預禁夜花園〉，載《申報》（1911年6月3日），第2版。

本土的傳統觀念。雖羅織了一些罪狀如「傷風敗俗」和「實則釀病」，但作者似乎覺得看電影總不是一件好事，但也說不出一個所以然來。「風露侵逼，大礙衛生」這種說辭其實是東拉西扯的「欲加之罪」，本身很蒼白，實際上作者沒有說出來的、使其感到不適的應該是「消費主義」之上的「娛樂精神」，這種取向在傳統觀念中無疑是十分危險和離經叛道的。自1896年上海出現電影放映活動後的一二十年間，電影大部分由西方商人作流動性質的營業放映，放映場所一般都利用園林、茶館、酒樓為據點。看電影必須隔絕光亮，使觀眾置身於黑暗之中，在室內則必須在茶樓、酒肆內另闢單間，在公園中則須在夜晚放映，另售門票。[27]這也一定程度上決定了這一時期的電影寄人籬下，受制於人的客觀事實，如果電影要在此地真正發展，就應該有正當牌照自主經營的電影院，這樣電影的放映也才會更加集中和規範化，人們獲得的電影體驗也將更為專門，不再受制於變動的放映條件和社會管理政策。

　　而西班牙人雷瑪斯是第一個在上海做到了這一點。他在1908年12月22日建立了上海第一家正式電影院，虹口活動影戲園（1913年日本人承租期間曾改名東京活動影戲園，1919最後定名虹口大戲院）。之後他相繼建立維多利亞影戲院、夏令配克影戲院、萬國大戲院、卡德大戲院和恩派亞大戲院等，幾乎囊括了滬上半數的電影院。彼時較著名的電影院還有亞倫電影院以及奧立姆辟克劇場等。而民國建立後茶樓戲園，甚至俱樂部都有上映電影，只不過當時電影院票資不菲，相當多的是洋人觀影，在硬體和影院文化上已經與其他場所有了明顯區分，市場化已現雛型。

---

[27] 關於早期電影放映的資料在陸弘石《中國電影史1905-1949》和胡霽榮《中國早期電影史1896-1937》中有較為詳細的描述。

普羅大眾其時接觸電影還是在戲院茶樓為多。

　　電影在充當著西洋鏡、戲曲和說書人的替身，在園林、茶館、戲院和酒肆間穿梭生存之後，終於安定了下來，電影產業也為此有了長足的發展：一方面民國建立後隨著新的日本和西洋資本的進入，大量外國影戲院的開張極大地擴張了中外消費者的需要；另一方面，《難夫難妻》拍攝後，中國電影人也有意識地建立自己的電影公司——幻仙電影公司雖壽命不長，但它開啟了一個民族資本的時代，之後的商務印書館影戲部、中國影戲研究社、上海影戲公司等紛紛而起，更加促進了電影市場的規模擴大和成熟。而隨之而來的是一種新的城市消費和時尚生活方式的確證，人們觀看電影成為都市生活不可或缺的一部分甚至是象徵，各種媒體都在欄目中渲染電影的現代和時尚的成色，而觀看電影本身也成為對於現代上海居民的一種行動的勸導：

　　　　現代的電影院本是最廉價的王宮，全部是玻璃，絲絨，仿
　　　　雲石的偉大結構。這一家，一進門地下是淡乳黃的；這地
　　　　方整個的像一支黃色玻璃杯放大了千萬倍，特別有那樣一
　　　　種光閃閃的幻麗潔淨。電影已經開映多時，穿堂裡空蕩蕩
　　　　的，冷落了下來，便成了宮怨的場面，遙遙聽見別殿的簫
　　　　鼓。[28]

　　張愛玲（1920-1995）上述的話成為電影最簡潔的寫照。電影極大限度地映寫了人們戲仿和嘲弄現實的慾望衝動以及失望事實，在一片黑暗中，在忘卻時政的瞬間，觀眾凝視著人類亦即自

---

[28] 張愛玲（1920-）：《多少恨》（廣州：花城出版社，1987年），頁101。

己的想像力。寫於告別「孤島」時期的上海的這段話也無妨用來說明民初電影在上海消費市場中的位置。

而影響張愛玲頗大的通俗文學市場本就和最早進入中國的那一批默片趣味相彷彿。電影誕生之初也僅僅被視作一種市民化的通俗娛樂。民國初年在通俗刊物中，涉及到作者看電影的場景、西洋電影的廣告、插畫和演員小誌隨處可見，二者的自由結合必須要感謝滬上的文學市場化的運作和殊為自由的編輯方針。出於時尚和市場的需要，上海的通俗刊物總有著先人一步的時鮮嗅覺和引領消費的運作能力。上海在二十世紀第二個十年裡湧現的虹口活動影戲園、維多利亞影戲院、夏令配克影戲院、萬國大戲院、卡德大戲院和奧立姆辟克劇場等，幾乎成了通俗文人流連往來的最佳處所，並逐漸成為愈加重要的社交場所。並且，由於這些影戲園最初設定的消費者是寓居上海的洋人，所以其針對的是相對高消費的群體，也就是說，電影院起初並不是普通市民可以消費的，因此收入較高的通俗文人如包天笑、周瘦鵑、陸澹安等則成為中間人，在報章雜誌中大談他們的觀影活動並普及相關背景知識（如演員、導演），這一方面復現個人生活經驗以饗讀者，另一方面也普及了電影這一新興娛樂方式。這種對電影的熱情也映現在二十年代通俗文學眾人在國產電影事業上的投入態度中，不論是明星電影公司的創立，還是《多情的女伶》等劇本的創作。

而這一切似乎在上海才顯得順理成章起來。史書美在《現代的誘惑：書寫半殖民地中國的現代主義（1917-1937）》一書中指出「西方概念的分化」現象：「都市西方（西方的西方文化）和殖民西方（在中國的西方殖民地的文化）……通過這種兩分，知識分子可以傾向西方卻不會被看作是一個賣國賊，他變成

了民族主義者／賣國賊兩分之外的第三種人。」[29]在民族主義甚熾的近現代中國，上海似乎成為一個曖昧搖擺的奇特區域：作為一個受殖民程度最深的港口城市，也是西方式的現代文明的展覽櫥窗。彼時中國人對其曖昧不清的態度總是令人玩味。一方面對抗著其土地上殖民勢力所裹挾而來的民族屈辱感，另一方面又積極吸收模仿上海與西方文明無縫對接的現代景觀和生活方式。上海在「洋」的內容上也被最大限度的包容了。而另一組相關的奇特矛盾在於生活在上海的文人們又常對此地有著一種又愛又恨的心態。正如李歐梵（Leo Lee, 1942- ）在《上海摩登：一種新都市文化在中國1930-1945》中借用本雅明在《發達資本主義時代的抒情詩人：論波特萊爾》一書中關於「遊手好閒者」（The Flaneur）意象的闡發：「一個現代藝術家所要反抗的環境是提供他生存的地方。」[30]

　　日本作家村松梢風（1889-1961）旅居上海時創作的一本著作《魔都》（魔都：文化人の見た近代アジア，1924）第一次將上海稱作「魔都」，這本書記述了上海紛繁複雜的政治動向、光怪陸離的文化氣氛以及其中無序的頹廢情調。作者的鍾情態度不難使我們想像彼時上海雜糅的複雜空氣和易趣的審美。而在「五四」到來之前，在豁開新世界但也未說明往何處的辛亥革命爆發後，通俗小說場中的洋場才子們，幾乎狂歡般地與湧入上海的電影、歌舞、畫片、小說等打成一片，在自由無拘束的空氣中，通俗文學，電影和上海都迎來了黃金時代，而影戲小說作者，也在這種氛圍之下，展開了他們消費與被消費的特殊生活。

[29] （美）史書美著，何恬譯：《現代的誘惑：書寫半殖民地中國的現代主義（1917-1937）》（南京：江蘇人民出版社，2007年），頁43。

[30] 李歐梵著，毛尖譯：《上海摩登：一種新都市文化在中國1930-1945》（北京：北京大學出版社，2001年），頁46。

第二節　影戲小說始創者周瘦鵑

　　周瘦鵑，原名周祖福，字國賢，籍貫為蘇州府吳縣人，南社成員，重要通俗作家，翻譯家。周瘦鵑為其最常用的筆名。1895年6月30日（清光緒二十一年閏五月初八）出生於上海，父親原為上海招商局輪船會計，但因病早逝，留下周瘦鵑的母親獨自照顧六歲的他和兩個兄弟。由於家庭一貧如洗，周瘦鵑的母親縫補為業操持家庭，因此周瘦鵑從小用功讀書，直到從民立中學畢業他都是免學費的優異生，在中學期間他就在《小說月報》和《婦女時報》上發表文章。而這也正是他在民立中學留校當英文教員境遇頗不如意後選擇走向職業撰稿人的一個重要原因。起初給《婦女時報》和《小說時報》以單篇形式撰稿的他，因為出眾的文學才能和通俗嗅覺成為《禮拜六》雜誌的主要編輯和《申報・自由談》長達十二年的主持人。他獨立門戶主編的《半月》和《紫羅蘭》亦大受歡迎。除了在報刊雜誌上的通俗小說創作和散文隨筆，英文出眾的他在供職中華書局期間翻譯出版《福爾摩斯偵探案全集》和《歐美名家短篇小說叢刊》等力作。周瘦鵑可謂是民國通俗文學界的活化石和代表人物，抗戰爆發前夕作為文藝界代表與魯迅、茅盾、巴金、郭沫若等二十一人聯名發表《文藝界同人為團結禦侮與言論自由宣言》。上海淪陷後隱居蘇州，晚年以園藝為樂業，文革開始不久被迫害致死。[31]

　　追述周瘦鵑的處女作，我們可以回到1911年某個夏天的午後，跟隨他在城隍廟的書攤間亂逛的身影。他那時可能不會想到，他隨意買下的一本過期雜誌將如何打開他的創作生涯。那是

---

[31] 本段文字主要參考魏紹昌編《鴛鴦蝴蝶派研究資料・史料部分》（上海：上海文藝出版社，1962年）和王智毅編《周瘦鵑研究資料》（天津：天津人民出版社，1993年）。

一本出版於1903年10月10日的《浙江潮》，也就是辛亥革命整八年前。有趣的是，七年多之後，時年只有十六歲的少年周瘦鵑看了這本雜誌，並沒有受這本同盟會刊物上革命內容的影響，相反他卻為上面的一篇只有幾百字的短文〈情葬〉深深觸動，因而文思大發，將其改寫成八幕改良新劇《愛之花》，這個劇本連載發表在《小說月報》第2卷第9到第12號（1911.11-1912.02），在之後的歲月中被搬演上舞臺（《英雄難過美人關》），甚至被拍成電影（《美人關》），此是後話。

周瘦鵑是這樣回憶的：

> ……課餘之暇，亦居然有述作之志。會暑假，偶於邑廟冷攤上得《浙江潮》一冊，中有筆記一篇，記法蘭西神聖軍中將法羅子爵之夫人曼茵與少將柯比子爵之戀愛事，頗哀豔動人心魄。思取其事衍為小說，繼思小說不易作，未敢輕試，見《小說月報》中刊有劇本，似較小說為易辦，於是葫蘆依樣，從事於劇本之作……忽有急足齋銀函至，雲自商務印書館來……趨受銀函，發之，則鈔洋十六圓。愚自有生以來，此為第一次以辛苦易錢，為數雖微，樂乃無窮……由是愚遂東塗西抹，以迄至今。[32]

周瘦鵑的處女作嚴格意義上來說不是原創書寫，而是「衍」文，是有一個參照對象的改寫和擴寫，這一點在周瘦鵑之後的影戲小說創作中得到了延續。

另一方面，周瘦鵑也是一位重要的翻譯家，這一點與他的

---

[32] 周瘦鵑：〈《美人關》之回憶〉，載《上海畫報》（1928年2月24日，第326期），第3版。

母校民立中學有著很重要的聯繫。民立中學「以英文功底紮實著稱，畢業生除進大學深造外，多在海關、銀行、郵政等部門工作。這所中學1918年曾在江蘇省教育會調查列表中榮獲第一。[33] 周瘦鵑的英文功底很好，可以大量閱讀英文原著和翻譯習作。即使因病錯過畢業考試，他也因成績優異被破格頒發畢業證書，畢業之後又在民立中學當過一年的英文教師，足見他的英文程度。

而他早期在《小說時報》、《婦女時報》、《小說月報》以及《禮拜六》等報刊雜誌上的內容也有相當大的份額是翻譯文本，據范伯群統計：《禮拜六》創刊前他發表的五十八篇作品中有四十六篇為翻譯作品，而《禮拜六》前後二百期周瘦鵑發表的一百五十二篇中也有六十九篇為翻譯作品。[34]他二十歲時受聘於中華書局編輯部的英文部專做翻譯工作，是他翻譯作品產量高的一個原因。而他為籌措婚資被迫出售版權的《歐美名家短篇小說叢刻》是他翻譯作品的最高峰，此作品還獲得過時任教育部社會教育司科長的魯迅頒發的嘉許獎狀。[35]

周瘦鵑改寫作品的經驗和出色的英文水準，為他的影戲小說創作打下了堅實的基礎，因為這種文體的創作一方面是一種有所依據的改寫，對於周瘦鵑這種在各個報刊雜誌上都有交稿任務的通俗文人，是一種比較簡便討巧的取向；另一方面，因為周瘦鵑的英文好，所以他在影戲場中多能直接明白電影中間幕上的文字提示，對於人物關係背景，情節轉折的理解就獲得了比一般觀眾

---

[33] 熊月之主編：《上海通史·民國文化》，《上海通史》第10卷（上海：上海人民出版社，1999年），頁151-152。

[34] 范伯群：〈周瘦鵑論（代前言）〉，《周瘦鵑文集》（上海：文匯出版社，2011年1月第一版），第1卷，頁11。

[35] 魯迅評價其「用心頗為懇摯，不僅志在愉悅俗人之耳目，足為近來譯事之光……」，轉引自范伯群：〈周瘦鵑論（代前言）〉，《周瘦鵑文集》（上海：文匯出版社，2011年1月第1版），第1卷，頁13。

更多的認知與體驗。

而非常重要的是影戲小說作品的發表需要一個平臺。這一點周瘦鵑有著天然的優勢，周瘦鵑是《禮拜六》的創始元老，王鈍根忙於實業之後，實際上主要是他擔任著主編的工作；因為供職過中華書局，因此中華系的《中華小說界》、《中華婦女界》也常有刊文；因為和早前時報系的陳景韓（即陳冷血，1878-1965）和包天笑私交甚篤且文采相惜，周瘦鵑被推薦到《申報》擔任副刊《自由談》欄目的主持人，在十二年的主持過程中，周瘦鵑撰寫了大量上海生活隨筆點評，其中以《影戲話》為代表的系列文字對於電影介紹和普及有著極其重要的作用，並且對影戲小說的創作有著十分有益的鋪墊和解讀指示。因此在報刊雜誌和編輯圈乃至通俗文學界早早掌握重要話語權和象徵資本的周瘦鵑可以持續性地，相對自由地發表影戲小說了。

改寫的創作習慣、英文能力和翻譯經驗，以及必要的發表管道，這是影戲小說誕生自周瘦鵑之手的三個重要條件。影戲小說的誕生是具有必然性的。

周瘦鵑作為影戲小說這種文體的創始人，其實對於這種文體在一開始也並沒有非常強的文體意識。周瘦鵑雖然在1914年就發表了第一篇影戲小說〈阿兄〉，但是「影戲小說」這一命名卻遲至1922年才確定了下來。1922年周瘦鵑在《禮拜六》上發表的〈愛之奮鬥〉才在小標題上標出了「影戲小說」四個字。而之前的許多影戲小說的小標題又是如何呢？分別有「倫理小說」（〈阿兄〉）、「哀情小說」（〈WAITING〉）、「英雄小說」（〈何等英雄〉）、「言情小說」（〈妻之心〉）等等，唯獨就是沒有提到「影戲小說」。

值得注意的是這些通俗小說的小標題的作用在哪裡？一般

而言，通俗期刊上常見的小說都是有小標題的，而我們從數不清的通俗篇目中可以剔掘而出的還有「慘情小說」、「苦情小說」及「歡情小說」等等。這些小標題的表意功能其實是欠缺的，只代表了一個相對抽象的指向。但在通俗文學的讀者而言，這樣的小標題卻起到了重要的對類型文學內容的提示作用。讀者可以通過小標題大致判斷這是一則悲劇故事還是一則喜劇故事，是關於家庭倫理的還是關於俠義江湖的，並以之為準繩擇其所好。這一點，對於現代通俗文學的意義重大。通俗文學報刊本身作為印刷資本主義下的新興市場平臺，提供的是一種帶有服務性的、類型化的，以消費者為導向的媒體空間，因此首先考慮的是消費者即讀者的需要。而現代文明擴張式發展的上海灘，生活節奏迅捷的十里洋場，讀者並不可能將市面上的讀物有一個全盤的詳細的瞭解，這在時間和金錢上都是不允許的。所以不論是市井拆白黨還是都市小職員，他們需要的是在第一時間直觀判斷這篇小說是否是符合自己的口味，如果自己喜歡悲劇故事，那麼「苦情小說」、「慘情小說」等等將會是首選和重點閱讀內容；如果自己喜歡的是武俠故事，那麼「俠義小說」將是第一個吸引他的小說內容。同樣的，這種小標題與讀者心境的契合程度也將決定讀者是否選擇這一份刊物。而反過來看，這已經構成文學市場化中雙向選擇和消費分層的重要特徵，亦即具有相同趣味的讀者與刊物將逐步接近，反之則疏遠；而具有不同趣味和消費層次的讀者也將被不同的刊物所坐擁。

　　這樣來看，「影戲小說」的小標題定義出現遲於此文體的誕生，說明的就不僅僅是作者的文體自覺性不足了。其實某種程度上這種出於吸引讀者注意力的小標題的選擇標準就在於：其提示的這種小說內容類型是否足夠調動讀者的閱讀預期與愉悅感。在

1914年這樣一個電影的文化環境和消費環境都還不甚成熟之時，只有周瘦鵑等少量有產且懂英語的華人才能在上海彼時的電影場域中獲得體驗的機會，一般觀眾則對於「影戲」沒有直觀的感受和體認，因此很難對於「影戲小說」這樣標示性的文體產生直接的興趣和消費慾望。可以說，是因為周瘦鵑本人的特殊個人條件催生了這一文體，而實際上這一文體在通俗文學界是超前的，讀者對其的消費慾望遠未成熟。

可以說，在通俗文學界創新文體本來就是一件吃力不討好的事，但周瘦鵑的可貴之處在於他自己出於對電影的特別興趣和文學嗅覺，在文體創製初期始終堅持寫作，並在《申報·自由談》大量創作〈影戲話〉系列，推介電影和相關的文化現象和技術基礎，再加上客觀電影環境（尤其是國產電影）的升溫，電影消費市場的平民化和城市體驗的深入，電影在此間十年迅速發展，通俗文學和電影文化的結合也呈現出異常緊密的趨向。因此直到1922年，「影戲小說」這種文體的類型化才最終確立，文體想像才最終完成，之後的作者也紛紛效仿這名稱進行寫作，蔚然成風。

其實周瘦鵑創作他的第一篇影戲小說也有一定的偶然因素。1914年11月，周瘦鵑在《禮拜六》雜誌第24期上發表了一篇名為〈阿兄〉的短篇小說，小標題為「倫理小說」。這篇小說有一段前言，比較簡潔地說明了創作的因由和動機：

> 是篇予得之於影戲場者，本於法蘭西與大仲馬[36]齊名之小
> 說大家挨爾芳士陶苔氏[37]AIPHONSE DAUDET之傑作「LE

---

[36] Dumas Davy de la Pailleterie，1802-1870。
[37] 今譯都德（Alphonse Daudet，1840-1897）。

PETIT CHOSE」[38]……惜余未能得其原文，只得以影戲中所見筆之於書。掛一漏萬，自弗能免。然其太意固未全失，吾將以之示世之兄弟。並媿一般睨於牆者。瘦鵑識。[39]

　　我們可以從這段短文中瞭解到以下一些資訊：一，遲至1914年底劇情長片（常常是由一些文學名著改編而成）已經在上海灘登陸並具有了一定影響力；二，作者對於此電影所基於的小說文本十分感興趣，有推介之意；三，作者看到這一部電影產生了兄弟情的倫理思考，以及在讀者中寄寓了倫理的理想。

　　就第一點來說，1914、1915兩年周瘦鵑創作的影戲小說所本的，多基於《何等英雄》、《龐貝城之末日》、《詛咒戰爭》（改寫為影戲小說名為〈嗚呼……戰〉）這些歐洲劇情大片，而這些影片的放映與幾年間相繼開業的歐資電影院有關，虹口活動影戲園之後維多利亞影戲園（西班牙資本）、愛普盧影戲院（葡萄牙資本）、艾倫活動影戲院（英國資本）等接踵營業，使得歐洲的一些新制影片得以第一時間在上海放映。1914年夏令配克影戲院在靜安寺路（今南京西路742號）開幕，並舉行了《何等英雄》的首映式[40]。可見民國肇始的最初幾年，前後來華的西方劇情長片的密集也與彼時商業行為相對自由的空氣有關。

　　第二點，周瘦鵑因為英文程度較高，以及曾供職於中華書局編輯部英文部的經歷，使得他對於西方作家和西方經典文學作品非常之瞭解，因此他也會對這些作品改編而成的電影特別關注，周瘦鵑在1919年6月的《申報·自由談》「影戲話」系列第一篇

---

[38] 今譯《小東西》。
[39] 周瘦鵑：〈阿兄〉，《禮拜六》雜誌，第24期（1914年11月），頁11。
[40] 吳貽弓等主編：《上海電影志》（上海：上海社會科學出版社），頁22。

中就特別提到了這一問題：

> 英美諸國，多有以名家小說映為影戲者。其價值之高，遠
> 非尋常影片可比。予最喜觀此。蓋小說既已寓目，即可以
> 影片中所睹，互相印證也。數年來每見影戲院揭櫫，而有
> 名家小說之影片者，必撥冗往觀。笑風淚雨，起落於電
> 光幕影中。而吾中心之喜怒哀樂，亦授之於影片中而不
> 自覺。綜予所見，有小仲馬[41]之《茶花女》（*Comille*）、
> 《苔妮士》（*Denise*）[42]，狄更司[43]之《二城故事》[44]（*A
> Tales of Two Cities*），大仲馬之《紅屋俠士》（*Le Chevedier
> de Maiscn Rouge*[45]）（按：即林譯《玉樓花劫》）、《水晶
> 島伯爵》（*Le Comte de Monte-Cristo*）[46]，桃苔（A.Dandet[47]
> 法國大小說家）之《小物事》（*Le Petit Chose*），笠頓[48]之
> 《龐貝城之末日》（*Last Days of Pompeii*），查拉[49]（E.Zola
> 法國大小說家）之《胚胎》[50]（*Germinal*），柯南道爾之福
> 爾摩斯探案四種。吾人讀原書後，復一觀此書外之影戲，
> 即覺腦府中留一絕深之印象。甫一合目，解緒紛來。書中
> 人物，似----活躍於前。其趣味之雋永，有匪嘗可喻者。[51]

---

[41] Alexandre Dumas, fils，1824-1895。

[42] 今譯《德尼斯》，原著為一部戲劇。

[43] 今譯狄更斯，Charles John Huffam Dickens，1812-1870。

[44] 今譯《雙城記》。

[45] 原文有誤，應該為Le Chevalier de Maison-Rouge。

[46] 今譯《基督山伯爵》。

[47] 原文有誤，應為Daudet。

[48] 今譯李敦，Edward Bulwer-Lytton，1803-1873。

[49] 今譯左拉，émile Zola，1840-1902。

[50] 今譯《萌芽》。

[51] 周瘦鵑：〈影戲話（一）〉，《申報》1919年6月20日《自由談》，第15版。

雖然過去了五年，但是周瘦鵑對於「桃苔」（即都德）小說改編的這部片子依然印象非常深刻，並始終堅持此類影片具有「絕高之價值」，並通過圖文的「互相印證」可以達到某種心領神會的默契效果，甚至產生投入的移情效果。事實上，讀者可以注意到其措辭之間有一種炫耀的成色，畢竟他自己有著良好的經濟基礎和英文素養，對於讀者觀影的障礙和焦慮，不自覺有種隔岸觀火的輕鬆，有「見人之所未見」的小小得意。

　　考慮到當時的翻譯程度，對於普通讀者，這些外國作家可能都是聞所未聞的，周瘦鵑在此一一陳述，自然也有推介西方經典，並寄望讀者也可以通過看電影的方式對西方文明有一個直觀的快速之認識的考慮。在這一點上，周瘦鵑對於俗雅的理念始終交纏在一起：一方面希望讀者通過對於西方經典藝術作品的接觸提升修養，留存著一個雅文學的理想；另一方面也始終堅持讀者應該跟上時代的潮流而不必落於人後的思維，承擔著通俗文學的功能。這種考慮其實有著「西方即現代」的同質性思維，認為認同了西方就接近了現代，就可以在上海這個中西交融的浪尖上更好地生存。

　　第三點是周瘦鵑在創作〈阿兄〉這篇小說時具有個人化的體驗，周瘦鵑在這一篇非常典型的第三人稱敘述的小說中，提及到弟弟但尼爾在小學校充當教員的時候描寫了大量學生捉弄老師的場景，其後有一段雙行夾批：

> 予去年執教鞭於民立中學亦曾嘗過此種風味，每上講堂頭為之痛，惟學生輩胡鬧之本領尚不及丹尼爾高足大耳。一笑。[52]

---

[52] 周瘦鵑：〈阿兄〉，《禮拜六》，第24期（1914年11月），頁14。

周瘦鵑雖然這裡多是一種淡然的調侃態度，但這段經歷確實給他留下了很深的不愉快印象，以至於多年後依然多次提及：

> ……承校長瞧得上我，喚我在預科中做英文教員，好容易捱過了一年。這一年之中，那些小兄弟們見我並沒有壓服人的聲威，也就不加忌憚，致使我的管理，十分棘手，終於辭職而去。[53]

> ……幸好畢業並不失業，蘇校長留我在本校教預科一年級的英文，給了我一隻飯碗。那班學生都是我的同學，有的是富家子弟，有的年紀比我還大，因此有意欺侮我這初出茅廬的小先生，常常要我陪他們「吃大菜」。（學生們戲稱犯規後被校長召去訓斥為「吃大菜」）我捱了一年，天天如坐鍼氈，真的是怨天怨地，於是硬硬頭皮，辭職不幹了。[54]

周瘦鵑對於這段挫折經歷的耿耿於懷，在觀影過程中自然地會化作一種深層的代入感，因而變成他創作影戲小說的一種直接原因。他自己就坦誠自己喜歡「互相印證」的觀影感受，我們也就不難預期他會產生「中心之喜怒哀樂，亦授之於影片中而不自覺」的感受了。

基於以上這三種原因的分析，我們大致可以對周瘦鵑在1914年開創的影戲小說這一文體有了一個基本的認識。

---

[53] 周瘦鵑：〈幾句告別的話〉，《上海畫報》三日刊第431期（1929年1月12日），第2版。

[54] 周瘦鵑．〈筆墨生涯五十年〉，香港《大集報》1963年4月24日，「紫蘇書簡」專欄，第6版。

周瘦鵑在1914年末1915年初的另外三篇影戲小說也提到過他的創作緣起，不妨對照來看。而其中有一篇〈龐貝城之末日〉非常奇特，明明上映時間是1914年3月，首輪上映時周瘦鵑沒有看，但偏偏在1915年特地去看了一次：

> 「龐貝城之末日」亦影戲中傑構之一原名THE LAST DAYS OF POMPEII。曩時維多利亞劇場嘗一演之，特別增值，以示優異。顧[55]連演數夕，四座輒滿。擊節歡賞之聲，幾破劇場而出。汎濫於上海一市，其價值概可想見。惟爾時予尚無意於影戲，故未之見。偶聞人力繩其美，每引以為憾。比來百無聊賴，舊恨與新仇並集，則恒以影戲場為吾行樂地。適值東京影戲院開演斯劇，遂拉吾友丁悚[56]、常覺[57]同往臨觀，則情節布景，並臻神境，不覺歎為觀止。中夜歸來，切切若有餘思……[58]

周瘦鵑強調了一點使他突然對「影戲」產生興趣的事實：原本對於影戲並不十分留意的他是因為突發的「舊恨與新仇並集」，使得愁苦萬分的周瘦鵑需要排解自己的憂愁，因此他「以影戲場為吾行樂地」，不僅看很多新上映的片子，連一年前的舊片子他都找到影院看，可見其看片量之多。所以說他對於電影的傾心是有突發原因的，而在這年年末的影戲小說〈WAITING〉中他也指出自己憂鬱的心境和把電影當作消遣寄託的歷程：

---

[55] 原文為此，應為「故」之誤。
[56] 字慕琴，1891-1972。
[57] 即李家駒，生卒年不詳。
[58] 周瘦鵑：〈龐貝城之末日〉，《禮拜六》，第32期（1915年1月），頁1。

比來予無聊極矣，閒愁萬種，欲埋無地，苦海舟流，罔知所居。常日若有所思，抑抑弗能自己。顧中心所蘊，人初不吾問，問而吾亦不欲為人道也。宵來一燈相對，思潮歷落而起。四顧茫茫，幾於癇作，於是藉影戲場為排遣之所，不意華燈滅時，觸目偏多哀情之劇。笑風中輒帶淚雨，傷心之人乃益覺蕩氣迴腸，低迴欲絕。近見一劇闋名〈WAITING〉（譯言等待），劇雖至簡短，而哀戚之情卻深。掩袂歸來，挑燈把筆，一夕而成一短篇。即以原名名之……[59]

　　這段突然而來的人生低潮似與周瘦鵑感情的挫折有關，「瘦鵑早年識周吟萍，彼此相隨，奈瘦鵑寒素，吟萍父以貧富懸殊，不許……」[60]周瘦鵑在感情失敗之後，低沉心境使得他需要一些事物來提供心靈的安慰，起到「借酒澆愁」的效果。而菸酒不沾，私生活潔身自好的他選擇了「影戲」這一對象，本身就十分耐人尋味。一個古典才子選擇了最現代時尚的都市消費形式排解情愁，我們可以進一步地理解到周瘦鵑影戲小說的創作其實內裡是建立在一種消費思維之上的。

　　而這段密集創作期中《何等英雄》這部影片非常值得一提，周瘦鵑在影戲小說中是這樣介紹的：

　　《何等英雄》原名HOW HEROES ARE MADE。為影戲中惟一之傑作，竭來海陬，風靡一時。演者凡三四家，連演

---

[59] 周瘦鵑：〈WAITING〉，《禮拜六》，第25期（1914年11月），頁1。

[60] 周瘦鵑在1914年向互有情愫的富家小姐周吟萍告白，無奈對方家庭不同意，二人不得不分手，女子最後不情願地嫁給了幼年許婚的富家子弟。具體見鄭逸梅：〈南社社友紀略‧周瘦鵑〉，《南社叢談》（上海：上海人民出版社，1981年），第一版，頁274。

十數夜而觀者無厭。華燈乍上，輒座為之滿。余一見之於
奧立姆辟克劇場，再見之於東京影戲園。情節詭奇妙到毫
末，俄而暗嗚叱吒，馳騁血飛肉舞之地。俄而溫存纏綿，
流連紙醉金迷之場；俄而戀兒女之情，俄而作英雄之氣。
其中則有賢婦、有義夫、有俠客、有壯士、有豪爽之君
主、有英偉之少女。可歌可泣，觀之令人興起。余自觀是
劇以來，忽忽兼旬，心中尤耿耿弗能遽忘。小窗無俚，百
感交集，因衍其事為說部，以示國人。俾得知彼歐洲第一
怪傑之何以造英雄，而尤願吾國為政者之師之也。[61]

　　前文提及，這部影戲在上海夏令配克影戲園舉行了隆重的首
映，產生了巨大的社會影響力，使得影戲從原本混跡於茶館酒樓
的雜藝身分，一躍確定為新興時尚西洋藝術的典範，並成就為高
檔消費方式之一。而周瘦鵑在文中提出的幾個「俄而」的內容可
以看出普通觀眾已經產生了類型化文學的需要，而周瘦鵑則著重
提示了這一些「戰爭」、「情愛」要素，對讀者產生了一種廣告
和刺激的效果。然而周瘦鵑本人並不滿足於此，他還是在這篇影
戲小說寄寓了自己的一部分政治理想，因而比賦了拿破崙，提出
「願吾國為政者之師之」的願景。我們自然地可以回想起作者在
〈阿兄〉前言中提出的自己的關於傳統兄弟倫理之情的思慕。概
而言之，周瘦鵑在其影戲小說中寄寓的理想主要就是這兩端，一
則是共和之下的政治進步，二是傳統優良倫理的保存。而這些理
想都要通過「影戲」來實現，因為周瘦鵑堅信：「影戲乃開通民
治之鎖鑰」[62]。

---

[61]　周瘦鵑：〈何等英雄〉，《遊戲雜誌》，第9期（1914年12月），頁27-28。
[62]　周瘦鵑：〈影戲話（一）〉，《申報》1919年6月20日《自由談》，第15版。

然而就像明清之間許多通俗小說常標榜自己「勸人向善」，
但讀者只常常流連於其中「聲色」的情況相似，有時對於讀者
產生吸引力的只是文本的表面資訊，而文本的終極題旨常常被
忽略：

> （周瘦鵑）他的言情小說中受封建家庭和專制婚姻之害的
> 情節在當時的市民社會中具有典型意義……在民初的年代
> 裡，當人們從辛亥革命的振奮與衝擊中回到原來的生活狀
> 態中來時，感到新與舊的紛爭中的許多問題都未能得到解
> 決，於是又充滿了失望和沮喪；而青年人最敏感的愛情、
> 婚姻、家庭等問題，傳統勢力所製造的阻力還是那樣強
> 勁……[63]

　　周瘦鵑創作的一系列的哀情小說因其相對類型化的劇情內容
而受到讀者的追捧，而實際上作者的題旨可能比劇情本身更為複
雜深遠一些。而影戲小說也相類似，讀者在閱讀中其實某種程度
上渴求的只是「影戲」作為一種新興事物的時尚感而已。
　　唐振常（1922-2002）提出上海人對西方物質文明形式的接
受遵循著這樣一個流程：「初則驚，繼則異，再繼則羨，後繼則
效」。[64]我們可以說，周瘦鵑和其他讀者其實都處於這樣一個流
程之中，不過階段不同而已。周瘦鵑因為個人的經濟條件以及工
作、文化水準的關係，得以較早接觸並瞭解電影與電影產業，因
此說，當《禮拜六》或者《小說大觀》的讀者（大多數都沒有看

---

[63] 范伯群：〈周瘦鵑論（代前言）〉，《周瘦鵑文集》（上海：文匯出版社，2011
年1月第1版），第1卷，頁17-18。

[64] 唐振常：〈市民意識與上海社會〉，《二十一世紀》，第11期（1992年6月），
頁11。

過劇情電影）第一次在雜誌中讀到影戲小說的時候，這種從吃驚到感到奇異，在仔細閱讀和周瘦鵑各種影戲背景知識的補充之下，產生對看影戲這種行為及周瘦鵑本人的羨慕，生發消費慾望，久而久之，就開始投入到電影消費之中。而周瘦鵑本人，在文本生產之時，他就已經到達了第四個階段：「效」，亦即模仿。影戲小說的創作本就是傳統文學樣式向現代藝術形式的一種靠近和模仿，甚至是某種無意識的藝術戲仿，這種行為本身就帶有非常明顯的現代性標誌。

周瘦鵑在這個四步的接受序列中遠遠領先於自己的讀者，這似乎也賦予了他的一種寫作的啟蒙心態，以及隨之而來的優越感。周瘦鵑在專欄文字〈遊藝附錄：影戲叢談〉中談及：

> ……反觀吾國，內地既多不知影戲為何物，而開通如上海，亦未嘗見一中國完美之影戲片，與中國人之影戲院。坐使男女童叟，出入於西人影戲院之門，蟹行文字，瞪目不識，誤偵探為盜賊、驚機關為神怪。瞽說盲談，無有是處。欲求民智之開豁，不亦難乎！吾觀於歐美影戲之發達，不禁感慨繫之矣。[65]

周瘦鵑感到啟蒙的急迫，或者說消費主義啟蒙的急迫，一面排解著自己的憂愁，一面滿足著讀者的閱讀需要。如是影戲小說的消費情境就這樣徐徐展開了。

---

[65] 周瘦鵑：〈遊藝附錄：影戲叢談〉，《戲雜誌》，第5期（1922年），頁92。

第三節　影戲小說家與電影人陸澹安

陸澹安，原名陸衍文，字澹盦[66]，號劍寒，齋名瓊華館，江蘇吳縣人。1894年生人，少年時就讀於民立中學，與周瘦鵑為同班同學。讀書期間，他同樣受到老師孫警僧的賞識，在新學外兼擅古文詩詞，尤以桐城派文為最精，並在十七歲之年為孫警僧介紹加入南社。之後就讀法學，畢業於江南學院法學科。曾長期擔任中學和大學教師。亦是彈詞名家，兼通醫術。

但陸澹安更為大家所知的身分是報人和通俗小說作家。他曾長期擔任廣益書局和世界書局的編輯，同時亦主編過《新聲》與《偵探世界》雜誌。[67]

說到《新聲》雜誌的緣起，還與陸澹安本人的影戲小說創作有關。而他的影戲小說創作又與「大世界遊樂場」有著極大的關聯：「大世界遊樂場」由黃楚九（1872-1931）出資建造，1917年揭幕之後，因其巨大的規模，豐富的表演內容而獲得「中國第一俱樂部」的美譽：

> ……（「大世界遊樂場」）設劇場多處，演出各地戲曲、曲藝，中外歌舞音樂，古今雜技魔術、木偶、皮影、氣功、武術，日夜放映電影，並有各類體育、智力遊藝活動室。附茶室、餐廳、旅館、小賣部、服務處等。每天中午十二點開門（星期日從上午九點開門），門票兩角大

---

[66] 初字陸澹安，後來為從簡，改為澹庵；後又慾更簡，遂改為澹安，根據作家本人的使用和家人稱呼的習慣，本文中敘述部分一律使用「陸澹安」一名。惟有引用相關民國文獻時一律以原文為準，「陸澹盦」、「陸澹庵」與「陸澹安」指同一人。

[67] 以上兩端背景資料參考了陸康主編《陸澹安文存》（上海：錦繡文章出版社，2010年）與鄭逸梅《藝壇百影》（鄭州；中州書畫社，1982年），及魏紹昌主編《鴛鴦蝴蝶派文學資料‧史料部分》（上海：上海文藝出版社，1962年）。

洋，遊客可任意去各劇場和遊藝室，直至午夜十二點止。
遊樂場自同年7月1日起發行由孫玉聲[68]（海上漱石生）、
劉青[69]任主編的《大世界》報廣為宣傳，加上其規模空
前，各項遊樂設施先進，一時遊客如雲，每日達萬人次左
右……[70]

　　在其開業後的三十年間，它幾乎成了「上海摩登」的象徵
物，成為外來人士完成上海想像的重要空間。在這裡現代文明與
消費主義集中地、爆炸性地糅合在一起，成為一個小型的社會和
多元消費綜合體，甚至某種程度上獲得了本雅明所指出的「巴黎
拱廊下」一般的公共空間的功能屬性。[71]而在這樣一個類似於城
市綜合體的空間中，也自然少不了閱讀媒體，亦即海上漱石生和
天臺山農主編的遊戲場刊物《大世界報》，而正是二位海上文壇
元老，吸引了彼時的滬上文人紛紛聚集在大世界俱樂部遊玩，並
在報上寫稿。鄭逸梅在《民國舊派文藝期刊叢話》「新聲雜誌」
一條中有詳細的說明：

　　　　原來那時的大世界遊戲場，有《大世界報》，是海上漱石
　　　　生主編的，該報崇尚文藝小說，在一般遊戲場報中是突出
　　　　的。漱石生是小說界老前輩，以文會友，因此一些筆墨朋
　　　　友，自然而然的集合攏來，為它寫稿，並且有一個打燈謎

68　原名孫家振，1864-1940。
69　即天臺山農，1878-1932。
70　中國戲曲志編輯委員會：《中國戲曲志・上海卷》（北京：中國ISBN中心，1996
　　年），頁650。
71　本雅明著，張旭東，魏文生譯：《發達資本主義時代的抒情詩人：論波德萊爾》
　　（北京：三聯出版社，1989年），頁55。

的大組織叫做「萍社」，社員相近千人。漱石生是「萍社」的中堅分子，所以時常在大世界中懸著謎條，備著獎品，大家興高采烈地到這兒來玩玩，濟群[72]也愛好這個玩意兒，成為大世界的老遊客，那很自然地認識了漱石生、天臺山農、陸澹庵、朱大可[73]一班人。同時大世界放映電影，是實蓮主演的《毒手》，那是轟動一時的偵探長篇，濟群、澹庵連續去看，看得很有勁，濟群就提議請澹庵把《毒手》編成小說[74]，由他擔任印資，付印出版，澹庵果然花了一星期的時間把它編成了書，濟群設法刊行，居然銷數不錯，除了印刷紙張裝訂費外，竟賺了些錢。濟群高興得很，他就想進一步辦一雜誌來試試……一方面請澹庵幫他的忙拉稿和編輯，一方面又請嚴諤聲協助，好得這時是雜誌界沉寂時期，寫稿的朋友比較空閒，便拉了很多的稿來……居然辦雜誌的意圖成為事實，創刊號於一九二一年元旦出版。[75]

　　我們可以看到《大世界報》作為大世界遊樂場的主辦刊物，因為通俗文學場的作用力網羅了大批知名作家麇集於此，而其本身這種現代消費組織形式則恰恰在實體上依託一個古典趣味的社團之上：萍社[76]。而萍社雅集則幾乎是跟著幾位核心成員在流動場所：

---

[72] 號花好月圓人壽室主，1896-1946。

[73] 名奇，別署亞鳳，1898-1978。

[74] 鄭逸梅此處記憶不確，據施濟群在《毒手》的跋描述，是陸澹庵先在同人的鼓勵下將影戲小說連載在《大世界報》上，而施濟群覺得很有意思，因而出資安排付梓，輯出單行本。後文將詳述此端。

[75] 鄭逸梅：〈民國舊派文藝期刊叢話〉，《鴛鴦蝴蝶派研究資料·史料部分》（上海·上海文藝出版社，1962年），頁326。

[76] 陸澹安是在1915年加入該社的。

清末上海的燈謎社有「萍社」，取「行蹤萍合」之意，由孫玉聲等發起。當1915年8月4日新世界娛樂場開張時，眾人又趨往張燈懸謎，主要是詩謎。其中陸澹安……五位有五虎將之稱。[77]

（孫玉聲受聘《大世界報》，萍社雅集也隨之遷至）大世界遊樂場中，那時候盛行詩謎攤，是文人雅士萃集之所，其中陸澹安……[78]

　　而在大世界遊樂場這樣一個現代娛樂方式豐富炫目的地方，這幫萍社同人也常常聚集在一起觀看西洋新潮的影戲長片，也正是這種集體觀賞和日日雅集的形式使得劇情影戲長片的小說再創作成為可能：

陸君澹盦，少年績學長於中西文字，且具捷才。比歲結「文虎社」於「大世界」[79]，每晚於射虎餘閒，樂觀電影。見百代公司最新片《毒手》而喜之。以為劇中節目之奇，變幻之妙，設施之險，意味之深，是可譯為新小說以餉社會之愛觀電劇，愛觀小說者也。於是奮其穎悟之腦筋，輕靈之手筆，每睹一集，翌日即迻譯成文，登諸《大世界報》。積百有數日，得六萬餘言。全劇竣而全書亦竣……[80]

77　羅蘇文：《滬濱閒影》（上海：上海辭書出版社，2004年），頁231。
78　陳存仁：《銀元時代生活史》（桂林：廣西師範大學出版社，2007年），頁35。
79　「萍社」活動的中心改在「大世界」後，於是每天舉行謎會，猜謎者甚重，活動殊為熱鬧。海上漱石生作為中心人物，於是將當日所懸的燈謎，翌日選登在《大世界報》的《文虎臺》（燈謎又名文虎）專欄裡，把燈謎炒得越發紅火起來。所以「文虎社」可以看作萍社某時期的別稱。
80　海上漱石生：〈《毒手》序一〉，《毒手》（上海：新民圖書館，1919年1月），

……莎翁樂府，未得本事為之說明，終一憾事。澹盦夙嫺
英吉利文字。因於廣座總覽之餘，輒有補編小說之作。排
日刊諸本報寓言欄……[81]

……大世界俱樂部映演《毒手盜》影片，俶奇詭異，殆冶
奇情、偵探於一爐者。同人往觀之，深恨此俶奇詭異之佳
片僅電光火石，一現曇花，因謀所以永之者。陸子欣然
曰：「是不難，記之可耳。」遂日以所記絡續刊之《大世
界報》。都六萬餘言。其狀大盜毒手及杜麗西、藍模斯，
莫不各得神似，躍然紙上。余讀而喜，曰：此傑作也，
與坊間之所謂奇情偵探者，不可以同日語。因索其稿而梓
之，將以供世之同嗜者。[82]

　　從上面的幾段文字我們可以說陸澹安影戲小說的創作有幾個
基本的要點：第一點上文已經有所提及，就是「大世界俱樂部」
這樣一個空間提供了這一批意氣相投的通俗文人（雖然年齡層跨
度很大）雅集聚會的場所以及每日放映電影的商業流程，並且由
於海上漱石生和天臺山農在大世界俱樂部中重要的話語權，使得
這個具有一致性的文學場域獲得了穩定的活動基礎和經濟支持，
進而有了共同觀看電影的經驗。
　　第二點在於雅集同人對於影戲小說創作的鼓勵。施濟群等人
先是有了「因謀所以永之者」，希望把電影電光火石間的精彩留
存下來，才有了諸多「謀劃」，這催生了陸澹安的毛遂自薦；海

頁2。
[81]　天臺山農：〈《毒手》序二〉，《毒手》（上海：新民圖書館，1919年1月），
　　　頁3。
[82]　施濟群：〈《毒手》跋〉，《毒手》（上海：新民圖書館，1919年1月），頁1。

上漱石生有所謂「奮其穎悟之腦筋」，天臺山農也在版面上為之安排日日連載，可謂萬事俱備只欠東風。

　　第三點自然是和陸澹安本人有關。一來陸澹安出身自中英文教學兼優的民立中學，而且兼有翻譯英文作品的經驗，曾在1915年根據童話大師安徒生（1805-1875）的《醜小鴨》故事寫成翻譯小說《野鵠》[83]，又於1917年參與《小說郛》第一集的創作，參與其中作品的翻譯[84]。二來陸澹安主動請纓進行影戲小說的連載創作，說明他自己對於電影也不乏興趣。1924年黃楚九的女婿曾煥堂（？-1949）出資創辦了中華電影學校，他和洪深（1894-1955）、嚴獨鶴（1889-1968）共同擔任電影講習班講師，由陸澹安教授編劇技巧，指導過諸如蝴蝶（1908-1989）、徐琴芳（1907-1985）、高梨痕（1890-1982）等一大批後來重要的電影人。他還相繼成立了中華電影公司和新華電影公司，編寫《人面桃花》的劇本，並也曾親自上陣導演電影，比如《風塵三俠》（1927）以及根據平江不肖生（向愷然，1889-1957）的《江湖奇俠傳》改編的電影，長篇劇集《火燒紅蓮寺》等……可以說陸澹安將電影視為自己的一個重要的事業，而《毒手》這篇影戲小說是他在電影話語內的第一次直接創作的緣起。目前可見的資料中，陸澹安與電影發生聯繫也恰恰是在大世界俱樂部看電影，繼而改寫成影戲小說這件事了。

　　非常值得注意的一點是，海上漱石生、天臺山農及施濟群在《毒手》之前的序跋中，其實流露出一種對於現代藝術形式的焦慮感。像施濟群所提出的「謀所以永之」的心境正說明：他所代

---

[83]　樽本照雄：《新編增補清末民初小說目錄》（濟南：齊魯書社，2002年），頁856。

[84]　汪蔚甫編：《小說郛‧第一集》（上海：廣益書局，1917年5月）。

表的這一批通俗文人依然覺得傳統的可以有實物與文字保存的藝術形態，才是長久的而安全的，因而對於新興的這種視覺藝術產生一種遺憾之情。而這種遺憾之情恰恰又演進為希望通過文本的形式來對其進行轉化的願望之上。而海上漱石生所謂「劇中節目之奇，變幻之妙，設施之險，意味之深，是可譯為新小說以飴社會之愛觀電劇，愛觀小說者也」，其實也同樣說明了這個問題，也就是說這種活動影像的形式帶給他們的始終是「電光火石」的感受，即便印象再深，似乎總也會失去，因而視覺藝術本身仍是一種未完成的藝術形態，非得改寫成文字才能獲得一種正統性，並且獲得留存後世的可能性。

施濟群讚美《毒手》影戲小說的說法「各得神似，躍然紙上」非常值得玩味，或者說，因為這本身就是讚美文字有畫面感的指向，既然如此，那何必曲曲折折再尋一個文字的替身呢？在這批通俗文人的審美中，似乎有畫面感的文字總比有文本性的視覺形態要雅正持重一些，心中總還是存了一個文學正統的序列觀念。

因此《毒手》小說暢銷之後，陸澹安又推出影戲小說《黑衣盜》，而天臺山農和海上漱石生的論調也進一步地支持了這一觀點：

> ……俱樂部同人，見而賞之，謂有此妙劇不可無妙文。蓋劇只演之於一時，文則可傳於後世。[85]
> ……未觀《黑衣盜》者，手此一篇讀之，驚心眩目，駭嘆失聲，當亦不啻置身於大世界遊戲場也。[86]

---

[85] 海上漱石生：〈《黑衣盜》序一〉，《黑衣盜》（上海：交通書局，1919年），頁1。
[86] 天臺山農：〈《黑衣盜》序一〉，《黑衣盜》（上海：交通書局，1919年）頁2。

而與周瘦鵑不同的是，《毒手》這篇小說產生的契機是原電
影趣味性和眼花繚亂的奇觀效果，它們對「大世界」座上客們的
感官刺激，與周氏所推重的所謂倫理觀念和啟蒙意識，是有所區
別的。在這種消費主義主導的選材傾向上，似乎大世界俱樂部眾
人對這種文體的閱讀期待更為現代一些。

那陸澹安本人對此有沒有明確態度呢？對於影戲小說創作的
動機在《毒手》這本書中並沒有文字提及，然而值得關注的是，
因《毒手》的暢銷而起意刊行《新聲》雜誌，卻約略地透露了一
些訊息。陸澹安在《新聲》第1期中就有一篇談電影的專文，巧
的是，也叫〈影戲話〉：

> ……民國二年間，有亞西亞影戲公司者，嘗以華人
> 演員演影戲，所演多滑稽劇。情事支離，演員龐雜，布景
> 尤因陋就簡，惡劣不堪。寓目較之西來諸片，相去奚止天
> 壤……
>
> 美國所攝影片，間以華人羼入。然其所飾者，大抵鼠
> 竊狗偷者流。闒茸猥鄙，醜態百出，遺笑外人，大損國
> 體。美人素號親華，乃其所排影戲，卑視華人若此，良
> 可慨歎。而華僑之嗜利寡恥，為宗國羞，則尤足令人痛恨
> 者也。
>
> ……鄭美[87]固華人也，既為劇中主角，曷不加以糾
> 正？是可異也。……此種影片支離鄙陋，令碧眼兒觀之，
> 生蔑視華人之心。噫！是亦不可以已乎？[88]

[87] 1888-1985。
[88] 陸澹安，〈影戲話〉，《新聲》雜誌（第1期，1921年），頁116-117。

陸澹安這番話中民族主義心態甚熾。陸澹安大力抨擊了許多西洋影片和西洋影戲製作公司對於中國人形象的妖魔化和汙名化，以及中國演員的「寡恥」。他對於這種現實狀況有一種焦灼的憂慮，甚至生出怪罪起劇中演員為何不奮起反擊，糾正劇本這樣的外行想法。回溯上個世紀一二十年代中，中國紛亂蕪雜的政治現實和華夷話語權的轉移狀況，陸澹安的這種心態是很可理解的。他在文中多次提及「遺笑外人，大損國體」諸如此類的說法，我們看出他對於民國共和政權下新國民形象十分之關注，並在妖魔化的狀況下有著一種希望能夠改變現實的語調，然而又顯現出「使不上勁」的內在的焦慮。因此他會提出「是亦不可以已乎」的詰問。

　　而答案似乎也很明顯，這也是陸澹安一貫在做的：那就是創辦中國自己的電影業，爭奪話語權。陸澹安後來參與的電影學校和電影公司的創製，參與編劇和導演就是他個人對於這個理想的追尋和努力。而在產業實踐之先，非常重要的一點就是觀念的普及和電影魅力的展示，使得更多的人投入到這個新興藝術形式之中來。而在雜誌報章上的改寫的影戲小說就是這樣一種主要的嘗試，甚至成為了早期電影和觀眾之間最簡潔的媒介，雖然改寫之後可能稍損其意，但是最終的推介和刺激效果一定會超越前文周瘦鵑所描述的狀況，即：「坐使男女童叟，出入於西人影戲院之門，蟹行文字，瞪目不識，誤偵探為盜賊、驚機關為神怪。瞽說盲談，無有是處。」[89]

　　而《毒手》對於陸澹安本身的創作影響也非常之大。民國初年之時，市面上的偵探小說大多為外來翻譯小說，而本土創作寥

[89]　周瘦鵑：〈遊藝附錄：影戲叢談〉，《戲雜誌》，第5期（1922年），頁92。

寥無幾，除了程小青（1893-1976）的霍桑探案故事外，也只有
俞天憤（1881-1937）等數人在進行嘗試。即便是程小青的創作
其實很大程度上依然是對於西洋偵探小說的模仿（如其參與翻譯
的《福爾摩斯探案全集》），霍桑探案故事也尚未定位風格，形
成氣候。而之前素無偵探小說創作經驗，不過譯過幾篇小說的陸
澹安卻恰在1910年代末看過《毒手》這部偵探劇情長篇影戲後，
受了巨大啟發，創作了影戲小說。之後陸澹安更是一發不可收
拾，寫出原創的《李飛探案》系列，體制頗大。後來在1923年更
與施濟群、程小青等人聯合創辦《偵探世界》雜誌，使得偵探小
說這一文類的本土化發展大大加速，並湧現了一批重要作家。而
陸澹安本人也以其「李飛探案」系列，與創作「霍桑探案」系列
的程小青，「東方亞森羅平」系列的孫了紅並稱「民國偵探小說
三巨頭」。[90]

　　可以說《毒手》是陸澹安影戲小說創作的開始，也是陸澹安
偵探小說創作的試水之作，更是他涉足電影業的淵源所在。

▌第四節　影戲聞人包天笑

　　包天笑，名公毅，字朗孫，別署拈花，江蘇吳縣人。著名通
俗文學作家，報界鉅子，亦為著名翻譯家，南社成員。1876年出
生，1894年考中秀才，其時以興辦私塾教書為業。1900年，與朋
友一起創辦東來書莊，發行刊物《勵學譯編》，代理經銷一些經
日本而來的華文期刊讀物，其中有些帶有革命色彩的，如同盟會
刊物《浙江潮》等。1906年遷居上海，成為時報系的編輯骨幹，

90　鄭逸梅：〈民國舊派文藝期刊叢話〉，《鴛鴦蝴蝶派研究資料・史料部分》（上
　　海：上海文藝出版社，1962年），頁347。

執掌《小說時報》和《婦女時報》的編輯工作，恰於此時發掘了畢倚虹（1892-1926）周瘦鵑等青年作家。1912年辭去商務印書館的職務，歷任文明書局《小說大觀》、《小說畫報》，大東書局《星期》等雜誌主編。同時因為精通日文，懂法文和英文，亦是著名翻譯家，作品有《空谷蘭》、《梅花落》、《迦因小傳》[91]、《天方夜談》等等。二十年代後亦投身電影業，兼任明星影片公司編劇，並將自己過去的一些作品改編為電影劇本，如電影《空谷蘭》等。

四十年代末一度遷居臺灣，四九年後定居香港，寫作《釧影樓回憶錄》，1976年終老香江。[92]

馳騁滬上數十年的包天笑可謂上海通俗文壇很有資歷的作家。不僅自己文章做得好，且常常金針度人。滬上文人與其多有淵源，姚民哀（1893-1938）在其〈說林濡染譚〉一文中對這一狀況有所描述：

> 吳門包天笑（朗生[93]），廿餘年前，所汲引之人才，雖不過徐卓呆[94]、畢倚虹、張毅漢[95]、江紅蕉[96]等三數人，而皆成小說鉅子。即周瘦鵑氏之名震一時，雖首得天虛我生[97]、王鈍根之助，而天笑生亦與有力焉。今海內作手，

---

[91] 先是包天笑將之譯出，但文本不全。後由林紓重新譯出全本。

[92] 以上資料參考包天笑《釧影樓回憶錄》（北京：中國大百科全書出版社，2009年）、嚴芙孫（1901-?）等《民國舊派小說名家小史》（收錄於魏紹昌主編《鴛鴦蝴蝶派研究資料・史料部分》）。

[93] 原文有誤，包天笑字為「朗孫」，疑為吳方言中「孫」「生」同音所致。

[94] 1881-1958。

[95] 又名張其訒、張亦庵，1895-1950。

[96] 名鑄，字鏡心，1898-1972。

[97] 即陳蝶仙，原名陳栩，字栩園，筆名天虛我生。1879-1940。

第二章　影戲小說的創作者

0
7
9

宗周者實夥，而朱鴛雛[98]、張舍我[99]、張枕綠[100]、程小青諸君，又得周之表章，急起直追陳（蝶仙）系之小蝶[101]、常寬[102]、瘦蝶[103]，拜花[104]諸人。不特可以齊驅並駕，且有突出一頭地者，此則周之力焉。亦即可雲包陳之力，蓋有嬗變替承之轍蹟可按也。至若邇來東南作者，幾盡法瘦鵑或倚虹，余則私衷仍皆認為包門之再傳衣缽，未稔讀者其許我為知言乎？[105]

　　這段文字揭示出包天笑與周瘦鵑乃至之後民國湧現的通俗作家們的脈絡關係。包天笑雖然二十年代甚少過問報界編輯界之事，但德高望重的他在圈子內始終有著很大的影響力。在一些小型的雅集活動中依然有他的身影。如二十年代他參加青社和星社，參加聚會的也多為蘇州籍的通俗文人。而上面一段對話也集中反映了周瘦鵑和包天笑的繼承關係，兩人雖是民國活躍的通俗文人，但是客觀而言，晚清即有創作翻譯活動的包天笑還是要長周瘦鵑一輩。包天笑的活動集中在民國前十五年，而周瘦鵑的文學活躍幾乎與民國相始終。二人同為「著、譯、編」三者皆善的大眾文學代表人物，包天笑在栽培周瘦鵑時大抵是看中了他全面的才華，因為對他格外看重。

　　周瘦鵑最初給《時報》投稿時，就是被包天笑所發現的。

[98] 名靈，1894-1921。
[99] 原名張建中，生卒年不詳。
[100] 原名不詳，筆名枕綠，室名枕綠山房，生卒年不詳。
[101] 陳蝶仙之子，後名定山，1897-1987。
[102] 即李常寬，生卒年不詳。
[103] 即許瘦蝶，原名許泰，字頌和，1881-？
[104] 即周拜花，生卒年不詳。
[105] 姚民哀：〈說林濡染譚〉，《紅玫瑰》（1926年第2卷第40期），頁47-48。

包天笑欣賞他的才華，也得知他家境貧寒，且身體欠佳，在素未謀面的情況下就預支稿酬給他，並且許諾他一經來稿，不論發表與否，一定優先付酬。初入文壇的周瘦鵑對於這樣一位前輩的提攜和照顧怎能不銘記在心。而二人幾十年來也一直處於同一個通俗文學場域之中，文學創作難免交叉，而影戲小說的創作亦是如此。周瘦鵑在看過一部影戲叫作《THE CURSE OF WAR》之後想要創作影戲小說，但他發現恰在他之先，包天笑已經創作了一篇，周瘦鵑雖不禁有「崔顥題詩」在前的感覺，但終於在好友丁悚（1891-1972）的鼓勵下進行了同題材創作，箇中情況，下文將詳述。

包天笑的這篇影戲小說叫做〈情空〉，發表於他自己編的《小說大觀》第1期（1915年8月[106]），可見他對這篇作品十分之滿意。而包天笑寫作這一篇作品，首先自述了創作心境：

> 天笑生曰：世界奇劫，乃有歐洲戰事之發生，國士之斷脰洞胸，以碧血染戰場之草者。續續方無已時，預料此數年中必有無數悲愴淒慘之事，實足為小說家材料者。爰先述一事，名之曰情空。而我著此篇時，則歐洲各國，方各以其機關電信報紙，日詡其殺敵千萬，武功炳於塵寰也。嗚呼孽矣。
>
> 讀者諸君，亦知世界飛行之術，法蘭西與德意志固能齊名者歟。當未開戰之前，兩國朝野，固已急急於是。逆知異日戰端一啟，而此飛翔天空之怪物，必為唯一之利

[106] 周瘦鵑雖然創作同題材影戲小說較晚，但發表卻較早，《小說大觀》是季刊，1915年8月才發行第1期，而周瘦鵑的文章發表在《禮拜六》週刊的第33期，是1915年的二月間，可見包天笑[illegible]早就將小說創作好，只是限於自己想要創刊雜誌的考慮，延後發表了。

器。顧我所敘之悲史，即由是以起……[107]

　　包天笑首先提出了自己譴責戰爭的一個觀點，尤其是對西方媒體渲染戰爭予以批評，質疑這種主流歷史敘事。同時值得注意的是，作者也提出「預料此數年中必有無數悲愴淒慘之事，實足為小說家材料者」，也就是說包天笑出於職業的敏感，認為應該將這些戰爭中的悲情故事為文做傳，彌補正史之缺。

　　作者在行文之中流露出來的還有一種不願錯過好故事好材料的心態，其實側面也反映出彼時通俗文學對於刺激性的題材的需要，戰爭的題材難逃生離死別、家國情憎，因此這種題材的選擇本身就具有類型化的傾向，在通俗文學界這種故事是有相對一致的格調和寫法的。讀者需要的並不是格調和故事的改變，需要的只是人物、地點、男女相貌發生一點改易，使得閱讀的代入感有新的內容即可。

　　另外，這一部電影受觀眾歡迎的原因其實很大程度上由於其故事題材與飛機有關。因為電影中動用了很多巨大的飛機實體拍攝，所以效果非常之震撼，而飛機對國人來說又尤其陌生，因此具有巨大的視覺衝擊力。而包天笑的這一番序言，也著重突出了這一點，使得讀者在閱讀完這一段之後產生了濃烈的閱讀期待。

　　包天笑與電影的淵源自然不止於此。包天笑在《釧影樓回憶錄》中談及：

　　　　記得我初看電影時，是在上海黃楚九所開設的大世界遊樂
　　　　場[108]……自十二點之後，就放映電影了。電影可放映至一

---

[107] 包天笑：〈情空〉，《小說大觀》第1期（1915年8月），頁1。
[108] 作者記憶有誤，1915年的包天笑已經看過《THE CURSE OF WAR》。而黃楚九是

點半鐘，取價更廉，不過銀元一二角而已……那末電影所
演的是什麼故事呢？也像現在電視上所映的若干集子，今
日映一集，明日又映一集，可蟬聯至十餘集……[109]

　　包天笑所說的就是長篇影戲，即電劇。而他二十年代在《申
報》上連載的「影戲小說」看起來也與其同出一轍，如《空谷
蘭》、《梅花落》、《良心之復活》等。然而這些小說與本研究
所指的影戲小說並非完全相同。

　　《上海電影志》「影片目錄」欄下的「故事片（1909-
1995）」一表中對於這幾部影片有著非常明確標示，《空谷
蘭》、《梅花落》、《良心之復活》諸作在編劇一欄中都標明了
包天笑[110]。而作為編劇，那麼實際上就不存在觀看電影再進行改
寫的過程了，而實際上包天笑也並非是一般常理意義上的編劇，
因為這些劇本很多都是由他自己的小說改編的。包天笑自己提
及，是明星公司的鄭正秋（1889-1935）來找他寫劇本，「上海
當時初創的電影，並無所謂電影劇本，也沒有什麼導演和編劇的
名義。不過一部電影，總要有一個故事」[111]，而沒有劇本創作經
驗的包天笑自然對此沒有把握，而鄭正秋則勸慰他說：「這事簡
單得很，只要想好一個故事，把故事的情節寫出來，當然這情節
最好是離奇曲折一些，但也不脫離合悲歡之旨罷了……請你也把
這個故事寫成四五千字，或者再簡短些也無妨。我們可以把這故

在1917年才建立起大世界俱樂部。包天笑在五十年後寫作，重新回憶這段往事，
難免有錯訛。
[109] 包天笑：《釧影樓回憶錄》（北京：中國大百科全書出版社，2009年），頁543。
[110] 吳貽弓等主編：《上海電影志》（上海：上海社會科學出版社），頁967、970、
972。
[111] 包天笑：《釧影樓回憶錄》（北京：中國大百科全書出版社，2009年），頁545。

事另行擴充，加以點綴，分場分幕成了一個劇本……最好把你的兩部長篇小說《空谷蘭》和《梅花落》整理一下，寫一個簡要的本事……」[112]包天笑這才放心下來，照著他的說法去做了。其實他的工作主要分為兩部分：一是寫出一個故事梗概，由導演和工作人員將之「擴充點綴」成為電影劇本；二，編寫字幕，即默片銀幕上場景與場景間所出現的黑幕（學名「間幕」）上的說明文字或者對話內容，「那些女明星，不過嘴唇動一動，而我們就要代她們說出一句話兒來，而且這話兒一定得相當得體。」[113]可見包天笑對於電影劇情編撰工作的進行其實在拍攝結束後依然沒有完成，還需要再根據拍攝狀況再進行加工潤色。包天笑最後在《申報》上連載的影戲小說，就是他自己作為電影編劇對於自己的作品的改寫版本，將原本的通俗小說改寫成分場分幕的、帶有字幕內容的有劇本形式的文體。而這種文體與本文所談論的影戲小說是不相同的，只是在名字上討巧，取了同名而已。彼時社會環境與民國第一個十年中已然不同，觀眾對於電影的接受還需要仲介，此時影戲小說本身的定義已經擴大化，再不是一個「影戲小說」的專有名詞，而是「與影戲有關」的小說或者劇本故事的一個含義。

據溫尚南統計：「（包天笑）從1924年開始應邀為上海明星電影公司等編寫電影劇本，改編自己的小說和譯作《空谷蘭》[114]、

---

[112] 包天笑：《釧影樓回憶錄》（北京：中國大百科全書出版社，2009年），頁546。
[113] 包天笑：《釧影樓回憶錄》（北京：中國大百科全書出版社，2009年），頁547。
[114] 據溫尚南《姑蘇影人》：「《空谷蘭》是包天笑涉足影界根據自己同名譯作編寫的第一個電影劇本（這部作品的原作者是英國女作家亨利・荷特，日本作家黑巖淚香將其翻譯改寫成日本小說《野之花》，而包天笑再從日本小說《野之花》翻譯改編為中文小說《空谷蘭》），1925年明星電影公司攝製成上下集無聲黑白故事片。」溫尚南：《姑蘇影人》（蘇州：古吳軒出版社，2012年），頁36。

《可憐的閨女》[115]、《多情的女伶》[116]、《好男兒》、《富人之女》[117]、《良心復活》、《風流少奶奶》、《多情的哥哥》、《女伶復仇記》[118]9部。」[119]

我們可以看到早期電影業與通俗文學的關係是十分緊密的，這不僅體現在成員構成的互相交叉，文人圈子的共融之中，其實也體現在創作方式的趨近上。他們在創作過程中都常常嘗試改寫既有的作品，通俗文學是將中西名著化用為本時本地的題材，而電影則是將既有的一些中外文學作品做影像的本土改編。前者如包天笑所說：「（《空谷蘭》、《梅花落》）這種小說，我是從日本譯來的，而日文本也是從西文本譯來的。改頭換面，變成中國故事……」[120]，這樣的創作嘗試可能是通俗文學最為常規和典型的創作範式，一來有創作時限的約束，二來也是類型化故事的處理要求。而對於後者，我們可以從鄭正秋他們將包天笑幾千字的小說劇情梗概作為劇情本事來做藍本，敷演分場分鏡為劇情長片的事實中瞭解一二。在這種改寫活動中，自由發揮、添油加醋、任意增刪、閒筆衍文等情況是常見的，因此也會需要在後期有專門人員編寫字幕。包天笑的創作可以反映這一點：

　　我那時正在讀托爾斯泰[121]的小說《復活》，想這可以編

---

[115] 是包天笑根據自己的小說《誘惑》改編的。標為影戲小說於《申報》連載（1925年10月4日-12月31日）。

[116] 是包天笑根據自己的小說《恩與仇》改編的。標為影戲小說於《申報》連載（1926年1月26日-5月7日）。

[117] 標為影戲小說於《申報》連載（1926年5月29日-6月26日）。

[118] 原名《盲目的愛情》。標為影戲小說於《申報》連載（1928年12月18日-1929年7月2日）。

[119] 溫尚南：《姑蘇影人》（蘇州：古吳軒出版社，2012年），頁36。

[120] 包天笑：《釧影樓回憶錄》（北京：中國大百科全書出版社，2009年），頁546。

[121] 1828-1910.

為電影劇本，我便把俄國事改為中國事，當然，裡面人名也都改過了。略去枝蔓，取其精華，約略為之分場分幕，交給了明星公司，那是由鄭正秋導演的（《良心復活》）……[122]

包天笑在這個創作過程中，體現了作為通俗文學作家和一個早期電影人身分的巧妙融合。其實不論是周瘦鵑、陸澹安還是包天笑，他們都兼有這兩種身分，而影戲小說也是這種過渡性狀態身分的產物，也正是因為創作者的過渡性狀態，導致了作品既有電影的內容，又有傳統通俗文學的氣味。另一方面，早期電影與通俗文學相近的審美趣味與市場化的生產要求使得兩者獲得了極為親密的聯繫，因而其創作方法，如發揮、改寫和衍文等有著相似之處。

第五節　其他作家

影戲小說的創作主體十分豐富，除卻上文所提及的幾位重要作家之外，我們還可以找到以下一些影戲小說創作者。

陳蝶仙（1879-1940），浙江錢塘人，原名壽嵩，字昆叔；後改名栩，字栩園。清末貢生。他是鴛鴦蝴蝶派的代表人物之一，筆名「天虛我生」，同樣也是南社成員（1916年加入）。作為鴛鴦蝴蝶派的早期代表人物，他曾擔任《遊戲雜誌》、《女子世界》和《申報》副刊《自由談》主編等出版界職務，創作出《淚珠緣》、《玉田恨史》、《井底鴛鴦》等影響力巨大的通俗

---

[122] 包天笑：《釧影樓回憶錄》（北京：中國大百科全書出版社，2009年），頁553。

小說。1915年他在「二十一條」談判爆出後抵制日貨的事件中察覺到了國貨的發展時機，於是投身實業，製造國產的「無敵牌」牙粉，成為民國時期的重要實業家。其子陳小蝶（1897-1987）也是重要的鴛鴦蝴蝶派作家。[123]

陳蝶仙作為滬上影響力一時無兩的通俗文學作家，與包天笑相似的是，他在整個通俗文學圈中不僅是元老，而且也有文脈相續。以他作為通俗文學家所特有的商業嗅覺，陳蝶仙自然對於剛剛勃興的電影也有所瞭解，他在看過電影《火中蓮》之後，創作了有史以來第一部長篇影戲小說，並出版了單行本，由中華書局在1916年刊行。而他在小說單行本前言中說得清楚：

> 活動寫真其功用實與小說等。而活潑變幻，足以鼓動觀者興趣，則尤過之。惜其影片中人，不能言語，惟賴表情顯示，及起首說明、中間插入一二書函，以補不足。但亦非嫻熟歐文者，不及瀏覽無遺，得悉窾要。而其情節，則又趨重滑稽，第取闐堂鼓掌。實於世道人心，殊罕補益。故予竊嘗引以為憾。一昨偶見《火中蓮》一劇，描寫社會中人，隱謀詭計，自取煩惱之狀，不啻各自其口出。卒致自焚其身，同歸於盡，殊足以警醒世人。雖其禮俗不同，而召禍福則一。爰為體貼影片中人之心理，一一使其能言、活現於紙上。倘亦為愛讀小說，喜觀影戲者，所共賞歟。[124]

---

[123] 以上資料參考嚴芙孫《民國舊派小說名家小史》（收錄於魏紹昌主編《鴛鴦蝴蝶派研究資料・史料部分》）與韓南（Patrick Hanan, 1941-2009）《中國近代小說的興起（*The Rise of Modern Chinese Novel*）》（上海：上海教育出版社，2004年）。

[124] 陳蝶仙：《火中蓮》（上海：中華書局，1916年），頁1-2。

陳蝶仙推重《火中蓮》這部電影並將其轉寫成影戲小說的動機在於：這部小說與其他同期的影戲作品不同，其內容並非一味滑稽，重點在於其「於世道人心有所補益」。基於作者自己的判斷，這部作品正是因著其中正確的道德傾向，才與其他電影區分開來。他著重表揚了作品描寫人物的水準，指出這部作品中對社會眾生相的準確描摹。而其「警醒世人」的結局也符合作者對於類型文學的藝術期待。這一點很值得注意，作者對於電影文本寄寓了一種「各示懲戒」的準繩式判斷，與擬話本小說中常見的「懲惡勸善」的架構，及部分狹邪小說的敘述套語都有著相似性。通俗文學的閱讀期待不僅作用於讀者，連作者都在審美判斷中有意識地受其影響，向其靠近。

　　陳蝶仙在此段文字中還提及「惜其影片中人，不能言語，惟賴表情顯示，及起首說明、中間插入一二書函，以補不足。但亦非嫻熟歐文者，不及瀏覽無遺，得悉竅要。」所以說陳蝶仙作為影戲小說創作者也成為了電影和觀眾的一個場外仲介，頗像說書人，他擔任著聽眾和歷史故事的中間者的身分，並一再表現自己的中立身分。但有趣的是，其演義和主觀自由發揮的份額從未被削減。同樣的，影戲小說的創作亦是如此，通俗文人名為電影的忠實仲介，實際上卻是最主觀的改寫者，而內容則在兩種藝術範式的跳轉中被有意扭曲和主觀化了。

　　另外一位影戲小說家張南凌，在其影戲小說《賢妻》的後記（其實是「太史公有言曰」那樣的文末評語）中也提到了這樣一種有意的發揮與扭曲：

　　　　南凌曰：此真光劇場所演之電影（《情債》）也。余愛其情節甚佳，參以己意，譯成斯篇。京華多雨，簷漏淅瀝，

不能成寐。著之成篇，而易其名為《賢妻》。是片蓋瑠瑪
太美奇女史最新傑作也。[125]

　　這位叫作張南凌的作者坦然承認自己的創作動機很簡單，
就是喜歡這個故事。並且也毫不避諱地稱「參以己意，譯成斯
篇」，這可以明顯看出他對於翻譯行為的態度，即翻譯本身就是
一個意譯的過程，有著很多創作的主動權和發揮的空間，他甚至
出於自己的欣賞角度將作品的名字改成了《賢妻》。而作者闡釋
「京華多雨，簷漏淅瀝，不能成寐」也意在表明這篇作品重點在
於排遣自己的愁緒，有著私人情感的因由。影戲小說這一文體並
非作者的必然選擇，在創作上帶有較強的偶然性。

　　除了以上提到的兩位作者，還有諸如鄭逸梅等個別作家參與
影戲小說的創作，但比較零散。而值得注意的一點是，其實影戲
小說的創作歷史中存在著一個創作團體，也就是圍繞著《電影月
報》這一刊物所產生的影戲小說創作群。

　　《電影月報》1928年4月1日創刊，1929年9月15日出至第
11、12期兩期合刊後停刊，共出11本。由沈誥、沈延哲、管際安
（1892-1975）、周劍雲（1893-1969）、徐碧波（1898-1992）編
輯、六合影片營業公司發行。「六合」是「上海」、「明星」、
「大中華百合」、「民新」、「華劇」、「友聯」等六家影片公
司組成的聯營公司，這六家公司出品的影片，該刊大都進行介
紹，內容包括本事、劇照、演職員表、創作談、評論等。《電影
月報》每期文字100餘頁，圖版20餘頁，發行數量為2～3萬冊，
是20年代後期影響最大的電影刊物。[126]《電影月報》由於集各家

[125] 張南凌：〈賢妻〉，《半月》雜誌，第2卷第1期（1923年），頁23。
[126] 吳貽弓等主編：《上海電影志》（上海：上海社會科學出版社），頁690。

之長，具有得天獨厚的資源優勢，也因此形成了自己旗幟鮮明的特點，不僅信息量大，且專業性強，插圖也頗豐富。該刊每期設「影戲小說」欄目，詳細介紹六家電影公司新近上映影片的劇情，包括《王氏四俠》、《白雲塔》、《火燒紅蓮寺》、《木蘭從軍》等。除了此類介紹性的訊息，《電影月報》上還經常登載一些專業性很強的文章，如周劍雲的〈中國影片之前途〉，沈小蝶[127]的〈電影的過去與將來〉、歐陽予倩[128]的〈導演法〉、洪深[129]的〈表演術〉等。該刊第8期為有聲電影專號，邀請各電影從業人員對有聲電影這一新生事物的歷史、前景、優勢和劣勢等方面展開討論。[130]這本雜誌的編輯和作者們有著一些共通點：

第一，許多成員皆是中國早期重要的電影人，其中周劍雲亦是明星電影公司的創辦人之一；徐碧波曾擔任友聯電影公司的編劇，為多部電影（如《秋扇怨》、《娼門之子》等）撰寫過說明詞；撰稿人濮舜卿（1902-？）是中國第一位女編劇（《愛神的玩偶》）；姚蘇鳳（1905-1974）為上海著名的電影評論家同時也是編劇；管際安也幫助過但杜宇（1897-1972）創辦上海影戲公司；宋癡萍（1931-？）一度服務明星電影公司，撰寫說明書。

第二，他們多有通俗文學的創作和編輯經驗，如管際安是彼時上海有一定影響力的報人（主編《中華民報》以及《民國日報》等）；宋癡萍編輯過《長沙日報》、《蘇民報》、《錫報》等；作為《晨報》主編的姚蘇鳳和作為《新世界》編輯的周劍雲等也報界的重要人物。

---

[127] 生卒年不詳。
[128] 1889-1962。
[129] 1894-1955。
[130] 徐蜀、殷夢霞等編：《民國時期電影雜誌彙編》（北京：國家圖書館出版社，2013年5月），第1冊第9頁。

第三，都有相近的文人圈。如作為南社成員的姚蘇鳳（同時也是星社創始人之一）、宋癡萍、管際安等；與明星電影公司有淵源的周劍雲、宋癡萍等。

第四，部分人對於舞臺藝術的熟稔。如管際安對於傳統崑曲深有研究，亦具有豐富的舞臺表演經驗；濮舜卿亦有寫作舞臺劇的經驗。

早期電影人的戲劇功底（傳統戲或者文明戲）及報人經驗，對於電影這種新興藝術在本土化和商業宣傳上有著很大的裨益。而相對廣的人脈使得這些探索者永不缺乏新的素材的商業市場，同時他們親身實踐的精神和融合貫通的拍攝思路是促使本土電影積極追趕西方電影發展的重要基石。

《電影月報》除了介紹一些電影資訊和電影評論之外，最大的特點即在於此刊物每期都有一個固定的欄目，叫作「影戲小說」。每期都有數篇「影戲小說」刊登，但其實誠如上文所說的那樣，這些「影戲小說」並非如最早出現的影戲小說那樣，是文人根據在電影院觀看的西洋電影後憑記憶改寫而成的通俗小說。實際上，這些電影其實並未上映或者只是新近上映的六合電影公司的國產片，由六合電影公司內部人員或者雜誌專門邀請而來的通俗文人撰寫影戲小說，其目的很簡單，就是為電影上映造勢，起宣傳作用。

此種影戲小說大略有兩類，第一類最為簡單，就是將電影拍攝所依據的本事直接刊登在雜誌上，因此創作者的署名與電影的編劇是同為一人。如《風流劍客》，編劇和小說作者都是孫瑜（1900-1990）；第二類就稍微複雜一些，是電影製作完畢之後，專門延請通俗文人觀影並憑藉劇情創作影戲文本，希望能夠吸引讀者購票觀影。因此署名的作者常常與電影編劇並非一人。

這一類作品如《金錢之王》，編劇為姜起鳳（1904-1954），小說作者為張碧梧（1905-1987）；《火燒紅蓮寺》的編劇為張石川，影戲小說的作者為宋癡萍。

然而這一批影戲文本與周瘦鵑、陸澹安等人的影戲小說最大的不同在於：作者再也不像過去那樣「參以己意」進行主觀的改寫和抒發自身的道德和審美趣味，相反，這一批作品最大程度上考慮的是複製和呈現電影的精髓，復現其中最重要最激動人心的場景和情節，以期達到吸引觀眾購票入場觀影的作用。因為是出於廣告式的考慮，因此需要刻意展示電影的刺激點。因為是廣告式的宣傳，所以這些小說文本很多在《電影月報》上刊登時，其電影尚未上映，可謂吊足了觀眾的胃口。如《半夜飛頭記》和《火燒九曲樓》，都是在1928年底刊登於《電影月報》，1929年才正式上映。這種情況明顯地道出了這種名同實異的小說文體的不同傾向性。

很明顯，深諳商業之道的《電影月報》主創人員是借用了民國初年影響力甚大的影戲小說來做自己的金字招牌，開闢專欄，以期獲得讀者和觀眾的持續性的關注和喜愛。可以說，早年由周瘦鵑、陸澹安、包天笑等人樹立起的影戲小說這一文體，無疑已經產生了相當數量的通俗文學讀者群和相對成型的閱讀期待，讀者在十多年間隨著對電影的更加瞭解和國產電影的勃興，他們對於原先影戲小說的仲介功能已經不再依賴（電影院常會派發西片劇情說明書；有的電影院如大光明電影院會配備西片解說員），卻對於這種文體依然有深刻印象，以及有著類型化的閱讀需要。這時候在電影雜誌中配置這樣一種專欄，無疑是一種非常聰明的設計，一方面利用了舊有的影響力，一方面又略做改良，起到了新的廣告推介效果。

第三章

影戲小說中的新舊範式衝突

影戲小說在民國初年出現並不偶然，除了電影業發展與通俗閱讀需要等表明原因之外，更為重要的是，這一文體也是周瘦鵑等人嘗試小說新範式的園地。而這樣一種小說新範式的嘗試，其實是在回答一系列迫切的有關建設現代小說的問題。

　　封建王朝垮臺，新的共和政權建立，現代中國迎來了越來越多的新事物與新思想，舊有的文學範式已經不足以保證創作者能夠得心應手地表現新時代，是不是應該有新的文學思想與實踐？小說作為創作實踐的重要部分，應該使用文言還是白話？應該使用某生體還是西方片段式結構？其實遠在新文學作家之前，影戲小說家們已經在創作中摸索一種新的文學範式，以應對文學工具與時代需要之間的矛盾：

　　　　更換工具是一種浪費，只有在不得已時才會這麼做。危機的意義就在於：它指出了更換工具的時機已經到來了。[1]

　　托馬斯・庫恩（Thomas Samuel Kuhn, 1922-1996）的範式理論對於理解文學過渡時期的創作狀況是富有實用意義的。概而言之，範式是指一個科學共同體在某一專業或學科中所具有的共同信念，這種信念規定了他們的基本觀點、基本理論和基本方法，為他們提供了共同的理論模型和解決問題的框架，並為整個學科領域的發展規定了方向。[2]而範式概念可以具體引申為兩方面的意向：一則為廣義的作為科學共同體內部的一切規則；二則為相對具體的，具有代表性的這一學科的經典個例，即範例。

---

[1] （美）托馬斯・庫恩著，金吾倫、胡新和譯：《科學革命的結構》（北京：北京大學出版社，2003年），頁70。

[2] 王增福：〈庫恩範式理論的嬗變關係〉，《重慶科技學院學報・社會科學版》2007年第4期，頁18。

庫恩認為一個學科的確立常常是依靠一個成功的個案（即範式或曰範例），而這個個案或成果已經包含了較為成熟的一套世界觀、理論和具體的操作技巧，而作為範式的這些經典細節，則成為本學科內共同體所承認和擁有的一套共識和財富；然而隨著客觀認識世界的進程在發展，舊有的範式已經不能完全詮釋這個世界，出現解決不了的新問題，那麼範式與新世界所牴牾產生的種種矛盾衝突與不周延，將會逐漸催生一個新的個案，即更為完美的範式，來取代舊有的範式，更好地解釋和處理客觀世界，並給出一套全新的世界觀和方法論予整個場域以參考。而舊範式所面對的世界無疑是新範式所面對的世界的一個子集。而科學革命並非常態，範式確定的時代和革命時代的交替才是常態，這代表了一種向前發展，更高視域的動態循環模式。

　　而本文將要談論的是中西方小說在近代中國的競爭與互動發展關係，在這樣的視域考察下，「範式」理論對於二者的界定無疑是具有參考價值的，而借用這樣一個科學史的理論並非單為解決史的問題，而是提供一個別樣的視角進一步審視這個客觀事實和可能性。中國古典小說不論是文言和白話都在漫長的發展過程中逐漸產生了各自一定的操作方法和敘事模式，對於敘事本身也有著相對一貫的綿延態度，甚至處理對象都有典型化的故事模式可言。並且這些特質在一些經典的作品中得到確立和完善甚至超越，如白話小說就有《紅樓夢》這樣集大成的作品，對前人作品總結的基礎上又有新發現，並完善既有的故事模式但又並不拘泥於此，以範式的樣板開啟了世情小說一脈綿延不絕的傳統。[3]

---

[3]　魯迅談《紅樓夢》曾提及：「至於說到《紅樓夢》的價值，可是在中國底小說中實在是不可多得的。其要點在敢於如實描寫，並無諱飾，和從前的小說敘好人完全是好，壞人完全是壞的人不相同，所以其中所敘的人物，都是真的人物。總之自有《紅樓夢》出來以後，傳統的思想和寫法都打破了。」見魯迅：《魯迅全

而就西方小說而言，其文學中的經典範式形態自然也有著非常明確的特徵。但其特徵也並非完整地，突然地降臨到中國，相反，其過程卻是藉由個人主觀的選擇和翻譯漸次曲折地展開在讀者面前。雖然早期傳入中國的小說多以類型文學為主，但隨著時間推移，《巴黎茶花女遺事》及狄更斯（1812-1870）一系列作品逐漸傳入，兼之周瘦鵑、包天笑等通俗文學作家的翻譯工作也卓有成效，如《歐美名家短篇小說叢刻》的發行，就首次向讀者具體介紹了一些從未播名中國的嚴肅作家的純文學作品，乃至稍晚對於托爾斯泰（1828-1910）等重量級作家的引介，這一切中西交流的深入最後都必將走向一個明確的結果：中西方小說的範式會產生劇烈的衝突和不協調。

　　中西文明不同，倫理道德、風俗習慣更是千差萬別，兩種於各自文明體系中分開發展而成的小說範式自然不可能獲得偶然的類同性，相反差異甚多才是一個比較正常的狀況。客觀而言，西方小說在中國的傳播，尤其是在晚清受到了翻譯者意譯和改寫的處理，使得其本身的範式特徵和內容的刺激性在充分本土化之後大打折扣，但即便如此，依然造成了很大的衝擊。從一開始西方小說的一些新類型（偵探小說、科幻小說等）的被接受，到後期小說一些技巧被運用，乃至其背後的一些社會觀念都在被潛移默化地接受，過去被翻譯者通過本土化有意消解的範式衝突也在逐漸顯露出來，與此同時，中國傳統小說範式本身也在經受著嚴峻的反思。

　　近代中國歷史內憂外患，變革思潮一浪高過一浪，在小說界也有反映。梁啟超提出「欲新一國民，不可不先新一國之小

說」，這一觀點雖然強調的是更有政治意圖的文學，但其文學自新的意識十分明確。五四一輩則更進一步，高揚「人的文學」旗幟的新文學革命，是積極走向「現代」的準備。在面對著「現代」的誘惑和舊文化的危機時，知識分子做出了堅決的革命回應。

胡適（1891-1962）在〈文化改良芻議〉一文中就直接指出：

> 文學者，隨時代而變遷者也。一時代有一時代之文學，周秦有周秦之文學，漢魏有漢魏之文學，唐宋元明有唐宋元明之文學。此非吾一人之私言也，乃文明進化之公理。[4]

胡適的言論帶有著一種非常醒目的文學進化論思想，而這也是新文學作家非常明顯的思想傾向。這種進化論思想其實可以用範式論來進一步闡釋，即民國如今的時勢，舊有的文化文學範式（作為範例的文言文以及其相關的文學操作方法）已經不能適應當下的社會事實和國族危機了，就像朝代更迭一樣，相應的文學形態也要有變化。既然如今是「千年未有之大變局」，文學也當有千年未有之大革命。因此新文學運動與其相關的文學革命措施就變得理所應當，具有了歷史合法性。

然而值得注意的是，近代中國在面對湧進國門的西方文化與器物時，確實需要更新的文化思想和文學實踐來回應。然而新範式在何處，以何種形態出現？這是極為偶然的。在救亡圖存與面向「現代」的時代裡，知識分子所能夠接受已經不再是無休止的等待和順其自然了。因此新文化運動就會顯得如此有準備與自發，或者說他們對於「更換範式」這一話語具有極其巨大的自覺

---

[4] 胡適：〈文化改良芻議〉，《新青年》雜誌第2卷第5號，（1917年1月1日），頁21。

性，不僅明確提出了這一問題即需要新範式，並且還明確提出了樹立新範式的具體方法，胡適〈文化改良芻議〉以及陳獨秀（1879-1942）〈文學革命論〉都在理論上對於新範式有了比較詳盡的理論建樹和文學革命行動綱領，而魯迅在1918年《新青年》4卷5號發表〈狂人日記〉及之後新文學眾人的創作嘗試，自然可以看作一種對於新範式的有意識建立，事實上也確實成功了。回看這一段歷史，我們可以看到，從對舊範式的否定和新範式的有意識建構其實是在一個非常短的時間間隔之內進行的，因此我們可以清楚地看出期間帶有的「自問自答」的話語傾向。

1918年《新青年》的文學革命旗幟應者寥寥，編輯錢玄同（1887-1939）和劉半農（1891-1934）就曾炮製過一出雙簧好戲：虛構了一個保守主義的讀者王敬軒來和編輯部打嘴仗。[5]這個事件一下子將《新青年》的社會熱度提升了不少。這次雙簧事件其實可以看成《新青年》文學革命主張的一個最好隱喻，因為其本身顯示出其自問自答、建構問題的思想傾向。其本身的革命話語就是在對既往範式的堅決否定和對新範式的苦心經營中提出的。理論先行的自發革命，可以非常切中肯綮地指出問題並舉行批判行動，但不可否認的是，理論先行下其回應範式，以及其對新範式的建構未必是客觀的。

眾所周知，在新文化運動中主流旗手們給出的答案就是提倡全盤向西方學習的，語言向日本化、歐化的白話發展，思想上尊崇舶來的德先生（Democracy）和賽先生（Science），文學創作上向西方經典作品看齊（從易卜生[6]到法國自然主義作家等），

5 　參見1918年三月《新青年》第4卷第3期王敬軒：〈文學革命之反響〉及劉半農回信，頁79-99。

6 　1828-1906。

而三者都強調與舊有的範式澈底告別，鼓動年輕人與舊文化澈底決裂。魯迅在〈青年必讀書〉中就說過：「我以為要少──或者竟不──看中國書，多看外國書。」[7]陳獨秀也提出過「今日吾國文學，悉承前代之弊」[8]的論調。這些姿態和文學舉措都顯示出了中國知識分子在面對現代的潮流時追趕西方的決絕和信心。雖然催動革命有時需要矯枉過正的舉措，但這一點並不能夠掩蓋新文學作家的一種思想傾向：即現代等同於現代西方，追求現代性的過程就是西化的過程，而現代的程度自然也與西化的程度有關。這種頗為決絕的態度與新文學作家對幾個基本概念的二元對立處置有著很大的關係：中國和西方對立，傳統和現代對立。而在這種理念之下，接近現代的方法，無非是模仿現代的西方，拋棄自身傳統的方面。[9]

史書美在《現代的誘惑》中指出：在進化論的影響之下，新文學作家設置了一套理念：即中國是西方的過去，西方是中國的未來，中國和西方之間的差別就是線性時間的差別，亦即只要付出足夠的努力，就能夠改變「落後」的現實，縮短與西方的差距，更加接近現代。在這樣的思維模式下，自然愈加澈底地拋棄傳統，學習西方，就能愈快地接近西方所代表的現代：

> 「五四」的作家將他們對於現代主義的挪用行為宣告成為
> 一種針對中國傳統的反話語（這種看法其實是很成問題

7　魯迅：〈青年必讀書〉，《魯迅全集》第3卷，（北京：人民文學出版社，1981年），頁12。
8　陳獨秀：〈文學革命論〉，《新青年》第2卷第6號，（1917年2月1日），頁3。
9　關於五四精神中的全盤性反傳統主義（Totalistic Iconoclasm）以及西方文化影響下的中國意識危機等問題，參看林毓生《中國意識的危機．「五四」時期激烈的反傳統主義》（貴陽：貴州人民出版社，1986年）一書。

的），一種加速現代性的到來的手段和一種反傳統文化力量的標誌。他們以這種人為建構起來的西方現代性的「普適性」作為武器，對那些站在所謂「保守」立場上的人們加以攻擊。帝國主義的全球性擴張將現代性成功地設立成了所有歷史之目的（telos），這也就為現代主義文化在地區語境中的立足提供了可能。[10]

她同時也指出了這種傾向的危險：

一旦把時間看作是中西之間的唯一區別，那麼，中國就有可能在這個由西方所支配的世界中，通過儘可能快地趕上西方而成為與西方平等的夥伴。然而，他們忽視了西方線性時間觀念背後所蘊涵著的具體化了的等級制度。這種等級制度通過「先進／落後」等等的二元區分來確定西方的優越性，並將第三世界固定在永恆的過去。[11]

近代中國彼時的社會與文化狀況毫無疑問呼喚著一個嶄新的範式來開啟時代，而新文學運動也確實帶來了一個答案，一個西化的革命。誠然許多年輕人在思想上受到啟蒙，行動上得到引導，但這事實上也帶來了許多問題，諸如文化斷裂、激進的文化傾向，極度膨脹的革命話語等等。新文學作家對於舊範式的指認和批判值得讚許，但其理論先行的答案卻並非決然正確。事實上，中西方各自的文學範式就是相互平行的，隸屬於競爭關係的

---

[10] （美）史書美著，何恬譯：《現代的誘惑：書寫半殖民地中國的現代主義（1917-1937）》（南京：江蘇人民出版社，2007年），頁18。

[11] （美）史書美著，何恬譯：《現代的誘惑：書寫半殖民地中國的現代主義（1917-1937）》（南京：江蘇人民出版社，2007年），頁59。

一種動態發展格局，並非如新文學所假設的那樣在線性時間中必然有「先進／落後」的關係，各自只不過代表了文學發展的可能面向罷了。

新文化運動所樹立的創作範式無疑是一個極為有力的範例，雖然始終存在許多問題，但是其本身還是在最急需時給了中國文學以一劑強心針。然而時至今日，中國文化的現代形態依然是一個懸案，新文化運動所提供的「可能」範式也只是歷史催生的一個急就章式的答案。

那麼終極的問題在於，究竟需要一個怎樣的新範式才能在中國傳統文學範式的危機時期和西方文學範式強勢介入的時代中，完成文化中國的現代轉身呢？這個問題之複雜，並非本文可以完全解答。但通過影戲小說中範式衝突的研究視角或許可以給我們提供一些新的觀察感受，並引向那個歷史中可能的答案。

民國通俗文學，在相當長時間內被以新文學範式為主導的文學史話語指認為「舊派文學」[12]。所謂舊派，自然就是五四諸人所批判的傳統文學創作。範式間的互斥極其自然，甚至相當長的時間內通俗文學都只是被當做新文學發展的一個文化背景和創作反例來對待。而實際上，「新舊」這一指稱，本身就可以看出新文學文人在攻擊通俗作家時，自覺地將對方與傳統文學範式歸為一氣，將他們永遠地鎖死在線性時間上的過去一端。出於這樣一種文化優越感，諸如「文娼」、「文丐」的汙名就不奇怪了。

---

[12] 范煙橋在1932年開始在東吳大學講授小說，因為寫作《民國舊派小說史略》（1961年刪改後被編進《鴛鴦蝴蝶派研究資料·史料部分》）作為講義。「舊派小說」這個說法是范的一個創造，以之與新文學的創作作區分。范在此書中竭力避免使用鴛鴦蝴蝶派這一帶有汙名的說法，取而代之的是「舊派」這樣一個相對溫和的說法。然而在1949年之後《鴛鴦蝴蝶派研究資料》等主導的研究話語中，「舊派」這種說法也被汙名化了。

而在線性時間這個話語場中，本身「新」就代表了一切正確，而「舊」先天就有著「落後」的標籤，在線性的時間軸上，向前就意味著接近現代，而向後就意味著復歸保守的傳統。

在新文學作家書寫的現代文學史的話語中，似乎響亮的聲音只剩下錢玄同〈「黑幕」書〉、鄭振鐸（1898-1958）〈思想的反流〉、葉紹鈞〈侮辱人們的人〉等文章作品，文壇也似乎只是純文學諸君把持的淨土，一呼百應。鴛鴦蝴蝶派文人們因著「出身」的缺陷，於是拱手退居二線，將文學主流乖乖讓出。這樣的歷史話語與腔調顯然是有問題的，然而在一九四九年之後卻極端膨脹，這自然也是和當時整個通俗文學界都被新的文化政策取締息息相關。直到四十年代，因為對於普通讀者的巨大吸引力，通俗文學在整個文學市場中依然處在主導地位。新文學的著作和影響力其實也基本只局限在高級知識分子和青年學生之中。不過由於有新文學幹將在教育部門主事，因而白話運動確實推進得很好。值得注意的是，對於白話的應用和提倡其實在一十年代的通俗文學界就存在著，不過未有如此歐化的語言傾向而已。

可以說，由於新文學諸人中頗有一些在一九四九年後據了要津，因此對於五四運動的歷史影響力和功績有著事後追認之嫌，而其結果自然會導致與其平行的通俗文學的歷史評價產生偏差。實際上范伯群一再強調「（通俗文學和嚴肅文學）「兩個翅膀論」不過是重提文學史上的一個常識」[13]，二者也並不存在一個更替的時序關係，反而只不過是近代文學的兩個發展側面和傾向。就小說一體而言，晚清民初同在報章雜誌上刊登，二者關係相對緊密，未有決然分野。而五四新文化運動也並非一個「城頭

---

[13] 范伯群：《多元共生的中國文學的現代化歷程》（上海：復旦大學出版社，2009年），頁237。

變換大王旗」的戲劇化時刻，更像是一個「分道揚鑣」和「各得其所」的歷史關頭。[14]

> 在「五四」以後，通俗文學作家曾在「趨新」中希望「靠攏」新文學文壇，得到它們的承認。可是在《文學旬刊》等刊物的猛烈批評聲中，他們才懂得「趨新」是應該的，但「靠攏」是「靠不攏」的。不過他們得到是市民無言無聲的擁戴……新文學和通俗文學是「各有所眾」的，它們正在「各盡所能」，在未能達到「超越雅俗」的高水準的融會之前，必然也會「各得其所」的。這樣的局面在某一時段中就如此「定格」了。[15]

然而事實上也並非僅止於「靠攏」或者「各得其所」。通俗文學界在面對著「中國傳統文學範式的危機時期和西方文學範式強勢介入的時代中」，也有著自己的回應，有著自身對於創製新的文學範式的嘗試，但遠非新文學那樣激進和富於破壞性。

通俗文學家如包天笑、周瘦鵑、陸澹安等，早年在進行翻譯西方小說作品時就已經接觸到了相當廣泛的外國文學作品，並在模仿中嘗試以本地小說範式進行融合；另一方面，通俗文學家們也並非完全如新文學作家攻擊的那樣，只創作一些「消閒」和「舊派」作品，像周瘦鵑也創作過諸如〈亡國奴日記〉、〈最後之銅圓〉等一系列關注社會民生的作品，富於社會批評色彩；《禮拜六》上有刊出過多期社會問題專號，如「離婚問題」專號

---

[14] 范伯群：《多元共生的中國文學的現代化歷程》（上海：復旦大學出版社，2009年），頁125。

[15] 范伯群：《多元共生的中國文學的現代化歷程》（上海：復旦大學出版社，2009年），頁125-126。

等，這些作品的發表有相當一些早於新文學作品；並且，現代白話小說的創作也不是五四新文學所專有，白話文學一直存在，只是新文學作家加以有意識的歐化改造而已。而與此同時，通俗文學界也在小說中加入許多口語白話，繼承傳統白話小說之餘，也嘗試借鑑外來語彙和方言，使得其白話文字更加靈活且接近日常口語，尋常百姓皆可以閱讀和使用。某種程度上來說，晚清民初的所謂「傳統樣式」的白話通俗小說對於白話的使用遠比新文學作家提倡的白話文更為接近日常口語。就連瞿秋白（1899-1936）本人都曾經說過，現代白話是普羅大眾所一時適應不了的。[16]

　　實際上，在新文學的強勢話語下，這些帶有傳統屬性的新式文人是徹頭徹尾的「改良派」，然而這也不過是革命基礎上歷史敘事的事後諸葛罷了。而這種思維之中，總以「趨新」是尚，在「進步」理念面前失卻自身的價值判斷：

> ……如此時時進步，刻刻進化的世界觀固然使中國人不憚於接受西方最激進、最時尚的社會思潮，且以此為傲，但它所造成的後果是追趕著迅速為後來者所超越，大家彷彿進入了一場令人精疲力竭的馬拉松比賽，政治界、思想文化界的領袖人物像走馬燈似得迅速轉換，無法形成相對穩定的權威，變革所需的暫安之局都成為奢望……[17]

　　這種進步的迷思恰如魯迅所說的「革命，革革命，革革革

---

[16] 轉引自 Perry Link, *Mandarin ducks and butterflies: popular fiction in early twentieth-century Chinese cities*, (Berkeley: University of California Press, 1981), pp.19.

[17] 耿傳明：《決絕與眷戀：清末民初社會心態與文學轉型》（上海：復旦大學出版社，2010年），頁54。

命，革革……」[18]的虛妄循環，而這種對於新範式的激進追尋會脫離發展規律本身，只具備了範式變換的表面形態，並沒有對於範式內容的實質發展。

出於對文學激進革命的反思，本章的主要內容將著眼於民初的通俗小說，尤其是影戲小說中的敘事問題等。並在文本分析的基礎上，嘗試從通俗文學在傳統和現代的境遇之間，探究其對文學現代化的努力和成績。在筆者看來，通俗文學諸人在民國初年曾經為文學發展演進和新範式誕生所做的構想和耕耘，不應該為歷史所忘卻。

▌第一節　本不存在的敘述停頓

電影常常被稱作是「時間的藝術」，如何在有限的時間之中，在觀眾觀影的速度是同一不變的情況下，對作為表現客體的時間進行剪裁安排和轉化，使之成為電影時間，這是每一部電影都需要解決的重要問題。馬斯特（Gerald Mast, 1940-1988）就指出電影的魅力恰在於此：

> （電影的魅力在於）不間斷的電影和時間之流所具有的的累積性、運動的催眠狀態。因為電影的藝術和時間的運用最密切地相符，它以催眠掌握的形式囚禁了觀眾的注意力，使其在電影的進程中變得緊張而強烈（如果作品是恰當建構的），而且它拒絕釋放它，直到找到宣洩口。[19]

---

[18] 魯迅：〈小雜感〉，《魯迅全集》第3卷，（北京：人民文學出版社，1981年），頁532。

[19] 轉引白（柳威）雅谷·盧特著，徐強譯：《小說與電影中的敘事》，（北京：北京大學出版社，2011年），頁63。

在電影中，這樣一種時間的兌現的要求極為精準，作為與文字殊為不同的電影語言，追求的是更為直接和視覺「閱讀」感受。因此電影的敘事方式也是與傳統文學並不相同的。在默片時代，因為不可能存在一個像說書人一樣的敘述的「聲音」，因此這一階段電影的表現更多的是一種直接敘事層的表現。相較而言，小說就沒有這樣的敘事約束存在，由於讀者有不被框定的時間來閱讀文學作品，因此在多變的閱讀速度中，文學的敘事速度其實是作品與讀者的協商結果，因此小說本身的敘事速度和敘事停頓不會影響讀者的閱讀速度，因為讀者自己就可以選擇快讀或者慢讀，甚至直接跳過。

對於什麼是「敘事停頓」，羅崗在其《敘事學導論》中提出：

> 在停頓時，對事件、環境、背景的描寫極力延長，描寫時故事時間暫時停頓，敘事時間與故事時間的比值為無限大，當敘事描寫集中在某一因素，而故事卻是靜止的，故事重新啟動時，這一段描寫便屬於停頓。[20]

敘事停頓在小說中很常見，古今中外的小說都存在著這樣一種創作空間。作者可以在敘事停頓中提供自己個人的觀點和感受，幫助讀者進入小說情境。在另外的一些情況下，敘述停頓之時，作者常會讓時間靜止，從上帝視角或者主觀視角來描寫（即時或回憶性地）所見的人、事和物。

在中國的傳統小說中，敘事停頓常常來源於一個非常強勢的敘事聲音：敘事人。這個敘事人並非躲在幕後敘說，而是在幕前

紙上銀幕：民初的影戲小說

1
0
6

---

[20] 羅崗：《敘事學導論》（昆明：雲南人民出版社，1994年），頁299。

演講故事。文言小說中的史家視角和白話小說的書場效果，都是這種強勢的敘事人所催生出來的結果。作者在敘述中有意迴避其書寫對象的虛構性，在這種強勢敘述人的介入中，讀者不自覺地就忽略了對於敘述內容真實性的考量。對於讀者來說，講述出來的內容是否真實並不重要，重要的是其是否有趣。

因此，在讀者和所謂的現實之間，這個強勢敘事人則充當了一個善意的仲介角色，由於對讀者趣味的瞭解，經由仲介敘述而出的這個現實可能比讀者預期的更為符合其口味。因此，讀者對於作者的主觀改寫是並不介懷的。

而作者的主觀改寫在影戲小說中十分常見，從電影到文本的轉化過程中，作者常常根據自己過往創作小說的習慣添油加醋，增加電影文本的敘事層次，使整個西洋文本的氣質都有了中國傳統小說的面相。這類影戲小說頗受讀者的歡迎，對於那些沒有看過電影的市民讀者特別有吸引力，這些小說雖然沒有完成他們看電影的願望，但完成了他們對於電影的想像，並創造出了一個跟電影有關的，他們自身也願意接受的現實。

（一）某生體模式與書場敘述

眾所周知，傳統筆記小說、稗官野史常常通過「某生，某時人，某地人士……」來進行開頭，以第三人稱敘述，「某生」為敘述脈絡。其敘述重點在於其人的某一段經歷，但是依然需要先敘其家世背景，而主體內容的關注點則在於他的某一段經歷。對於這一段經歷，作者有相對詳盡的描述，而過去的歷史和結局的餘韻則相對簡略，甚至一筆帶過。因此小說內容的大致結構就呈現出兩端細，中間粗的一種敘事形態。換言之，這種「某生體」

理論上也是可以在兩端無限擴寫的。

　　某生體在短篇筆記小說很常見，因文體篇幅的考慮，其實也大多只能主要關注其中一段故事。但受著紀傳體傳統的影響與書場的習慣，對於人物「來歷」總免不了一敘。大概是讀者習慣於在故事發展之前對於小說人物背景、身分、性格有著一個相對清晰的感知，因此在開篇之時將主人公身分及大致經歷加以濃縮，幾乎成了一個黃金手段。這即是陳平原所說的「盆景化」[21]的小說傳統，兩端擴寫後甚至可以變成長篇小說，與西方「橫斷面」的小說形態相對應。之所以稱之為「盆景化」，意指其創作過程中將敘述對象「微縮」呈現的一種傾向，就好似家中擺放的那種形似大樹的盆景一般；而與之相對應的西方「橫斷面」小說就是以一個情境開端，在敘述中再逐步補齊人物性格和故事背景，小說的展開恰恰是從一個剖面來進行的。敘述時間隨小說展開而綿延，這一點上與某生體在小說開端的敘述停頓是相區別的。

　　某生體作為一種傳統小說的創作樣式一直綿延而下，這種源流久遠的小說操作範式在林紓的創作（如〈纖瓊〉）與周瘦鵑的創作（如與影戲小說同期的〈真假愛情〉）中同樣存在，同時幾乎為整個通俗文學界繼承。

　　然而同樣是因為某生體與傳統小說千絲萬縷的聯繫，新文學作家對於通俗文學作家使用這一手法一直十分詬病：

> 中國今日的文人大概不懂「短篇小說」是什麼東西。現在的報紙雜誌裡面，凡是筆記雜纂，不成長篇的小說，都可叫做「短篇小說」。所以現在那些「某生，某處

---

[21]　陳平原：《中國現代小說的起點：清末民初小說研究》，（北京：北京大學出版社，2001年），頁154。

人，幼負異才，……一日，遊某園，遇一女郎，睨之，
天人也，……」一派的爛調小說，居然都稱為「短篇小
說」！[22]

……此外還有《玉梨魂》派的鴛鴦蝴蝶體，《聊齋》派的
某生者體，那可更古舊得利害，好像跳出在現代的空氣以
外，且可不必論也。[23]

胡適和周作人（1885-1967）做出這樣的評論並不奇怪，基
於他們擔負的新文學範式革命的使命，攻擊舊範式的創作技巧並
不難於理解。然而，不容忽視的是，新文學作家中不論是胡適、
周作人還是沈雁冰（茅盾，1896-1981）等人，其實對於短篇小說
概念的理解是有著狹隘傾向的，似乎但凡是短篇小說就必得是西方
「橫斷面」式的小說，否則好像就帶有先天性的原罪（某生體、文
言文），在藝術水準上落了下乘。[24]甚至連「短篇小說」這一名
諱都配不上，不過是些「筆記雜纂，不成長篇」的東西。這一觀
念顯然是過分西化，且基於革命的需要將一些問題片面化了。

話說回來，他們這種指責也並非毫無來處。林紓翻譯的外
國小說對於晚清民初的通俗小說具有非常大的影響力，他在語言
上予以改頭換面，沿用文言文的語言章法，無法窺見原語言的特
徵。但外國小說的文章布局，調動懸念，及一些類型文學的特殊

---

22 胡適：〈論短篇小說〉，《新青年》第4卷第5期，（1918年5月15日），頁27。
23 周作人：〈日本近三十年小說之發達〉，《藝術與生活》（石家莊：河北教育出
版社，2002年），頁147。
24 這個觀點並不僅僅止於引文部分，胡適〈論短篇小說〉、周作人〈日本近三十年
小說之發達〉及沈雁冰：〈自然主義和中國現代小說〉這幾篇文章中都有具體的
闡述。

敘事手法卻在一定程度上得到保留，對通俗小說家們的創作有著範式的啟示作用。當然，這也帶來了一個問題，「文言」的正統腔調加上西化的「通俗內容」的雜合式書寫確實有著一種相對不融洽的文本表現，能看出其中互相不能消化的狀況。這也易於理解，兩種小說範式確實難於在一篇小說中由一個人完成其整合工作，而在影戲小說的創作中，我們可以看到作家們是如何為之做出努力的。

以周瘦鵑的影戲小說〈愛之奮鬥〉與鄭際雲、華吟水〈日光彈〉，以及包天笑〈情空〉為例，小說開頭即敘：

> 話說蘇格蘭地方有一個苦小子，叫做但尼爾麥克耐，租著田主藍貴族的田，耕種過活……（〈愛之奮鬥〉）[25]

> 紐約有克蘭者，扞扞富人也，設質肆於市。窮措大恒，麇集於其門……（〈日光彈〉）[26]

> 我今先述德國之柏林，有某老將軍焉，曰李罷爾，當日在普法戰爭之際曾立奇功……（〈情空〉）[27]

在電影中很難想像「某生體」應該如何用電影語言敘述，早期電影開場的敘述也是與西洋小說文本類似，由一個具體的場景開始，繼而在不斷的對話和互動中逐步顯現出人物關係和背景。對於影戲小說的創作來說，這些篇目開頭部分使用這一技法似乎

25　周瘦鵑：〈愛之奮鬥〉《禮拜六》雜誌，（1922年，第153期），頁12。
26　鄭際雲、華吟水：〈日光彈〉，《快活》，1922年第11期，第1頁。
27　包天笑：〈情空〉，《小說大觀》第1期（1915年8月），頁1。

暗示了作者對於電影式開場的部分不信任。作者作為電影和讀者的仲介，認為原先的敘事方式並不易於使讀者理解故事，才採取了相對保守的讀者可以立即進入的敘事模式：某生體。

另一方面，作者採用這一視角也是對電影的一種簡化處理。電影本身有不少是人物群像或者有多線和複雜人物組合的情況，影戲小說採取「某生體」就可以用一個「跟隨敘事」的方式固定在單一人物背後展開故事，達到省儉敘事的效果，使得作者和讀者都可以較為簡易地進入到文本中。可讀性與易讀性也正是通俗小說的要求所在。

西洋電影敘事和「橫斷面」範式下的西洋小說較為一致的是，人物背景性格在情節推進中展開才是主流的做法，其實影戲小說也並非對此技巧毫無借鑑，這一點留待下文詳述。

當然作者之如此創作，也是出於使用某生體可以照顧傳統讀者習慣的緣故。從上面三段材料中可以看出，除了某生體式的運用是一個共同特徵之外，第一段材料和第三段材料都有著非常明顯的書場氣息，作者選用了一些話本小說中常見的口語套話來銜接敘述，如「話說」、「我今先述」等等，都有著書場敘述人的講述口氣。這種敘述氣氛和某生體一樣，都是讀者再熟悉不過的傳統小說樣式的特徵，是既有範式的重要內容，讀者在這樣的氣氛下，是很容易進入敘述情境的。而部分影戲小說中的這種書場氣氛卻有些不同：

> 話說古時的羅馬有一個赫赫有名的大城，名兒喚作旁貝，如今這城兒雖已沒沒無聞，地理圖上早沒有了他的大名，只剩幾塊斷碑殘碼供後人的摩挲憑吊。然而從前他老人家也出過好一會子鋒頭，瓊樓傑閣，丹碧相望，通衢大

道，車馬相迎。委實能和二十世紀的巴黎倫敦稱兄道弟，不相上下呢。這也不在話下，且說（按：以下省略兩千字）……這都不必細表。不過是做書的喜歡說閒話，便有一搭沒一搭的說了一大堆，其實是無關宏旨的。且說……（〈旁貝城之末日〉）[28]

這一段帶有主觀敘述色彩的文字，與傳統書場氣氛所講求的懸念叢生、「花開兩朵各表一枝」、草蛇灰線，力圖時時抓住虛擬的讀者吸引力的傾向似有很大的不同。在以上敘述中，主觀敘事有著不緊不慢、東拉西扯的傾向，並不著急說正題，只是與讀者像尋常朋友那樣拉家常，說閒話，最後連他自己都說「不過是做書的喜歡說閒話，便有一搭沒一搭的說了一大堆，其實是無關宏旨的」。

陸澹安根據長篇影戲劇集創作的三十回的小說《毒手》，有著章回小說的形制，但其實每章故事都相對獨立，自成劇情單元，不過有一個整體的劇情背景罷了。而在這部長篇小說中，依然有著書場氣氛的餘音，存在著話本小說似的的套語和多敘述層的結構：

閱者尤憶我書之第九章，有所謂伯爵夫人曰阿爾茄者手？夫人為……（《毒手》第二十七章）[29]

巨憨既死，有情人既成眷屬，吾書亦自此告終結矣。（《毒手》第三十章）[30]

28　周瘦鵑：《龐貝城之末日》，《禮拜六》雜誌，（1915年第32期），頁1~2。
29　陸澹安：《毒手》（上海：新民圖書館，1919年1月），頁145。
30　陸澹安：《毒手》（上海：新民圖書館，1919年1月），頁167。

在第一段文字中，作者通過書場套語進行補充敘述，使得大半個月前的第九章的內容在第二十七章中出現，不致使得讀者感到莫名其妙（陸澹安在《大世界報》上連載《毒手》，每日一期）。小說中某個側面人物很容易被人忘卻，尤其是內容相隔久遠的情況下。然而在影戲中這種可能性就大大降低，因為人物著裝表演都比較類型化，容易被人記住，小說的這種補敘手法有效地抹平了這種文本轉化中的記憶效果的差異，這是作家運用小說敘事舊範式消化新內容的一種方式，補齊了可能存在的不足和漏洞。

第二段文字很有意思，雖然表面上看來就是普通的書場效應的運用，但放之全文來看似乎又有些別樣的效果。因為就這部小說全文來看，作者起初傾向於以「橫斷面」式的寫法來經營文字的，小說開頭的樣式即是如此：

> 「砰！砰！」槍聲！槍聲!!此時女郎杜麗西方獨處臥室，
> 熄燈欲臥，忽聞樓下會客室中，槍聲連發，大驚躍起……
> （《毒手》）[31]

我們可以看出作者模仿的是西洋小說的典型開篇，所謂「一起之突兀」[32]的寫作格式。人物也並未敘述身世，而是由具體的場景展開敘述，並且小說敘述也以人物動作性為主要動力，這樣的小說面貌是非常新式的。隨著寫作的深入，寫作不自覺地呈現出舊範式的樣貌來，一些起承轉合處像車軸轆話一樣的敘述套語

---

[31] 陸澹安：《毒手》（上海：新民圖書館，1919年1月），頁1。
[32] 梁啟超：〈《十五小豪傑》譯後記〉，《新民叢報》第2號，（1902年2月22日），頁100。

開始出現，其實它們大多數並不承擔什麼敘述功能，只是一個敘述的循規蹈矩與自動寫作的表現。作者設定的敘述範式鬆動之後，暴露出的正是他最為熟習的創作範式。

那麼，綜合上述的文例和論述來看，影戲小說家在小說中使用某生體和實踐這種變形的書場敘述用意何在呢？筆者以為還是與閱讀市場的閱讀期待與作品消閒傾向有關，自然也與傳統範式的創作亦不脫關係。

首先，正是由於傳統小說依然擁有著大量讀者，並且悠長歷史培養的文學閱讀習慣使得人們在閱讀時不自覺就會對「某生體」和這種書場敘事產生閱讀期待，而二者也幾乎是以一種經典模式存在於閱讀中，使得讀者可以最快速地進入小說情境。

其次，民國時期報章雜誌已經成為都市中人工作之餘消遣取樂的重要媒介。而且作為一種通俗文學的載體，報章雜誌成為更大規模的人群能夠獲得的閱讀途徑，擴大的讀者群意味著更為下移的閱讀定位，小說與文人化的狹隘定義也越來越遠。正因為此，通俗小說的消閒工具性對於普通讀者的意義就到達了一個前所未有的程度，尤其是對於在上海這座大城市中無時無刻不體驗著現代性壓力的普通市民。於是，更為舒緩的，以至於顯得有些絮叨的說閒話式的敘述方式可以為讀者所接受，甚至在消閒的氣氛中還能增加一點親切的感覺。讀者並不一定帶著一種認真的小說審美的態度，甚至看完就忘，對於作者來說，自然也不會有著「書場」式的現場表演的急迫壓力，並且敘事的消閒氣氛甚至比敘事內容的精彩更受重視。

再次，不能否認的是，在傳統小說的文學習慣中成長起來的民初通俗小說家，對於某生體和書場氣氛是再熟悉不過的了，甚至成為他們觀念裡對於小說創作的一種不由分說的技巧組成部

分，因而在創作中，即便有了看電影的經驗在前，依然會在寫作中不自覺地運用起這些傳統技巧，帶有一種「自動寫作」的色彩，這也是既有範式在他們創作中留下的深刻烙印，不是可以被輕易改變的。

在以消閒和遊戲性為圭臬的通俗文學市場中，某生體和書場氣氛都是通俗作家通過作品抓住讀者的一種手段，而這種手段的選擇和使用則出於既有範式對於創作者的規範和心裡影響。

（二）文末的評語

「小說家者流，蓋出於稗官。」[33]稗官野史斷不願自承稗官野史，總也有著史書的寫法，模仿《史記》篇目結尾總結性的「太史公有言曰」的方式，從野史到小說不勝枚舉，蒲松齡短篇小說結尾的「異史氏言曰」以及林紓短篇小說中的「畏廬曰」，都是著名的例子。就司馬遷而言，「太史公有言曰」是他發表歷史觀點的敘述手法，可以與文章對照來看。而對於後世的一些小說家來說，只是因為覺得如果不加上這樣一段總結陳詞，單純敘述故事不發議論，似乎小說就顯得過於消閒與通俗，不夠「有益世道人心」，夠不上「文章」的標準。於是乎，一些作者常會加上夫子自道鋪陳觀點，收束全文。明清以降，不少「倫理小說」都通過這個「套子」來調侃道德，明明誨淫誨盜，文末或者文前常一本正經地「勸世」、「警人」，以過來人的身分反過來「批判」小說內容宣揚的東西。而影戲小說中，也存在這種文末評語蛇足的情況。

---

[33] 班固（32-92）：《漢書》（長沙：嶽麓書社，1993年5月），頁774。

以周瘦鵑的影戲小說〈嗚呼……戰〉而言，文末就用中國傳統小說的方法來作結：

> 美人寂寂英雄死，一片傷心入畫圖。嗚呼……戰！嗚呼！戰之罪！
>
> 瘦鵑曰：是劇原名THE CURSE OF WAR，編者為挨爾弗萊梅欽氏M・ALFRED MACHIN，劇情哀感，楚人心魄。令人不忍卒觀。予徇丁郎之請，草茲一篇，屬稿時亦不知拋卻多少眼淚。銜杯把筆，兩日而竟。特取以示吾國人，並將大聲疾呼，以警告世人曰：趣弭戰！（〈嗚呼……戰〉）[34]

原片是一部非常純正的戰爭片，講述兩個異國好友因戰爭不得不在戰場上兵戎相見，結果不僅生命不保，亦使二人至交一女子痛不欲生。然而在周瘦鵑的小說中，兒女「哀感」之情才是主要著筆之處，文中也不吝重墨煽兒女情，戰爭反而成了相對遼遠的背景，是悲劇的原因。而周瘦鵑在這篇文章中詛咒戰爭的原因也恰恰在於戰爭阻止了大團圓結局的發生，其實並未對戰爭提出什麼深刻震撼的認識和批判。感動他的可能是一齣悲劇的故事，而造成悲劇的原因──「戰爭」大略成了浮於表面的一個話語象徵，缺乏更深入的書寫。「戰爭小說」的重點還是在小說而非戰爭，除考慮要吸引讀者之外，提高小說內容的嚴肅性似乎也是提及戰爭的一個重要考慮。「在周瘦鵑，小說是一種職業性的寫作，跟都市消費機制密不可分，所謂「愛國小說」不過眾多種類

---

[34] 周瘦鵑，〈嗚呼……戰〉（一名〈戰之罪〉），《禮拜六》雜誌（1915年第33期），頁19。

的一種，鴛蝴派的功能不僅如林培瑞（Perry Link）所說的在於紓解都市現代性帶來的壓力，也如哈貝馬斯所說的資產階級陶冶自我的教養之具。」[35]

而〈龐貝城之末日〉結尾是這樣收束的：

> 正是：「無限癡情無限恨，一齊都付與東流」。妮蒂霞可憐！（〈龐貝城之末日〉）[36]

周瘦鵑在寫作中常常有很多敘述停頓，但在這篇數萬言的〈龐貝城之末日〉的結尾他卻這樣寥寥一句帶過，發出一句簡單的「妮蒂霞可憐！」顯得過於平白。周瘦鵑可以在文中描寫一處景色花去數百文字，可他在結尾處如此惜墨如金，除了以此表達自己觀影最尾時大慟無言的狀況之外，確實沒有什麼特別的議論可以發揮。他本人的原創小說與翻譯小說，對於抒發哀情、鋪陳景色、描寫女性等有著相當的熱情，但在議論思考方面相對而言就差強人意了。然而在傳統小說的範式影響下，周瘦鵑覺得發些議論比較「規矩」，因此憋出了一句詩，發了句感慨。可以說，傳統小說的文末評點功能在周瘦鵑的影戲小說這裡已經失去了其原意，只是承擔著一個舊文學範式的空架子而已。

然而如果只是雞肋蛇足的話，那就沒有討論的必要了。事實上，周瘦鵑在小說中所模擬的一個說書人（或史家）的敘述話語的弱勢，可能是一個客觀的趨勢：即敘事人對於文本的掌握逐漸崩解，讀者對於敘事人乃至書場氣氛的需要程度也在逐漸減低，

---

[35] 陳建華：《從革命到共和：清末至民國時期文學、電影與文化的轉型》，（桂林：廣西師範大學出版社，2009年），頁177。

[36] 周瘦鵑：《龐貝城之末日》，《禮拜六》雜誌（1915年第32期），頁20。

但依然可以接受這種形式過渡。更可能的情況是，作者有意放棄這種話語的控制，使得敘事人退後，小說中留有更大的閱讀空間留給讀者，有學者將其指為晚清時期開始的小說「敘述間性」的變動：

> ……晚清注重敘事的本體間性的一種表現，也就是小說的敘事者要尋找一個可以和敘述接收者對話交流的平臺，而不是以一種主體對客體的方式強加於對方。由此敘事者和接收者必須保持某種文化共識，併產生一種對話和互動。但這種文化共識是對敘事者的個性化有限制作用的，但個性化訴求更為強烈之時，這種文化共識就會被棄置一邊，出現一種背對讀者，反對話式的個人性敘事，這就開始了一種先鋒性的個人性敘事，使小說進入到一個新的發展階段。[37]

在這種交流平臺中，晚清至民初的作者並不總是敘述的唯一權威，由於讀者（亦即消費者）的地位升格，以往小說作品中「演義──傾聽」的模式受到動搖，變為「作者與讀者朋友分享故事」的交流關係。小說創作的文人主體性定位在下降，意味著作者（主要是其時報刊文學的創作者）對於其所敘述的內容不再擁有絕對控制和話語權，甚至作者本身對於其創作（或者翻譯）內容的態度也未明或者有意隱藏。這又是出於什麼原因呢？

筆者以為消費主義的傾向是這種敘事權威逐漸崩解的重要誘因。晚清許多報章文學基於文學市場的商業機制，自然瞭解讀者

---

[37] 耿傳明：《決絕與眷戀：清末民初社會心態與文學轉型》（上海：復旦大學出版社，2010年），頁18。

並不喜歡說教、權威式講述的心理，讀者閱讀消費的期待就是相對寬鬆愉快的感受。消費主義本身就是解構意識形態、解構權威的重要工具，而這種「解構」的背後是市民的價值感。這種傾向一度被晚清小說界革命的啟蒙話語所壓制，政治小說的勃興和革命話語的高漲奪人耳目，但並未阻止通俗文學消費者對敘事新形態的積極渴求。

辛亥革命一結束，其所許諾的那個未來變為慘澹經營的現實，讀者對於已經過去的「政治」和「革命」話語產生了強烈的逆反心理，因而之前所潛藏久矣的消費主義傾向就自然地浮上水面，隨之民初消閒小說大興，大量以讀者為導向的作品產生也就不奇怪了。而在此時，如果小說中作者依然保持著專斷式的、文人高高在上的啟蒙姿態，與消費市場的考量是相違背的。相反，正是這種敘事人的退後，使得讀者在閱讀過程中獲得了更大的自由度和解讀空間，閱讀中所感受到的社會壓力和文化壓力也相對會緩釋很多。

而作者作為文人也依然有個性化的訴求，如果極大地削弱了作者的敘述個性，作者的主體性受到壓制，其文學創造又會受到制約。這種矛盾蘊含了舊範式在新環境新需要之下的「不合時宜」。在現代性的挑戰之下，文學的創作個性自然是一個極為重要的要素，誠如上文所說，晚清民初確實逐漸出現了一種「背對讀者」的個人性敘事。

上文提及周瘦鵑創作影戲小說有私人感情的緣由，在影戲小說的前言中鋪陳了許多私人情感，而非有關小說本身的論述。他的這種閒話私人感受的筆法有些自說自話的傾向，也並沒有渴望讀者產生同感或者回應，寫作的聊以自況遣愁的屬性是很明確的。

同樣的，張南淩的〈賢妻〉一篇也比較突出的反映出這一特點：

> 南淩曰：此真光劇場所演之電影（《情債》）也。余愛其情節甚佳，參以己意，譯成斯篇。京華多雨，簷漏淅瀝，不能成寐。著之成篇，而易其名為《賢妻》。是片蓋瑠瑪太美奇女史最新傑作也。[38]

張南淩並未說明他到底愛這個故事的哪一方面，也並未說明添加了哪些主觀感受，以及自己將這篇小說易名的原因。反而非常感性地說「京華多雨，簷漏淅瀝，不能成寐」，給了讀者更多的疑問。這段文後評語更像是隨手寫來的心情筆記，並不追求讀者更好地理解文本。而且文字間流露出很多私人的感情色彩，並有意與讀者保持了一定的距離。

這種「背對讀者」的傾向的整體趨勢是愈加私人化，內心化，並且從敘事套子（文前文後評語）向小說內容過渡。當然，舊範式下的敘事形態已經滿足不了這種個人體驗的訴求，因而此時誕生了許多第一人稱主觀敘事的小說（也是受外國翻譯小說的影響），通過讀者和作者的敘事視角的合一，最大程度地展示私人感受和個人性格，同時又並不削弱可讀性。第一人稱敘事小說的出現和性格小說的出現，歷來被看作是五四新文學的重要創造和成就。但這樣的創作其實緣來已久，與1910年代整個文學界的努力是分不開的，其中既有新文學也有通俗文學，而後者的實踐在影戲小說中就有明確的體現。

---

[38] 張南淩：〈賢妻〉，《半月》雜誌，第2卷第1期（1923年），頁23。

當然，也並非所有的影戲小說都有這樣演變的內容，也有一些影戲小說中的文末評語非常傳統，幾乎是沿著舊有的文末評點的樣子在進行創作，如陳蝶仙的《火中蓮》這一本小說第四章結尾（亦即小說結尾）就有著這樣的評述：

　　　　著者曰：中年婦之閱歷深矣。此一問題，急切固不能解。然吾以上帝昭昭，亦有時而昏昏。蓋其察人之明、嫉惡之深、處分之便，殊不如小說家耳。

　　　　著者又曰：論荷德之為人⋯⋯而吾書收場亦將放一異彩，為荷德、亞克二人一寫其愉快焉。雖然，一失足成千古恨，再回頭已百年身，社會中營營苟苟，以愚為智，自速其死，豈止荷德一人。死一荷德足以做百荷德，並以做類似竇文夫婦、以及麻司登亞克諸人。則此火中蓮者，或將化為吾人舌上之蓮，普渡黑海中一切眾生，以登彼岸。不亦善哉，不亦善哉。[39]

　　陳蝶仙這部影戲小說所本的電影也叫《火中蓮》，然而故事中並沒有任何與這一意象有具體相關的內容，顯然是電影放映方面做的當地語系化的翻譯。「火中蓮」一說本是佛家用語，典出《維摩詰經・佛道品第八》：「火中生蓮華，是可謂稀有。在欲而行禪，稀有亦如是。」[40]而後作為重要文學典故意指可以從塵世煩惱中超脫，達到清涼世界的境界。這個故事本身就比較戲劇性，庸人自取煩惱，機關算盡而得報應。這樣有著因緣果報色彩

[39]　陳蝶仙：《火中蓮》（上海：中華書局，1916年），頁61-63。
[40]　鳩摩羅什（344-413）譯，馮國超編：《維摩詰經》（長春：吉林人民出版社，2006年），頁170。

的故事被翻譯成《火中蓮》是非常符合時人的審美邏輯的,而陳蝶仙在觀影後為之打動而創作,也注意強化這一佛教意象,將劇中的因果報應表現得更具象徵意味。在故事內容之外,他在文末的評語之中談及對於「上帝」和人間不公的事物之間的聯繫,提出「殊不如小說家耳」,顯然是在作為敘述主體的角色上體味到了上帝視角和評判的話語權威。而文中對於主要的反面角色「荷德」的批判,則宣揚了作者本人的道德觀念。

影戲小說中具有文末評語的小說不止一篇,其所代表的風格也不一而足,有的相對比較傳統,寄寓的傳統道德理想比較多;有的就保持了與文本的一定距離,留下更大的闡釋空間予讀者。這種情況與影戲小說創作者(或進一步曰通俗文學作家群)複雜的成分有關,其中作家在知識背景,對於現代的態度,對於文學、電影的態度大多不盡相同,致使影戲小說作家群的創作本身就呈現出不同的面相。影戲小說作為一個有相似背景的創作文體,內裡的背景和創作傾向是非常多元豐富的,所以影戲小說本身不可能呈現出整齊劃一的創作特質,有傳統有現代,這也正是這一文體的魅力所在:許多作家在創作這一如鏡子一般的文體時,都照出了自己一貫過往的創作傾向和創作特色。

(三)衍文現象

「衍文」這一概念是校勘學術用語,指「因繕寫、刻版、排版錯誤而多出來的字句」[41]。在本文中,筆者將借用這一概念代指通俗小說家在將西洋小說改寫成影戲小說過程中根據個人喜

---

[41] 商務印書館辭書研究中心:《新華詞典》(北京:商務印書館,2001),頁1136。

好，增加、擴寫、發揮、敷衍成文的部分。這種概念的借用一方面著眼原校勘概念中「因繕寫而多出來」這一意向；另一方面強調「衍」字本身「自由發揮、鋪陳」的意向。

清末民初小說創作的商業化與量產化令質量良莠不齊，時人的詬病甚多：

> 朝脫稿而夕印行，一剎那間即已無人顧問。蓋操觚之始，視為利藪，苟成一書，售諸書賈，可博數十金。於願已足，雖明知茲累百出，亦無暇修飾。[42]

這種相對自由隨意的創作心態一直綿延到民國通俗小說盛行的年歲依然沒有改變，甚至有愈演愈烈的趨勢。作為通俗小說的一種，影戲小說在創作過程中也存在並不過於計較小說精細程度的問題，甚至有時暴露出漫漶的毛病。影戲小說的創作常常是偶然的，常常是在觀影之後發現「是劇哀戚頑豔，大可衍為哀情小說」[43]，「爰記其概略」[44]，「既歸，遂作此，挑燈三夕始成」[45]。這其中「衍」與「概略」的自由發揮成分是很大的，周瘦鵑本人在寫作影戲小說時就承認了這一點。他的這種寫作情況也是由繁重的寫作任務和通俗文學相對自由的寫作要求所決定的。友人回憶：「（周瘦鵑）平生無嗜好，每日治事，至15小時，常自稱曰文字之勞工」[46]。他也常常如是自嘲：

---

[42] 寅半生：〈《小說閒評》敘〉《遊戲世界》雜誌，（1906年，第1期），轉引自陳平原、夏曉虹：《二十世紀中國小說理論資料》（北京：北京大學出版社，1989年），第1卷，頁200。

[43] 周瘦鵑：〈龐貝城之末日〉，《禮拜六》雜誌，（1915年，第32期），頁6。

[44] 周瘦鵑：〈愛之奮鬥〉，《禮拜六》雜誌，（1922年，第153期），頁11。

[45] 周瘦鵑：〈不閉之門〉，《禮拜六》雜誌，（1915年，第59期），頁28。

[46] 許廑父：〈周瘦鵑〉，《小說日報》，（1923年1月1日），第1版。

吾們這筆耕墨耨的生活，委實和苦力人沒什麼分別，不過
他們是自食其力，吾們就是自食其心罷咧。這小說家三字
的頭銜，也沒甚稀罕，仔細一想，實是小熱昏的代名詞。
那林琴南啊，天笑生啊，天虛我生啊，便是小熱昏裡頭的
名角兒，可以進得玄妙觀，上得城隍廟，當著千千萬萬的
人，舌粲蓮花的說他一大篇。至於在下呢，只索向荒村寒
室老虎灶上，冷壁角裡敲敲破銅鈸，嚼嚼爛舌根，給鄉
下人開開笑口，替小孩子尋尋快樂，也不敢老著臉兒，掛
什麼小說鉅子著作等身的大招牌。雖然偶一掛之，還不妨
事，然而掛了之後，反覺問心多愧，還是不掛的好。況且
像在下這麼個後生小子，肚子裡空洞洞的沒什麼東西，恰
合著當代大小說家惲鐵樵所謂「才解塗鴉，侈談著述」的
八個字兒……幸而那些編輯小說的先生們，大約都是慈善
家，見了吾嘔心剜血的文稿，往往賞收，沒有退回來的，
因此吾一家的生計倒還過得去，吾的心兒腦兒雖然苦了
些，吾和家人們的身兒總算暖了，肚兒總算飽了。[47]

　　周瘦鵑在這段文字中自嘲之餘，雖也談及自己創作「嘔心剜
血」，但也爽直地承認了他們這批通俗文學家的創作定位，不
論是「玄妙觀」還是「城隍廟」，抑或荒村野室，都反映了他
們的平民創作傾向。而「開開笑口」、「尋尋快樂」正是他們市
場化的創作訴求所在，只是他們都不諱言的，也是與晚清政治小
說和精英主義傾向的小說創作所區別的。正是繁重的寫作任務，
使得他們無暇在創作中進行小說技巧的精雕細琢，所以衍文的成

[47] 周瘦鵑：〈噫之尾聲〉，《禮拜六》雜誌，（1915年，第67期），頁13-14。

分很多；正是由於讀者群的閱讀期待並不很高，所以他們能在創作中不必深究文筆漫漶的毛病。其實不止周瘦鵑，其他諸如陸澹安包天笑等通俗文學作家，每天都有各個報刊雜誌的各種約稿任務，出於生計的考慮，他們不僅要完成篇數的要求，還要儘量創作相對多字數的作品，這樣才能獲得更多的稿酬。有些作家通過創作稿酬大大改變了自己的生活狀況（如周瘦鵑少年時就極貧寒），成名後依然保持高產的創作，以維持相對體面的城市生活。

　　相對於小說，當時的西方電影語言更為節制且偏重敘事，蓋出於商業與通俗消費的受眾考量，注意情節的跌宕與畫面的震撼效果。而鴛蝴派常為人詬病的是「敘事」為「描寫」所替代[48]，如常常在女性外貌、景物上將敘述停頓下來，做與情節發展無關的鋪陳，有時甚至影響了故事本身的發展。誠如前文所說，周瘦鵑重視當時西洋電影中的「哀情」色彩，切中周喜歡抒情而不喜敘事的心理，而這種漫漶的描寫也有跡可循，從而看出當時作者的寫作範式。

　　首先是女性體貌上的鋪陳，試舉一例：

　　　　女郎芳名喚作妮蒂霞NYDIA，雙輔嫣紅，彷彿是初綻的海棠；眉灣入鬢，彷彿是雨後的春山。加著那櫻桃之口、蝤蠐之頸、柔荑之手、楊柳之腰，襯托上去，簡直能當得龐貝城天字第一號的美人兒。在紅粉業裡盡可跳上寶座，南面稱王，瞧那滿城粉黛一個個北面稱臣，不敢仰視……又有一個好事的文人做了一首詞曲調，他道：

---

[48]　沈雁冰：〈自然主義和中國現代小說〉，《小說月報》第13卷第1號（1922年1月），頁2。

悄悄又暝暝，似睡偏醒，個人風貌太娉婷。膚雪鬢
雲光聚月，忍在眸星，何必盼清泠。暗已腥腥，那關秋水
不晶瑩。多管那郎非冠玉，未肯垂青。（〈龐貝城之末
日〉）[49]

　　讀者很難從這段中國化的文字中想像出原片中妮蒂霞是一
個長相普通的西方姑娘。似乎這一切只是作者將腦中的才子佳人
小說的素材進行了流水線般的寫作輸出。這個思維流程很可能就
是想到女人就想到了美女，想到了美女就想到了那些傳統小說中
的標準形象。這種模式化的想像與複製，本身與美並沒有什麼關
連。這自然也是出於一種閱讀受眾的考慮，當時小說雜誌的閱讀
者基本上是以男性為主，美女的形象幾乎可以說是小說市場中最
大的金字招牌，是招徠消費者的殺手鐧。以《禮拜六》雜誌為
例，全二百期雜誌中約略有八成的封面都是美人畫，其中多半出
於畫家丁悚之手，畫作的內容則幾乎是後來《良友》雜誌和月份
牌的先聲，常常是身著各色衣服、姿態不一的民國女性。但由於
年代原因，尚未有後來海上雜誌風氣中那麼露骨挑逗，基本還是
以素靜著裝為主。而雜誌內頁中常有有些北裡名妓的畫像和簡單
介紹，這多是與報界諸子有交情的青樓女子做的自我推銷。如此
而來，小說對於女性形象的指涉的氾濫似乎就成了對於那些畫面
的進一步的註解，顯得順理成章合乎情理了。而讀者在這樣的閱
讀環境中對於這種女性形象的衍文自然也並不反感。
　　然而值得注意的是，這種鋪陳在早期電影中是幾乎不可能
實現的，原片是著名的劇情片，故事內容豐富，敘事節奏緊湊，

---

[49]　周瘦鵑：《龐貝城之末日》，《禮拜六》雜誌，（1915年第32期），頁1~2。

雖然有女主角的幾個特寫鏡頭，但對於女主角的美貌並沒有給予破壞劇情的暫停式的呈現。女主角的相貌在劇中並非她的優點，相反還是她的缺點，電影敘事當然未在這方面多做文章。」妮蒂霞」的美女形象完全是周瘦鵑建構出來的。這類多出來的描寫內容就是影戲小說的「衍」，客觀而言破壞了原片相對精緻細密的敘事節奏。

其次是景物上的鋪陳：

中國傳統文學尤其詩歌有著悠久的抒情傳統，「起興」及「借景抒情」屢見不鮮，明清較雅化的小說也是如此。然而主要受影響於強調故事性的西方新古典主義小說的早期電影長片，基本上還是傾向於用明確的故事及動作來推進影片。抒情效果基本上主要通過電影「間幕」上的文字提示與影片節奏的調度中實現。然而在影戲小說中，這種抒情表現就顯得泛濫了：

> 那千絲萬絲粉霞色的日光一絲絲斜射在茜紗窗前，放著的三四盆紫羅蘭上，把滿屋子裡都飾滿了影子，這牆壁廂疏疏密密，那壁廂整整斜斜。一時間雪白的牆上咧，碧綠的地衣上咧，好似繡上了無數的紫羅蘭。薄颸過處，枝葉徐動，活像是美人兒淩波微步一般……（〈不閉之門〉）[50]

> 曉日麗空，綠窗紅映，絲絲透入室中。搖漾壁上，乃類波痕，而窗帷地衣以及當門之錦幔，受日則都成粉霞之色……（〈嗚呼……戰〉）[51]

[50] 周瘦鵑：《不閉之門》，《禮拜六》雜誌，（1915年，第59期），頁21。
[51] 周瘦鵑：《嗚呼……戰》，《禮拜六》雜誌，（1915年，第33期），頁9。

讀者可以輕易看出這兩篇基於不同影戲的影戲小說開頭的相似性，寫景的對象和模式幾乎是一模一樣的。這種「經典式」的開場不只在影戲小說中，在其他的通俗小說中也屢見不鮮，似乎約定俗成了這樣的天氣必須是同一種情境和同一種寫法，而讀者對此也並不排斥，這種模式一出，便可瞬息復現情境於眼前。

　　當時的通俗文學界中人對此亦有調笑，如程瞻廬（1879-1943）曾寫過一篇〈小說派別之滑稽觀〉，其中談及「以起句分」：

　　　　「這天」派：這天正是暮秋天氣、這天正是XX的結婚的吉期、這天正是某某的斷腸日子。

　　　　疊字派：颯颯的幾陣風、疏疏的幾點雨、淡淡的月光下面、閃閃的燈光底下

　　　　斜陽派：斜陽已在柳梢頭了、夕陽如血映入江波、一輪赤色也似的落日漸漸沒入地平線下

　　　　此外還有彩霞派、明月派、一間（房屋）派，一個（人物）派，哈哈派、零零（指學校鈴聲）派，不可備舉。[52]

　　以上兩段所舉的文本開頭顯然屬於同一個「派別」，大概是「日光入窗、疏影橫斜」派，無論如何這都是一種類型化的，機械複製式的衍文。客觀而言，這兩段景物描寫並無特別之處，並且跟之後的劇情沒有任何必然的聯繫，某種程度上只是作者（周瘦鵑）一種鴛蝴派風格化的書寫，是一種標籤式的流水線式的描寫，幾乎與同期的其他鴛蝴派的言情小說並無二致，企圖營造一

---

[52] 程瞻廬：〈小說派別之滑稽觀〉，《紅雜誌》（1923年第13期），頁6-8。

種「唯美」的意象，但實際上只是將一些標籤化的詞句進行排列組合，重複使用而已。內在共通的不是美的精神而是「美」的謎面的堆積（如果美的答案是一個謎的話）。更為重要的是，這段描寫在原片中只有一個非常簡單的鏡頭，作者根據個人喜好敷衍出一段描寫，過分抒情，與原片緊湊的故事風格不相吻合。

另以格里菲斯《賴婚》為例，不管是牧場還是豪宅的場景轉換中，導演在電影中所設置的不過是一個遠景的「鳥瞰」，這種遠景的鏡頭每個不超過3秒鐘，沒有特殊的情感指向，主要的功能是要體現場景的真實性。然而這種節奏是為中國作家所不能接受的。陸澹安發表在《紅雜誌》上的同名影戲小說〈賴婚〉中，這些轉合處的開篇場景描寫都是十分抒情化與詩化的，定要寫出景色的感情傾向，「美惡」的道德感，以提示下文的內容。這一點上，顯得與原片的氣質貌合神離。

以上所舉文段就寫作風格而言，自然與上一段中討論的「某生體」大異其趣，這一種開篇方式與翻譯小說的流行關係很大。雖然晚清翻譯小說基本都是意譯，語言特色抹去很多，但是仍然保留了許多小說原文的某篇布局及整體的架構。其中有一些就保留了原文這種「即場式」的開頭，1902年梁啟超在《新民叢報》第2號上開始連載的從日文轉譯而來的法國小說《十五小豪傑》，在第一章末尾的後記中他就稱這種寫法為「一起之突兀」：

> 此書寄思深微，結構宏偉，讀者觀全豹後，自信余言之不妄。觀其一起之突兀，使人墮五裡霧中，茫不知其來由，此亦可見泰西文字氣魄雄厚處。[53]

[53] 梁啟超：〈《十五小豪傑》譯後記〉，《新民叢報》第2號，（1902年2月22日），頁100。

梁啟超寫這段文字其實就是為了回應普通讀者對於這種「一起之突兀」的小說的不適應，指出其實這種小說結構非常值得推敲，它的好處會慢慢展現，徐徐推開，文脈是發展性的。他預計到讀者起初可能會看不明白，但他鼓勵讀者看完，便能感受到這種結構的優點。

晚清一二十年翻譯小說湧現後產生了相當的示範效果，隨之而來的結果是，大量小說開始使用這樣一種「一起之突兀」的謀篇布局法。然而這些晚清的通俗作家到底學得怎麼樣呢？茅盾在其於1922年《小說月報》第13卷第7號上發表的《自然主義與中國現代小說》中對此有著犀利的批判：

> ……這派小說的作者大都不能直接讀西洋原文的小說，只能讀讀翻譯成中文的西洋小說，不幸二十年前的譯本西洋小說，大都只能譯出原書的情節（布局），而不能傳出原書的描寫方法，因此，即使他們有意摹仿西洋小說，也只能摹仿西洋小說的布局了。他們也知廢去舊章回體小說開卷即敘「話說某省某縣有個某某人家……」的老調，也知用倒敘方法，先把吃緊的場面提前敘述，然後補明各位人物的身世；他們也知收束全書的時候，不必定要把書中提及的一切人物都有個「交代」，竟可以「神龍見首不見尾」，戛然的收住；他們描寫一個人物初次上場，也知廢去「怎見得，有詩為證」這樣的描寫法；這種種對於舊章回體小說布局法的革命的方法，都是從譯本西洋小說裡看出來的；只就這一點說，我們原也可以承認此派小說差強人意。但是小說之所以為小說不單靠布局，描寫也是很要緊的。他們的描寫怎樣？能夠脫離「記帳式」描寫的老套

麼?當然不能的。即以他們的布局而言,除少有改變外,大關節尚不脫離合悲歡終至於大團圓的舊格式,仍舊局促於舊鐐鎖之下,沒有什麼創作的精神。[54]

　　茅盾的這番話顯然直指的是這種「中西混合式小說」的「華洋雜湊、不中不西」的弊病,他確實也細緻地點出了範式過渡時期這種相對混亂的創作狀況,以及其中皮肉分離、脫離原旨的命門。然而我們依然可以看出這段文字的內在用意:作者作為新文學運動的代表人物,為了建立新的文學範式,自然就要打倒舊範式形態,對於範式轉變時期小說的猛烈批判,其實就是為了指出只有全盤西化的新文學才是唯一的出路。茅盾這篇文章攻擊通俗作家的一個重要論點就是「不中不西」,其實這種說法並不準確,他真正想批判的是這些小說家的不夠西化,並沒有全盤接受西洋小說的精粹,而這恰恰是語言和技巧上都一力師法西方的新文學家所標榜的。五四小說和詩歌在創製初期也有著大量不足之處,不過作為歷史成功的範式,被事後追認時已經忽略了這樣一段艱難的歲月。反過來說,通俗作家處於新舊範式之間相對保守的嘗試會否本也可能產生出一種更為合理的、跳出中西範式二元選擇的新樣式呢?筆者認為是有可能的,不過這種可能性被新文學運動所遮蔽,暗線而隱晦地發展著。

　　就文學本身而言,拋開形式光談內容,並非討論現代性問題的文學才是現代文學,反之,不談社會問題的一些小說何嘗一定不能成為現代小說呢?其實處於古典與現代過渡態的通俗文學已經有了很多區別於之前作品的新要素,這一點,在影戲小說中自

---

[54] 沈雁冰:〈自然主義和中國現代小說〉,《小說月報》第13卷第7號(1922年7月),頁3-4。

然也有體現。

受電影圖像敘事的影響，一些影戲小說中不自覺地採取並認同了這種西式敘事方式，已經呈現出現代文學技巧的一些端倪。其嘗試西方「橫斷面」寫法值得注意。

以周瘦鵑為例：〈WAITING〉開頭一節，就截取了公園一景，敘述情侶二人的纏綿對話：

> 「吾愛卿不見花間有二蛺蝶乎？乃比翼而飛；又不見樹梢有糧雲雀乎？乃並頭而棲。」
> 「多情哉蛺蝶與雲雀也。」[55]

在對話中兩人的互相關係就很輕易地道出，自然而且非常生活化，說書口白的痕跡很淡，甚至還有點起興的意思。有趣的是，作為周瘦鵑第一篇影戲小說尚如此，為何之後的〈嗚呼……戰〉、〈龐貝城之末日〉反而流於某生體似的倒退呢？答案很可能與內容有關，〈WAITING〉中人物較少，關係簡單，故事也並無許多波折，雖然抒情味濃重，但基本上是隨著男主人公的劇情單線發展的，所以不需要周氏「譯述」成大家較能理解的「某生體」，借用剛剛習得的電影知識就可以比較順暢地進行轉述改寫。而在處理〈龐貝城之末日〉這樣線索人物紛繁，情節一波三折（電影是根據義大利長篇小說改編）的故事時，周氏自身的小說敘事能力無法直接將電影敘事搬演表達為文字，所以需要借助於傳統的敘述手法。

以上所羅列的女性體貌和景色的鋪陳都是屬於描寫的衍文。

---

[55] 周瘦鵑，〈不閉之門〉，《禮拜六》雜誌第59期，（1915年），頁21。

其實除了描寫的衍文之外,還存在敘述的衍文,這一點並不像前者那麼明顯,但同樣是存在的。

以陸澹安的長篇影戲小說《毒手》為例,第十九章結尾提及:

> 翌日晨,阿勃那忽率俄探數人,洶洶而至,私啟會客室之
> 鐵箱,將小匣之鑰取出……(《毒手》)[56]

《毒手》這一部小說雖有三十章,有長篇章回小說的樣式,但是每一章的故事相對獨立,對應著長篇影戲中每一部短影戲。劇情其實非常簡單,就是大反派「毒手」及其爪牙總是想要加害於男女主角,搶奪他們手中寶藏的鑰匙。但是常常機關算盡卻落空,每一集的故事都是單元故事,在這個單元中涉及反派陰謀的設立和主角對其的挫敗,並在接下來的單元中循環這一模式。然而上面引用這一段文字大略有五百字,與前後文都沒有關係,甚至有著明顯的邏輯矛盾。這段文字中提及阿勃那取走鑰匙的情節,然而在第十八章中已經很明顯地敘述到鑰匙已經在「毒手」手中,二十章以後的內容也是按照這把鑰匙在「毒手」手中來推進的。因此去掉這一段內容,完全不影響原故事的發展,甚至使其更加合理。所以說,筆者推測,這一段文字也該是作者在根據記憶改寫成小說時自己添加的內容。因為這篇小說是在《大世界報》上連載,每期有字數要求,因此作者很可能出於版面考慮,增添了這一段文字,是為衍文,但想不到弄巧成拙,反而牴牾了劇情。

這樣為了版面增加內容的行為是基於出版與商業性的考慮,但並非所有敘述的衍文都是如此。如周瘦鵑的〈龐貝城之末日〉

---

[56] 陸澹安:《毒手》(上海:新民圖書館,1919年1月),頁101。

中有這樣一段情節，指大主教在岸上看見了船上的一對情人，只有一個鏡頭。但是影戲小說中卻有這樣的敷衍：

> 只好似霧裡看花，模模糊糊的瞧不清楚那美人兒的蓋代容華。大主教好不情急，疾忙掏出一個望遠鏡來，放在眼兒上一望……不道兩眼剛射到那艇子上，頂門上早轟的一聲，一縷蕩魂，已從泥門宮裡奪門而出，飛上半天，飄飄蕩蕩的飛了好一會，沒有去處，才依舊回來。按著定了定神，又打起望遠鏡望了一望，只見那美人竟是個上天下地一時無兩的麗姝。別說是世上粥粥群雌中找不出第二人來，就是捉那天上的安琪兒來一比，也立時失色。[57]

周瘦鵑通過增加望遠鏡這樣一個西洋物件，一方面起到了增加文本趣味性的作用，畢竟望遠鏡在彼時也是個頗為稀奇的玩意；另一方面起到了一個原片沒有的聚焦和強調的效果，是被畫面空間隔斷的三個人在視野中達到了接近，便於描寫主教急色而誇張的神情，其實主教在電影中本是一個比較正常的反派角色，行動也與普通宗教人士無異，但是周瘦鵑在這篇小說中完全不顧及他的宗教身分，將其塑造成一個誇張的醜角，好像是梁祝故事裡的馬文才，處處為主角搗亂。比較類型化的角色往往更為能夠博得讀者的興趣與好惡情感。這一段文字和角色設計顯然是作者自己增加的，這種敘述的衍文就顯得是比較成功的改寫了。

同樣的情況還出現在1917年周瘦鵑發表在《小說大觀》第11期上的一篇短篇小說〈女貞花〉中。這篇小說大致是說一個純

---

[57] 周瘦鵑：〈龐貝城之末日〉，《禮拜六》，第32期（1915年1月），頁7。

潔的美女，為了心愛的情人能夠出版自己的小說，去做人體模特的故事。這個故事和王統照（1897-1957）的〈沉思〉有非常相近之處，但是宣示傳統道德的傾向更為濃厚，且故事為大團圓結局，這也與王作大異其趣。

在此節中需要指出的一點是，〈女貞花〉中有一段非常明顯的敷衍成文的內容，小說開頭是情節是男主角，一位詩人在林間作詩，偶遇了一位正在山泉間行走的少女。作者周瘦鵑在這裡並沒有著重敘述情節，而是對於男主角作詩的內容大大敷衍了一番，詳述了司德女神連同司情女神、司美術女神一起經營一個「人人快樂沒有一件不如意」[58]的世界，結果被潘桃拉（今譯「潘朵拉」）打開的魔盒中引出的惡魔攪得一團混亂，貪妒諸惡念在人間四散傳播，司德女神就只能鬱結而歸。

原本電影中林間作詩偶遇女子是非常簡單的情節設置，默片的拍攝手法和技術無法允許詩作的具體內容在電影中詳細展開，然而在小說創作中補足了電影敘事的局限，使得故事中男主角的形象更加豐富，同時也增加了這個文本的可讀性和趣味性（西洋神話故事的奇觀效果是影戲小說的重要閱讀期待）。更為重要的是，這段故事在這裡可能在作者創作中起到一個「起興」的功能。在敘述完詩作內容之後，男主角又做了一個夢，夢見了司德女神。而他醒來後就遇到了女主角，作者有這樣一段文字描述：

> 一覺醒來，餘馨在抱，揉眼向四下裡瞧時，鬥的吃了一
> 驚。原來他一眼望見一百多步外，有一個女郎跪在一灣
> 碧水旁邊，伸著一雙削玉般的柔荑，在那裡採花。睟明

[58] 周瘦鵑：〈女貞花〉，《小說大觀》雜誌，（1917年第11期），頁2。

似鳳，頰秀於花，不是他夢中所見那個司德女神是誰！
（〈女貞花〉）[59]

　　之所以說前述神話故事有「起興」的效果，是因為作者用
女主角來比附司德女神，意在指出其有德行，也就是標題所謂的
「女貞」（原電影的題目為PURITY，意為純潔）。女主角雖為
了詩人能籌得出詩集的經費而做了人體模特，但周瘦鵑依然認為
她十分貞潔。作者將女主角的行動與傳統道德中的「貞潔」觀念
做了直接的聯繫，然而在「貞潔」和「純潔」概念的替換之中，
已經體現出作者較為傳統的道德觀。仔細閱讀不難發覺，周瘦鵑
對於「人體模特」有著一種「假裝寬宏大量」的原諒態度。

　　當然，就小說寫作本身的材料安排和「起興」效果來看，這
種設置無疑是成功的，作者行文意旨也很統一，這種衍文的安排
豐富了文本內容，使之更有層次，不失為通俗文學家在創作這種
新興文學樣式時對舊範式的一種活用。

第二節　類型化的故事模式

　　誠如西方常見的「Love Story」的類型愛情故事，中國明清
時期也有相近的「才子佳人」小說，無疑都是在受眾中可以激起
強烈共鳴的敘事模式，「公主夢」或是士子的「洞房花燭夜，金
榜題名時」，都是經典的故事橋段。鴛蝴派小說也不過是「才子
佳人」的近代經驗，換換作梗「小醜」的來路，女子有了新知因
而抉擇起來更矛盾了些罷。這派小說考慮商業的需要，故事常常

59　周瘦鵑：〈女貞花〉，《小說大觀》雜誌，（1917年第11期），頁3。

雷同,「哀情」、「慘情」等等招牌不過是「一菜兩吃」的幌子,味道很是一樣,但讀者依然可以根據自己對於其所標註的類型快速選擇喜歡的文本進行閱讀,這種市場導向的類型文學分類,已經到了一種十分細緻的程度了。

而值得注意的是,傳統文學的類型化在影戲小說中也有體現:如在影戲小說〈女貞花〉和〈WAITING〉中就有類似於《西廂記》中先訂終身而後需男子立功立名才得迎娶的情節設置。在行文過程中有著明顯用西方經驗比附中國經典與傳統道德的傾向,倫理上有意中國化了,故事的浪漫性與反叛性也被削減了。就通俗小說而言,受眾對於故事情節的關注往往大於其他方面,如果小說(或者更早的說書)情節足夠跌宕起伏,驚心動魄,人物性格明確的話,讀者或者觀眾就會被深深吸引,其說教意義或者政治傾向往往反而得不到預期的認識。

通俗小說和通俗電影常有的故事模式,讀者或者觀眾在閱讀和觀看之前就建立了大致的期待,在此次閱讀消費中獲得滿足後,又為下一次的嘗試做好準備:

> 長篇影戲必有未婚夫婦,必有黨人,必有中國歹人,必有機關,必有惡鬥,必有汽車火車飛船,未婚夫婦必無一死無關緊要之人,則必累累以死。[60]

然而文學本身不是重複,故事模式常常限制文本本身的文學素質與獨特性,甚至在遷就故事模式的過程中,小說本身會產生許多漏洞:

---

[60] 邱庵.〈影戲雜談:看影戲為一最驚心處……〉,《新聲》雜誌第6期(1912年),頁73。

市井俗人喜看理治之書者甚少，愛適趣閒文者特多。歷來野史，或訕謗君相，或貶人妻女，更有一種風月筆墨，其淫穢汙臭，塗毒筆墨，壞人子弟，又不可勝數。至若佳人才子等書，則又千部共出一套，且其中終不能不涉於淫濫，以致滿紙潘安子建、西子文君，不過作者要寫出自己的那兩首情詩豔賦來，故假擬出男女二人名姓，又必旁出一小人其間撥亂，亦如劇中之小醜然。且鬟婢開口即者也之乎，非文即理。故逐一看去，悉皆自相矛盾，大不近情理之話。（《紅樓夢》第一回）[61]

這些書都是一個套子，左不過是些佳人才子……開口都是書香門第，父親不是尚書就是宰相，生一個小姐必是愛如珍寶。這小姐必是通文知禮，無所不曉，竟是個絕代佳人。只一見了一個清俊的男人，不管是親是友，便想起終身大事來……這有個原故：編這樣書的，有一等妒人家富貴，或有求不遂心，所以編出來汙穢人家。再一等，他自己看了這些書看魔了，他也想一個佳人，所以編了出來取樂。何嘗他知道那世宦讀書家的道理！（《紅樓夢》第五十四回）[62]

現代上海讀書市場的商業化氣息愈加濃烈，期刊之間競爭激烈，讀者的閱讀需要自然是極為重要的槓桿。作者常常依據讀者口味來選擇創作素材。

以周瘦鵑為例，他和好友丁悚經常結伴去看電影，看完後也

---

[61] 曹雪芹，高鶚：《紅樓夢》（人民文學出版社，2006年7月），頁5。
[62] 曹雪芹，高鶚：《紅樓夢》（人民文學出版社，2006年7月），頁738-739。

常常是丁悚覺得這部電影的故事不錯，可以寫成小說，讀者會
喜歡：

> 丁子謂予曰：「是劇哀戚頑豔，大可衍為哀情小說。」[63]
> 二子尤擊節歎賞。（丁悚）屬予衍為小說。[64]

　　丁悚推薦周瘦鵑依據電影寫作小說其實就是認為電影內容
非常符合通俗小說的類型要素，憑藉他對通俗文學市場的經驗，
他認為改編的小說（「哀情」、「奇情」等等類型）將會受到讀
者的歡迎，是一種保險和易於成功的創作方式。從以上兩小段對
話，我們可以感受到類型文學市場不僅在塑造著讀者的閱讀趣
味，反過來也是像一個指揮棒，在調節著創作者的取向。這一
點，陳平原就曾指出：

> 小說的商品化，使得作家不一定走科舉仕進或入幕幫閒
> 這些中國文人千百年來走慣的老路。經濟上不依附於達
> 官權貴，思想上更可以離經叛道……盡可根據自己的藝術
> 良心和藝術趣味進行創作。當然，前提是必須能為讀者所
> 接受，因而能直接轉化為生活資料。這裡明顯的指揮棒是
> 沒了，創作變得自由了；可潛在的指揮棒依然存在，不過
> 已由達官顯貴轉為讀者大眾，作者仍然無法完全自由創
> 作。[65]

---

[63] 周瘦鵑：〈龐貝城之末日〉，《禮拜六》雜誌第32期（1915年1月），頁6。
[64] 周瘦鵑：〈不閉之門〉，《禮拜六》雜誌第59期（1915年），頁21。
[65] 陳平原：《中國現代小說的起點：清末民初小說研究》（北京：北京大學出版社，2001年），頁82-83。

丁悚極力慫惠周瘦鵑編寫成影戲小說，周瘦鵑起初十分猶豫，因為他聽說包天笑已經要寫相同電影的影戲小說了，覺得自己再寫，似有不妥，遲遲沒有動筆。但丁悚卻說道：

> 今之小說界時有其事，不見夫〈犧牲〉之後有〈銀瓶怨〉，〈六尺地〉後有〈土饅頭餡〉，〈鬥室天地〉後有〈牢獄世界〉，〈耐寒花〉後有〈麗景〉。諸作雖屬重複，而識者不以為病。且此系影戲，初無譯本。天笑先生為是，子亦不妨為是。情節固一，而彼此之結構布局，文情意境各不相謀，何不可之有？[66]

　　文中所述的幾篇小說並非都是原創的，但都是通俗刊物上發表的具有類型化色彩的作品，如〈銀瓶怨〉就是署名「東亞病夫」的曾樸（1871-1935）根據囂俄（今譯為雨果，1802-1885）小說改編，1914年連載發表在《小說月報》第5卷1-4期；〈六尺地〉則是包天笑翻譯托爾斯泰的小說而成，1914年發表在《小說月報》第5卷第2期；〈鬥室天地〉1914年發表於《禮拜六》第五期，是署名「補拙」的翻譯小說作品；〈牢獄世界〉則是署名「冷綠衣」的作品，1914年發表在《中華小說界》第8期……其他諸篇，如〈犧牲〉、〈土饅頭餡〉和〈麗景〉三篇則未能考訂出處。唯一可供對比的一組小說是〈鬥室天地〉與〈牢獄世界〉，都有追捕革命黨人下獄的情節。丁悚所舉的這四組小說的例子，應該刊布於辛亥革命到〈嗚呼……戰〉發表的1915年之間，登載於《小說月報》、《禮拜六》和《中華小說界》等通俗

---

[66] 周瘦鵑：〈嗚呼……戰〉（一名〈戰之罪〉），《禮拜六》雜誌第33期（1915年），頁8。

刊物上的類型化作品。它們具有相似的類型，也幾乎都是名家作品，具備了一定的水準，在當時有一定的代表性。

後來周瘦鵑聽從其言，確實寫了影戲小說〈嗚呼……戰〉，並且很快就在《禮拜六》上刊登。足以證明不論在作者還是編者，都認為這篇小說可以符合讀者的期望。這篇小說發表時標為「警世小說」，文中亦談及「並以警世之好戰者」。當時尚處於第一次世界大戰期間，國內自辛亥革命一片亂象，軍閥勢力林立，征伐亦多，這種帶有譴責戰爭色彩的類型小說獲得讀者持續性的青睞是有現實依據的。對於這篇小說的發表與丁悚的那段話，我們可以注意到兩點：第一，情節是否雷同讀者並不關心，他們關心的是自己是否喜歡這個故事。而小說作為承載的表現形式之一，可以千變萬化。這一點，丁悚和周瘦鵑及後來的一些影戲小說的創作者都是清楚的。第二，影戲小說作者在寫作中具有相當高的自由度，影戲本身的故事只是素材，作者可以根據自身的好惡及讀者期待自由發揮，存其筋骨，換其髮膚，有時甚至筋骨都可變化。

而影戲小說的類型化也與電影的類型化有著很大的關聯。西方電影誕生初期也並非高雅藝術，大眾藝術觀影習慣遠未養成，對電影感興趣的常是所謂「遊手好閒者」，「遊手好閒者到處閒看，這種閒蕩的方式令人想到電影觀眾……現代的遊手好閒者就是電影觀眾，最完美的遊手好閒者就是最熱情的電影觀眾」[67]，於是電影劇本常常選用那些為大眾喜聞樂見、通俗易懂且情節性強的小說來改編（如〈龐貝城的末日〉）。而鴛蝴派在選擇「影

---

[67] Giuliana Bruno, *Streetwalking on a Ruined Map: Cultural Theory and the City Films of Elvira Notari*, (New Jersey: Princeton University Press, 1993)，轉引自李歐梵《上海摩登》（北京：北京大學出版社，2001年），頁131。

戲小說」的寫作材料過程中，也傾向於選擇那些符合其審美標準的情節劇，如陸澹安〈賴婚〉一篇所根據的格里菲斯導演的《WAY DOWN EAST》，劇情基本上套用了《苔絲》的情節，不過賦予了它一個大團圓的結局罷了。然而「影戲小說」創作者們求新的路徑如果依然是通過一種類型代替另一種類型，這本身就是一種悖論。

　　然而不得不提的是，一戰之後大量湧入中國電影市場的好萊塢電影似乎先天就帶著一種與通俗文學的親緣性，無論是格里菲斯還是卓別林（Charlie Chaplin, 1889-1977），都從一開始就受到了作為通俗流行風向標的上海通俗文學場的歡迎，周瘦鵑曾回憶道：

> 啊，好美麗好有趣味的青春啊！當時我們都在青年，興致勃勃，每天傍晚，我們一行五六人總在中華圖書館聚會，那一角小樓，倒好像是我們的俱樂部。夕陽影裡，我和慕琴、常覺往往到南京路上兜個圈子，又隨時約了小蝶，到北四川路武昌路口倚虹樓去吃五角一客的西餐，餐後更到海甯路愛倫影戲院去看長篇偵探影戲，所謂《怪手》、《紫面具》、《三心牌》等，都是那時欣賞的好影片，並且一集又一集，沒有一部不看完的。那時卓別靈尚未出品，那時在兩本的開司東滑稽片中漏臉，我和慕琴最佩服他，在一片中他和一株大樹相抱接吻，尤其在我腦中留下一個深刻的印象。如今卓氏已成了名滿世界的滑稽之王，我和慕琴要算他在東方的最早的知己了。[68]

---

[68]　周瘦鵑：〈《禮拜六》憶語〉，《禮拜六週刊》第502期（1932年5月6日），頁46。

周瘦鵑在追憶往日好時光之外，也自然有一種標榜自己先見之明的心態，而不論是格里菲斯的劇情跌宕、場面宏大，還是卓別林的幽默滑稽、諷刺有趣，其實都精準契合了都市文化中消費主義傾向和市民小人物趣味，這一點在上海無疑是最能被理解的，同時也是最能為敏銳的通俗作家們所捕捉的。當中強烈的通俗傾向和消費者導向也是和中國通俗文學的傳統一拍即合的。李歐梵在其《上海摩登：一種新都市文化在中國》一書中就非常準確地指出：

> 某些外國電影比其他電影流行是因為它們採用了傳統中國小說的那個程式化的情節曲折的敘述模式……好萊塢的敘事傳統和傳統中國流行小說中的永恆的程式之間是有某種親和性的：「大團圓」結尾和「邪不壓正」的通俗劇之必要性。[69]

　　而這種心理機制似乎與當時的社會狀況有著相當的關聯。晚清聲勢浩大的新小說的興起和其中最受矚目的政治小說的潮流，隨著辛亥革命和之後一片混亂的政治狀況而迅速隕落，十數年間培養起的國族和共和熱情隨著慘酷的現實而付之束流，不論是對於理想主義的知識分子還是熱情的普通百姓，都是一種巨大的打擊，這也是民初通俗小說，尤其是鴛鴦蝴蝶派小說大興的原因之一。人們似乎只能通過那些圓滿抑或淒美的愛情故事的沉浸，才能從不堪的現實中解脫出來，獲得暫時的，逃避式的心理安慰。而作為彼時最為主流的文化消費方式，通俗小說「閱讀」就承擔了這樣一種功能。

---

[69] 李歐梵：《上海摩登》（北京：北京大學出版社，2001年），頁112-114。

「中國觀眾喜愛傳統，喜愛傳統所代表的所有安全感和寧靜感。」[70]在不安和混亂的年歲裡，似乎只有通俗文學中的那些英雄建功立業、才子抱得美人歸這種類型敘事才可以給與讀者一種「確定感」，而正是基於這種「美好的確定感」的訴求，他們才會一遍又一遍地進行通俗類型文學的消費，而「預期」和「結果」的吻合會增強他們對於這種文學類型的需要，永不使他們失望。這份「安全感」和「寧靜感」是他們無法從現實中獲得的。在上海，除了上述的心理機制外，還存在著比之各地都要明顯的都市生活的壓力和現代性的困惑：新興的職業要求與流水線工作的嚴酷壓力，以及各種文化力量的擠壓和碰撞，都使人們在「洋場」中尋求著內心的釋放和寄託，以暫時拋卻生活中的諸多不快。並且新加入都市生活中來的人們渴望著獲得行動指南，快速融入、適應現代生活，這也迫使人們在電影及相關文化載體中學習起來，瞭解自己的角色所在。[71]而類型文學的重複的故事結構和典型人物就有了雙重的意義：一方面，讀者代入閱讀，獲得感官的刺激是不避重複的，迴避重複是純審美的活動了；另一方面，作為一種社會角色的圖示化的訓導，需要不斷重複才能達到一個教育的作用，在反覆練習後才能保證讀者和觀眾瞭解自己的位置和角色。

而上海同時開始流行起來的早期電影業也因其通俗屬性與通俗文學獲得了巨大的親緣關係，在消費主義的驅動下，二者的結合就顯得順理成章，而影戲小說的誕生和發展就成為了其中的重

---

[70] Jay Leyda (1910-1988), *Dianying/Electric Shadows: An Account of Films and the Film Audience in China* (Cambridge, Mass.: The MIT Press), pp.49.

[71] 關於行動示範的論述可參考Perry Link, *Mandarin ducks and butterflies: popular fiction in early twentieth-century Chinese cities*一書第二章。

要標誌之一。「晴曦照窗，花香入座，一編在手，萬慮都忘」[72]地讀通俗雜誌的陶醉心態，與那些在電影院黑暗中聚焦著無聲的奇觀的凝視姿態，有著異曲同工的心理機制：在不安的時代中，忘卻身分和文化的焦慮，把時間留給快樂本身，而非其他抽象不可靠的東西。電影理論家尼克‧布朗尼（Nick Browne）提出：

> 最複雜、最有力的流行形式總包括傳統倫理體系和新國族意識形態之間的相互妥協，這種形式能夠整合這兩者之間情感衝突的範圍和力量。[73]

可以說，傳統小說範式影響下，影戲小說中的傳統倫理觀念時有表現，而西洋電影中所帶有的現代意識形態和藝術範式卻始終與之存在衝突。影戲小說就是這種內在矛盾的集中體現形式，而影戲小說家則不自覺地作為個體體驗著這種情感和文化的衝突，並做出個人的選擇與傾斜。在筆者看來，這本是催生一個嶄新範式的一個很好的平臺和心理機制，然而迫於時局的重大壓力，五四運動還是強勢尊奉了「西化」這一規定了的範式，使得文學新形態的發展帶有主觀性的色彩。時至今日，五四文學對於過去的割斷依然為人所持續詬病，然而歷史不容假設，通俗文學作為長期被忽略的一股文學力量，其實在歷史關頭也有著和五四新文學一樣的迎向現代的嘗試，「現代」也曾是在他們心頭激盪的重要力量，而「現代文學」不只一面，它的立體的面貌也曾是通俗文學在時代重要關節上努力的重要結果，同樣不應該被忘卻。

---

[72] 王鈍根，〈《禮拜六》出版贅言〉，《禮拜六》，第1期（1914年6月6日），頁2。

[73] Nick Browne, 「Society And Subjectivity: On the Political Economy of Chinese Melodrama」, in Nick Browne(ed.), *New Chinese Cinemas: Forms, Identities And Politics* (Cambridge: Cambridge University Press, 1994), pp.40.

第三節　文白之辨

　　作為一種文學範式的主要特點，文學革命中語言始終是一個核心的大問題。然而其實這一問題並不僅僅在1910年代「新文學革命」興起才成為討論重點，中西方之間的語言交流與衝突，中文內部的文言白話的消長，始終都是伴隨著近現代史發展的重要篇章。

　　中國文學本身的語言在十九世紀末二十世紀初與時局一樣遭遇「千年未有之大變局」，面臨著內外的挑戰。而這些挑戰與譯書活動的肇始是脫不開關係的。所謂「處今日之天下，則以譯書為強國第一義」[74]，起初嚴復（1853-1921）等人用文言翻譯了很多哲學、科學的學術著作，雖然影響力甚大，很多思想和用語沿用良久，但「文言」仍然在五四運動被認為沒有邏輯性，語法不嚴謹，不足以表達和闡釋科學理念：

> 中國文字論其字形，則非拼音而為象形文字之末流，不便於識，不便於寫；論其字義，則意義含混，文法極不精密；論其在今日學問上之應用，則新理新事新物之名詞一無所有；論其過去之歷史，則千分之九百九十九為記載孔門學說和道教妖言之記號。此種文字斷斷不能適用於二十世紀之新時代……欲廢孔學，不可不先廢漢文；欲驅除一般人之幼稚的野蠻的頑固的思想，尤不可不先廢漢文。[75]

---

[74] 梁啟超：〈論譯書〉，《飲冰室合集》第1冊（北京：中華書局，1989年），頁66。

[75] 錢玄同：〈中國今後之文字問題〉（錢玄同致陳獨秀信），《中國新文學大系・理論建設集》（上海：上海良友圖書印刷公司，1935年10月），頁144。

甚至有人直接攻擊他譯書這種行為：

> 嚴幾道翻譯西洋書用子書的筆法，八股的筆法……替外
> 國學者穿中國學究衣服，真可說是把我之短，補人之
> 長。[76]

譯書活動並不止於社科讀物，文學翻譯也是重要一端，此中自然是林紓的翻譯最有代表性。而林紓夫子自道自己的翻譯工作，多少也有些自嘲色彩：

> 綜而言之，歐人志在維新，非新不學，即區區小說之微，亦必從新世界中著想，斥去陳舊不言。若吾輩酸腐，嗜古如命，終身又安知有新理耶？[77]

> 惜余不文，不能盡達其意，讀者當諒吾力之不能逮也。[78]

林紓並不懂得外文，都是靠識得外文的人轉述，然後他才敷衍情節，添加中式要素（習俗、用語），用師法桐城派古文的文言文譯成小說。林紓當然知道自己的翻譯並不以「達」而取勝，遂有上面這段文字的解釋。然而這一些言論自然不能阻擋後來人對其的攻擊，而攻擊的對象自然是語言和意譯的問題：

---

[76] 傅斯年（1896-1950）：〈怎樣做白話文〉，《中國新文學大系·理論建設集》（上海：上海良友圖書印刷公司，1935年10月），頁227。

[77] 林紓：〈斐洲煙水愁城錄·序〉《林紓選集·文詩詞卷》（成都：四川人民出版社，1988年），頁224.

[78] 林紓：〈拊掌錄·序〉《林紓選集·文詩詞卷》（成都：四川人民出版社，1988年），頁216.

琴南說部譯者為多，然非盡人可讀也……後生小子，甫能識丁，令其閱高古之文字，有不昏昏然欲睡者乎？[79]

（林紓）這種譯法是不免有兩重的歪曲的：口譯者把原文譯為口語，光景不免有多少歪曲；再有林氏將口語譯成文言，那就是第二次歪曲了。[80]

　　二者所言固無大錯，然而傳達的潛臺詞也很明顯，即在普羅大眾的新文學革命的要求下，林氏的文言翻譯是過時的；在強調文學內容的啟蒙性和現代性的新文學革命的要求下，林氏的文言翻譯是歪曲而不合法的。

　　既然「新文學」所指出的革命方向對於文言毫無好感，那麼是否白話就可以符合「新文學」的要求呢？其實不然。

　　對於白話的強烈訴求其實在十九世紀後半葉就有一定的表現。黃遵憲就寫過：「我手寫我口，古豈能拘牽」[81]，在1895年他獨力寫作的《日本國志》中的〈學術志二（文學‧學制）〉裡提出：

蓋語言與文字離，則通文者少；語言與文字合，則通文者多，其勢然也……余又烏知夫他日者不更變一文體為適用於今、通行於俗者乎？嗟夫！欲令天下之農工商賈婦女幼稚皆能通文字之用，其不得不於此求一簡易之法哉！[82]

---

[79] 苦海餘生：〈論小說〉，《文學常識》（上海：國民圖書館，1918年9月），頁71。

[80] 茅盾：〈直譯、順譯、歪譯〉，《文學》雜誌第2卷第3期（1934年3月），頁366。

[81] 黃遵憲：〈雜感〉，《人境廬詩草》（上海：上海古籍出版社，1981年），頁42。

[82] 黃遵憲：《日本國志》（羊城富文齋改刻本）卷三十三，頁六-七。

劉師培（1884-1919）則進一步將言文不一的現狀與中國近代命運聯繫在一起：

> 近年以來，中國之熱心教育者，漸知言文不合一之弊，乃創為白話報之體，以啟發愚蒙……故就文字進化之公理言，則中國自近代以還，必經白話盛行之一階級，此又可預測者也……中國自古以來，言文不能合一，與歐洲十六世紀以前同。欲救其弊，非用白話末由，故白話報之創興，乃中國言文合一之漸也。[83]

可見晚清的有識學者們已經意識到「言文不一致」帶來的知識普及和文化啟蒙的巨大阻礙，是一國之文化「進化」所必然要解決的問題。不論是黃遵憲還是劉師培，也都提出了以「口語白話」為改良路徑的語言發展願景。可以說「白話文運動」這一思維並非五四文學諸人所獨創，在晚清就已經是許多有識之士的共同的志向。然而，五四新文學的旗手們依然對他們展開嚴厲的批評：

> 對於以前所謂「古文」，覺得他不是記載思想事物的適用工具，應該改用白話來作文章，這也是二十年前的老新黨所早見到的……要是既想改革，又怕舊勢力的厲害，於是做出遮遮掩掩、偷偷摸摸的樣子，說上許多不痛不癢的話，對於四面八方一律討好，希望做到什麼「妥協」、什麼「調和」的地步，那是一定不會有什麼好結果的；不但

---

[83] 劉師培：〈論白話報與中國前途之關係〉，《警鐘日報》1904年4月25、26日，第1版。

還要發生「是非混淆」、「新舊糅雜」的壞現象![84]

　　錢玄同的這番話已經很好地表明了新文學的革命思想,沒有「妥協」和「調和」的餘地,而新文學和舊文學的關係就是一種「我是你非」的對立關係。事實上,有心的讀者可能會發現「新舊糅雜」這句話有些熟悉,其實在此章第一節中茅盾在指責通俗小說中新舊範式並存的情況時也使用了這一說法。對於新文學陣營來說,改良和調試已經使人絕望透頂,中國已經沒有更多的時間和成本來玩過去一批又一批新黨們的改革遊戲,他們呼喚著的是更為激進的革命,給病入膏肓的中國來一次「鳳凰涅槃」:

> ……郭沫若的那首據說是抓住了「五四」精髓的著名詩篇《鳳凰涅槃》,就描畫出鳳凰再生的劇烈轉變。死亡和再生的線性過程構成了一個完美的隱喻,即:如果「五四」知識分子想要在新的時代中獲得重生,那麼所有的中國「傳統」就必須被毀滅。傳統的死亡是中國向現代神奇躍進的前提條件,,因為只有消滅「傳統」,「新鮮」、「甘美」、「光明」、「熱情」、「歡愛」的年輕的新自我才會在死灰中更生。[85]

　　五四不論是對於近代白話文運動還是通俗文學的批判,其實都稍稍帶有著某種「虛張聲勢」的成分,因為在他們批判的這個時間點,他們自身也未必瞭解「革命」的後果為何,甚至他們

---

[84]　錢玄同:〈漢字革命〉,《國語月刊》(1923年第一卷第7期「漢字改革專號」),頁6。

[85]　(美)史書美著,何恬譯:《現代的誘惑:書寫半殖民地中國的現代主義(1917-1937)》(南京:江蘇人民出版社,2007年),頁59。

自身也未能完全與過去撇清而擁有完全純粹的新的文學生命，就像陳獨秀的〈文學革命論〉依然還是用文言寫就，胡適的詩集依然還是標題《嘗試集》以表明他摸著石頭過河的心境。前文述及新文學作家對於晚清文言翻譯的挖苦，事實上也頗有些「後見之明」，對於二十年前人的要求也實在苛刻了些。那麼，晚清諸人尤其是頗有白話文運動思維的文人，就沒有用白話翻譯的念想嗎？還是有的。

梁啟超在其連載小說《十五小豪傑》第四回文後就曾提及自己：「原擬依《水滸》、《紅樓》等書體裁，純用俗話，但翻譯之時，甚為困難。參用文言，勞半功倍……因此亦可見語言文字分離，為中國文學最不便之一端，而文界革命非易言也。」[86] 而作為新文學領袖的魯迅，在青年時期（1903年）翻譯《月界旅行》的時候也遇到了同樣的困難：「初擬譯以俗語，稍逸讀者之思索，然純用俗語，複嫌冗繁，因參用文言，以省篇頁。」[87]

可見，新文學作家對於這種翻譯的苛責是頗為主觀的，這種說法自然也為一整套的革命敘述做的準備，只有否定一切過去的舊範式和舊嘗試，才能使得建立新範式顯得必要而順暢。而新文學作家所倡導的文學語言的方向則很清楚地指向了白話，並且專指了「歐化的白話」，以此與過去的白話文運動相區別。

傅斯年就在其〈怎樣做白話文〉一篇中指出：

> 要運用精密深邃的思想，不得不先運用精密深邃的語言……就是直用西洋文的款式，文法、詞法、句法、章

---

[86] 梁啟超：〈《十五小豪傑》第四回譯後語〉，《新民叢報》第六號（1902年3月15日），頁83。

[87] 魯迅：〈《月界旅行》辨言〉，《月界旅行》（東京：進化社，1903年），頁2。

法、詞枝（figure of speech）……一切修辭學上的辦法，
造成一種超於現在的國語，歐化的國語，因而成就一種歐
化國語的文學。[88]

朱自清（1898-1948）對於國語的歐化這一發展路徑也持有
著非常決斷的認可態度：「這是歐化、但不如說是現代化……要
『迎頭趕上』人家，非走這條新路不可。」[89]更有甚者，如錢玄
同，直接指出「以夷變夏」[90]的革命宗旨。然而，事實上提出革
命宗旨總是相對容易，實踐起來就沒有這麼簡單。舉例而言，就
翻譯外國純文學的實例而論，魯迅一向以其刻意「硬譯」而著
稱，他自己就聲稱：

> 為什麼不完全中國化，給讀者省些力氣呢？……我的答
> 案是：這也是譯本。這樣的譯本不但在輸入新的內容，
> 也在輸入新的表現法。中國的文或話，法子實在太不精密
> 了……要醫這病，我以為只好陸續吃一些苦，裝進異樣的
> 語法去，古的，外省外府的，外國的，後來便可以據為己
> 有。[91]

魯迅這一番話很好地闡釋了他在文化上「拿來主義」的傾
向。然而細想起來，這樣一種「拿來主義」其實也頗適用於影戲

88　傅斯年：〈怎樣做白話文〉，《中國新文學大系‧理論建設集》（上海：上海良
　　友圖書印刷公司，1935年10月），頁227。
89　朱自清：〈真詩〉，《新詩雜話》（上海：作家書屋，1947年12月），頁125。
90　錢玄同：〈致周作人書〉，《錢玄同文集》（北京：中國人民大學出版社，1999
　　年）第6卷，頁58-59。
91　魯迅：〈關於翻譯的通信〉，《魯迅全集》（北京：人民文學出版社，1991年）
　　第5卷，頁382。

小說的一些作者，即通俗作家們的創作。通俗創作家們不過是將異樣的「古的，外省外府的，外國的⋯⋯據為己有」罷了。也就是說，同樣是「拿來」，不過魯迅強調將現實生活拿到「異樣」的外國語法中去；通俗作家常常做的是，將「異樣」的外國生活拿到現實的中國的文言或白話語法中來。甚至在字面上，通俗作家對於語言的做法還更加接近「拿來」。值得思考的是，緣何五四的語言策略就被稱為「拿來主義」，而通俗作家只能位列「中西雜糅」之流呢？

　　林紓對於這種「惟新是尚」的傾向持批評態度，且不說他在新文化運動中「願者上鉤」地發表了兩篇頗有賭氣意味的〈妖夢〉、〈荊生〉，招致新文學作家的一致攻擊與造勢，其實他在1904年就對於這種思想傾向有過議論：

> 吾國少年強濟之士，遂一力求新，醜詆其故老，放棄其前載，惟新之從。[92]

　　這代表了作為五四文學口中保守派的通俗文學界的一致觀點。這種觀點在影戲小說中其實也有著反映。如海上漱石生就在陸澹安《毒手》一書的序言之中，這樣表達了他對於新文學白話小說的尖銳看法：

> 新小說之詞旨，著者以為佳矣。逮一究夫通篇之脈絡，無一筆呼應處。無一節優異處。第見障墨浮煙，充塞滿紙。且情節亦陳陳相因，幾乎千篇一律，遂致閱者味同嚼蠟，

[92] 林紓：〈《英國詩人吟邊燕語》序〉，轉引自陳平原、夏曉紅：《二十世紀中國小說理論資料》（北京：北京大學出版社，1997年），頁139。

此著小說之所以難也。[93]

　　陸澹安的這一部長篇小說《毒手》出版於1919年，而其創作與出版如前文所述，是當時活躍的通俗文學界的一個共同的意願和品位的體現。而其中，這個圈子的核心人物是海上漱石生（孫玉聲）和天臺山農（劉山農），二人都是大世界俱樂部聘請來擔任《大世界報》的老前輩，主要活躍在晚清的舊報界。他們二人的傾向比較接近於晚清改良派，許多觀點與林紓比較接近，即並不排斥白話，也提倡白話小說的發展，但文言作為文章正義不能廢去，而對於新文學的態度自然也就可想而知了。

　　而陸澹安就屬於這個文學場中的新人，其趣味也並未超出這個文學場的認識範圍。所以說，目前可見的陸澹安的影戲小說就完全是文言創作，沒有一篇是白話小說。陸澹安一共寫作了五部長篇影戲小說，都是擬章回體的分章文言小說。作者選擇章回體，應該是考慮到長篇影戲是由數十個劇情單元組成，與章回小說有相似之處。這些小說的形式風貌，其實與晚清翻譯小說的腔調較為接近一些，但相對於後者的主觀改寫和道德傾向，前者顯得更為忠實原著，在衍文和發揮方面較為克制一些，還是以儘量重現電影的風貌為創作目標之一。

　　而在語言方面，陸澹安的語言和林紓的翻譯腔調最為接近，這一點，似乎也是有一定的淵源所在。陸澹安在1933年《金剛鑽報》第1卷第1期撰寫其著作〈百奇人傳〉序言的時候寫道：

　　余年十三四，學於吳江孫警僧師。師治桐城古文字甚

93　海上漱石生：〈《毒手》序一〉，《毒手》（上海：新民圖書館，1919年1月），頁2。

勤……而師獨善余，謂於古文規律為近，慈授以衣缽。因
為余述桐城心法甚悉，言未嘗不盡，余恨檮昧，十不一二
得，甚負師意。年來困衣食，至以說部自活，學植益落，
所作殆不能名文，無論桐城……茲奇人傳百篇，師嘗閱
之，喜，謂有古文辭遺意……[94]

　　陸澹安在文中所謂「不能名文，無論桐城」的說法自然有
謙虛的意思，否則他也不必在後文又說師父讚許他「有古文辭遺
意」，在此他非常明確的指出了自己的師承。〈百奇人傳〉與陸
澹安其他的小說並沒有特別的不同，不過形式略變，以人物為中
心罷了。陸澹安行文「有古文辭遺意」的說法，在他其他小說創
作中也是適用的。而在同一期雜誌發表署名朱偶籍（朱大可）的
〈百怪人傳〉中則寫道：「澹盦曾有〈百奇人傳〉之作，文筆雋
上，直逼畏廬，惜僅數篇，遽而輟筆；頃者，偶籍複以〈百怪人
傳〉相示。澹盦好奇，偶籍志怪；澹盦鑿空，偶籍徵實；或亦異
曲而同工者歟！」[95]朱大可將陸澹安比作林紓（號畏廬），也是
講究其「文筆雋上」，有桐城文風的意思。這一點，還可以從鄭
逸梅晚年所作的《藝壇百影》中的〈多才多藝的陸澹安〉一篇中
得到驗證：

　　……（陸澹安）深得老師孫警僧的期許，警僧更以澹安筆
墨峻潔卓越，鼓勵他治桐城文。澹安孳孳矻矻，沉浸有
年，撰〈百奇人傳〉，和當時[96]林畏廬、錢基博相頡頏，

---

[94]　陸澹安：〈《百奇人傳》序〉，《金剛鑽報》第1卷第1期（1933年），頁9。
[95]　朱大可：〈《百怪人傳》序〉，《金剛鑽報》第1卷第1期（1933年），頁113。
[96]　其實陸澹安〈百奇人傳〉原於二十年代初在《新聲》雜誌上連載，但《新聲》中
　　途停刊，陸澹安也未能將其連載完，反而在十多年後於《金剛鑽報》上補成全

第三章　影戲小說中的新舊範式衝突

155

各刊物競載他的作品，澹安也就名動大江南北了。[97]

　　陸澹安作品，包括影戲小說的創作，在時人之中產生了桐城古文傳承的閱讀感受，以致被人與林紓聯繫在了一起。即便陸澹安主要的小說創作基本上都與五四運動同期，這種文言小說依然在其圈子中受到很大的讚譽，與新文學所營構的文學世界幾乎呈現著平行發展的趨勢。這種情況，其實是在新文學發展的歷史話語中被有意忽略的一個重要狀況。通俗文學的自身發展一直都貫穿了整個民國，從未間斷，也未有明顯的衰落，直到1949年新政權建立後才被行政命令取締而戛然而止。這數十年間，通俗文學在普通民眾，尤其是都市消費者中，始終有著強大的影響力。而「歐化的」白話文運動在通俗文學界的開展程度非常有限，大多數通俗作家和報刊創作者還是我行我素，並未有意改變自己的創作範式。誠如林培瑞所說：「如果說五四新文學與普通大眾之間最大的障礙是西式的新觀念的話，那麼與之相關的文學樣式（歐化白話）也是難辭其咎的⋯⋯」[98]。

　　相對而言，周瘦鵑的創作就並不單純以文言來進行，就目前可見的周氏的十一篇影戲小說來說，其中白話小說記有四篇：〈旁貝城之末日〉（1915年）、〈不閉之門〉（1915年）、〈喇叭島〉（1922年）、〈愛之奮鬥〉（1922年）。這四篇的範式基本上還是沿著明清白話小說的傳統來進行創作，雖然沒有使用某生體，但是敘事人的書場口吻依然非常明顯。這一點，不論是在新文學革命爆發之前的1915年，還是爆發後的1922年，都沒有改

---

[97] 鄭逸梅：《藝壇百影》（鄭州：中州書畫社，1982年6月），頁171-172。

[98] Perry Link, *Mandarin ducks and butterflies: popular fiction in early twentieth-century Chinese cities* (Berkeley: University of California Press, 1981), pp.19.

變。而周瘦鵑本人在創作影戲小說時選擇語言也十分隨意，並沒有特定的指向。他的影戲小說中，也沒有早期文言多或後期白話多的趨勢，他最後一篇影戲小說〈小廠主〉（1925年）還是標準的文言小說。

新文化運動所極力宣傳的白話文運動和相關的語言思維，其實主要還是在高級知識分子和學生中起到作用。而現代白話進程的演進，與後來身據要津的新文學作家對白話教育的推動不無關係。就事實而論，這場運動的諸多舉措並未像五四運動興起之時所期望的那樣，打倒代表舊文學的通俗文學，壓制他們眼中的文娼文丐們。通俗文學和新文學其後基本走上了一條平行發展的道路。所謂「各得其所」，各為其指向的讀者而書寫。[99]值得一提的是，通俗文學一直在為普通市民和消費者而書寫，新文學作家雖標榜「普羅大眾」的文學，但實際上依然還是時時流露著精英主義的傾向，受眾面相對地並不寬廣。

新文學作家當然希望爭取最大多數中國人的支持和文學革命理想的實現，這種情緒自然也在兩條平行發展的線索之間數次的嘴仗上，然而新文學作家自始自終都沒有獲得壓倒性的優勢。

---

[99] 關於新文學和通俗文學的分道揚鑣，更深入的探討可參考范伯群〈1921-1923：中國雅俗文壇的分道揚鑣與各得其所〉一文。

第四章

從電影到影戲小說的圖文轉換

影戲小說這一特殊的文體很容易被人誤解為電影小說，而實際上二者在創作流程上完全相反。電影小說一般是指一部電影的劇本所根據的原著小說，也就是先有小說再有電影；影戲小說則是將銀幕上的電影內容「翻譯改寫」為通俗小說，是先有電影，才有小說。而除了在流程上的不同之外，大多數小說改編電影都是基於小說大熱之後，通過電影的推出延攬小說讀者，並通過新媒體獲得更多的觀眾與經濟利益；而影戲小說的讀者，大多是沒有辦法在民國初年獲得觀看電影經驗的「電影愛好者」，他們通過閱讀通俗小說家們的影戲小說獲得某種間接的快感，並在文字層面體驗上海這一新都市帶給他們的時尚感。

就影戲小說的作者而言，除了撰稿所帶來的經濟回報之外，影戲小說創作還能給他們帶來虛榮心的滿足。影戲小說家滿足於此種帶有啟蒙色彩的創作，滿足於自己對於（有關電影的）稀缺話語權的掌握，並且在行文中故意誇大對於電影的溢美之情，這既是一種炫耀，又是一種對於讀者胃口的調動。在那樣一個觀看西洋電影（特別是好萊塢電影）代價頗高的年代裡，通俗小說家的影戲小說成為了一個普通民眾與電影之間的仲介物。我們很容易發現，通俗小說家擁有著巨大的話語權力，這也解釋了為什麼影戲小說中出現了如此多帶有個人色彩的改寫和解讀。而讀者很難給予作者一種判斷性的反饋，因而作者在創作影戲小說中獲得了更多的不受監督的權力。

然而，電影並非如許多初次接觸電影的中國人以為的那樣，是一個花哨的把戲。在影像中，其實蘊含著現代的呈現與思維方式。在觀影過程中，觀眾也會潛移默化地受到感染，對之產生認同：

與其說「早期電影」是一個定義嚴格的美學或者歷史時期的類別，不如說它是現代性的一個徵兆——或者是在「不同步卻同期的」全球電影文化視野中，相互競爭的現代性的多個版本。[1]

於是我們可以進一步發現：作者在觀看電影，將電影轉述成即影戲小說這一過程中，其實是承擔著現代性的焦慮和挑戰最多的人。也就是說，周瘦鵑、陸澹安、包天笑這一批影戲小說家，是從電影畫面接受到現代意象和現代意識最多的人，而這種中西的、視覺與文本的衝突在他們身上也體現得最為劇烈。美國學者周蕾（Ray Chow）在其《原初的激情》（*Primitive Passions: Visuality, Sexuality, Ethnography, and Contemporary Chinese Cinema*）一書中提出「在二十世紀中國由照相術與影戲所帶來的視覺衝擊力改變了作家對於文學本身的觀念」[2]，她在書中舉了魯迅在日本留學觀看完日俄戰爭的投影畫面而受到巨大的刺激，決定棄醫從文這一個例子來佐證她的觀點。而誠如她所指出的，魯迅選擇「從文」這一傾向，也是表明了魯迅這一代文人在潛意識裡依然是輕視「視覺」文本，而對傳統文本的尊崇依然牢固。這一點，在影戲小說家中也具有非常明顯的體現。影戲小說家常在看過一部西洋電影之後，感慨電影如何精彩動人，於是決定「將其衍為影戲小說」，也就是說在他們眼中，傳統文本本身就是視覺文本的一個更高形式，只有通過他們的改寫、敷衍和發揮，才能成就這些文本的最大意義與價值。

---

[1]　張真著，沙丹、趙曉蘭，高丹譯：《銀幕豔史：都市文化與上海電影1896-1937》，（上海：上海書店出版社），頁8。
[2]　Ray Chow, *Primitive Passions: Visuality, Sexuality, Ethnography, and Contemporary Chinese Cinema* (New York, Colombia University Press, 1995),pp16.

然而事實總有兩面，當影戲小說家們以為自己正在做著一件文化啟蒙和交流的事業的同時，他們也在不自覺地被啟蒙、被改變著，在潛意識中接受影戲中深層蘊含的價值觀念以及敘事方式。早期電影學者米蓮姆・漢森（Miriam Hanson, 1949-2011）提出了一種觀念，即「白話現代主義」，她認為早期電影（尤其是好萊塢電影）成為全球化時代中一個通俗易得的文化認同體系，是最簡易的世界語，是全球性的通俗白話。電影匯聚了現代的美學經驗和消費潮流，塑造了世界各地的現代經驗，使得「現代」這一普遍觀念在各地生根並產生不同地方的版本：

> D.W.格里菲斯（D.W.Griffith）和瓦切爾・林德賽（Vachel Lindsay）曾將電影的概念設想為一種現代的「世界語」，從而將古巴別塔崩塌以後的破碎世界重新整合起來……中國語境中的影像白話展現了現代生活的方方面面。並且更為重要的是，它找到了某些合適的表達形式，使其能夠穿越各種嚴格的界限——包括文字與視覺、世俗與高雅、物質與想像、上流與底層、政治與美學，最後還有中國與世界之間的邊境線。這與喬納森・弗里德曼（Jonathan Friedman）的看法一致，他認為現代性是「一個認同的場域」，它的形成源自於周而複始和歷時性的商業化進程、文化產品在全球範圍內傳播，以及日益興起的跨文化和主體間的交換。[3]

　　影戲小說作者的創作行為某種程度上可以被看作「世界語」找到「某種合適的表達形式」，進而突破許多界限，最終本土化

---

[3]　張真著，沙丹、趙曉蘭，高丹譯：《銀幕豔史：都市文化與上海電影1896-1937》，（上海：上海書店出版社），頁4。

的一個過程。而在這個過程裡，作者心中「認同」和「改造」的成分始終處在一個博弈與交鋒之中。

這個心理過程其實非常艱難，對於面對現代性的影戲小說作家來說，這不僅是一種文化的轉換，在技術上也有很大的實現難度。而這一點，幾乎是通俗文學場中對於影戲小說創作的一個共識：

> 作詩難，作無聲詩尤難；譯書難，譯無字書尤難。無聲詩者何，畫也；無字書者何，影戲也。前者凡擅長繪事之士，類皆知之；後者見至今尤未有人，知此非吾之虛言也。今之世，其務象胥之學者，縱論高材，亦第能翻譯有字之書耳。未嘗從事於譯無字之書，影戲也。未嘗從事則此中甘苦，忘焉其弗知，亦人之情也。[4]

> 著小說難，譯小說尤難，譯電影劇作小說則難之又難……至於電影劇為小說，當其映演之時，電光一瞥即逝，可謂過目不留。抑且劇中頭緒紛繁，往往有先後各幕，驟睹之若不相連屬，細按而始知其一氣貫通者；亦有劇本精妙，處處故作疑人之筆，使人如墮五裡霧中者。有此種種，不易下筆。而譯之者世乃絕鮮，即有之或蒙頭改面，大背戲情，或失之毫釐，謬以千里。此譯電影劇作小說之所以難之又難也。[5]

---

4 吉川秋水：〈《黑衣盜》序三〉，《黑衣盜》（上海：交通書局，1919年），頁2。
5 海上漱石生：〈《毒子》序一〉，《毒子》（上海：新民圖書館，1919年1月），頁1。

本章將主要就電影到影戲小說這一不同文本形式的轉換過程，考察其中道德、形象和電影語言的流變，並探究其中的創作心理，揣摩現代通俗文人在直面現代性時的心理困境和出路。

▌第一節　影戲小說中的道德倫理傾向

　　明清小說中多有一些道德勸誡的小說，古來都以小說為文章末流，作者們總想通過這樣的方式在形式上顯得雅正，以期獲得某種正統性，擺脫誨淫誨盜的惡名。不論是「神道設教，報應不爽」還是家國倫常的文學化展示，都變成了一種最為常見和討巧的敘述策略。甚至在一些明明非常露骨地去「誨淫誨盜」的作品中，作者依然非常認真地講述自己的倫理觀念，刻意與敘述的故事內容保持一定的距離，或者是批評故事中的不道德行為，或是以一種過來人的口徑提出警醒。這一點，與上一章中提及的「敘述間性」有相當的聯繫，在此不再重複。

　　而有意思的是，早期電影作為一種通俗娛樂方式，常流露出一種世俗的價值觀念與道德傾向。這一點，在一戰結束開始大量湧入中國的好萊塢電影中更為明顯，相對於歐洲電影中較為波瀾壯闊的悲劇故事，美國人更多強調電影的市民傾向和通俗趣味，其電影也更為類型化。因而在好萊塢電影中所涉及的倫理與道德觀與彼時中國觀眾的文化心理是具有默契性的：

　　　　在中國，美國電影比任何其他國家的電影都受中國人的
　　　歡迎。除了美國電影的奢華鋪張、高妙的導演和技術，
　　　中國人也喜歡我們絕大多數電影結尾的「永恆幸福」和
　　　「邪不勝正」，這和許多歐洲電影的悲劇性結尾恰成對

比。[6]

　　我們可以說，正是這種契合觀眾心理預期的敘事倫理和通俗氣質，使得觀眾對於西方電影（尤其是好萊塢電影）更加趨之若鶩。而其中的消費主義氣質和娛樂傾向，對於普通市民來說，也是一種紓解現代性壓力的重要途徑。而電影院這樣一個全新的公共空間，成為動蕩時期的避難所。

　　西洋電影雖然多有通俗傾向，但畢竟有文化之異，語言之隔，如何被觀眾理解，這自然是一個難題。就目前可見的影戲小說而言，作者常常有一種將其中的倫理傾向比附成中國的傳統道德的處理方式。這種處理方式或許出於作者的保守心理，又或者出於對讀者消費傾向的揣摩。以下，我們就先舉周瘦鵑的兩個例子來說明這個問題：

> （〈阿兄〉）是篇予得之於影戲場者，本於法蘭西與大仲馬齊名之小說大家挨爾芳士陶苔氏AIPHONSE DAUDET之傑作「LE PETIT CHOSE」……惜余未能得其原文，只得以影戲中所見筆之於書。掛一漏萬，自弗能免。然其太意固未全失，吾將以之示世之兄弟。並媿一般睨於牆者。（〈阿兄〉前言）[7]
>
> ……比與友觀「A Woman's Self-sacrifice」（譯言婦人一己之犧牲）於艾倫，相與擊節歡賞，以為有功世道人心之

[6]　諾斯（C.J.North）：〈中國的電影市場〉，轉引自李歐梵著，毛尖譯：《上海摩登：一種新都市文化在中國1930-1945》（北京：北京大學出版社，2001年），頁46。
[7]　周瘦鵑：〈阿兄〉，《禮拜六》雜誌，第24期（1914年11月），頁11。

作。蓋是劇亦出自毛氏手筆，結構造意，並屬佳妙。其描
寫婦人愛夫之心，細膩勻貼已極，意在愧當世一般視夫如
寇讎之涼德女子，而令人增無限伉儷之情。毛氏之用心，
可謂苦矣。[8]

通過影戲中的正面例子，我們不難看出周瘦鵑對於現實倫理
狀況的不滿，並且他的影戲小說寄寓了一種對於理想社會和理想
道德的想像，當然這種想像相對而言是保守的。

對於這一點，時人也是有批評的，甚至被鄭振鐸歸入「思想
的反流」：

禮拜六的諸位作者的思想本來是純粹中國舊式的……卻也
時時冒充新式，同時卻又大提倡節、孝……想不到翻譯
〈紅笑〉、〈社會柱石〉的周瘦鵑先生，腦筋裡竟還盤據
著這種思想。[9]

對於周瘦鵑道德觀念較為傳統這一點，本文無意翻案。然
而鄭振鐸的批評本身就帶有非常強烈的進化論思想，暗示了傳統
倫理觀念必然落後，但凡與「五四」精神不合的，便該被淘汰，
不可能有生存發展空間的。以上一番辯解釋，並非為舊派文人代
言，但僅就周瘦鵑的個人遭際而言，他對於孝道的堅持確實有其
原委。周瘦鵑早年喪父，家中三個兄弟都是靠母親給人做針線活
帶大的，為了給母親節省開銷，周瘦鵑從小就特別用功學習。而

---

[8] 周瘦鵑：〈妻之心〉，《中華婦女界》第1卷第1期（1915年），頁329。

[9] 西諦（鄭振鐸）：〈思想的反流〉，《文學旬刊》第四號（1921年6月10日），引
自魏紹昌編《鴛鴦蝴蝶派研究資料・史料部分》（上海：上海文藝出版社，1962
年），頁31。

周瘦鵑少年時即決定踏入通俗文學圈進行「文字勞工」的事業，也是為了給母親分擔家庭壓力，改善一家人的生活：

> 正因為有這樣的家庭背景，周瘦鵑對母親守節撫幼的感恩連鎖地遍施於對其他「節婦」的尊敬。在他的初期的小說創作與編輯發稿時常對節烈抱有好感。而他的辛勞的母親對他的愛又使周瘦鵑回報以「孝思孝行」，成了他作品理直氣壯反覆宣揚孝道的動力。與其說這是儒學的薰陶，倒還不如說是苦難家庭生活炮烙的深深印痕。[10]

周瘦鵑也並不是一個靜止的人，對於現代潮流下的倫理觀念更絕非鐵板一塊，他對於孝道等倫理觀念在其之後的創作中其實還是有變化的。如他在1926年〈說倫理影片〉一文中就提及他對於「孝」與「愚孝」概念的區分，「平心而論，我們做兒子的不必如二十四孝所謂王祥臥冰、孟宗哭竹行那種愚孝，只要使父母衣食無缺，老懷常開，足以娛他們桑榆晚景。便不失其為孝子。像這種極小極容易做的事，難道還做不到麼？」[11]此外，他在〈娶寡婦為妻的大人物〉一文中對於「守節」和「娶寡婦」等問題有著正面的回應：「（娶寡婦為妻）這既無損於本人的名譽，也無礙於本人的事業。我國只為人人腦筋中有了不可娶寡婦的成見，而寡婦也抱了不可再醮的宗旨，才使許多『可以再嫁』的寡婦都成了廢物，與其如此，那何妨正大光明的再醮呢？然而要寡

---

[10] 范伯群：〈周瘦鵑論（代前言）〉，《周瘦鵑文集》（上海：文匯出版社，2011年1月第1版），第1卷，頁5。

[11] 周瘦鵑：〈說倫理影片〉，《〈兒孫福〉特刊》（上海：大東書局，1926年9月15日），轉引自范伯群編《周瘦鵑文集》（上海：文匯出版社，2011年1月第1版），第1卷，頁5。

婦再醮，那麼非提倡男子娶寡婦為妻不可。」[12]

　　周瘦鵑倫理觀念的變化與影像表演的直接刺激不無關係。與那些介紹西方文學的理論書籍相比，電影中現代人物的言行舉止思維方式更具有啟發性和示範性，而在電影中又呈現出了與之匹配的現代社會機制，客觀上保證了現代人物新道德範式下的行動。而直面這種衝擊，周瘦鵑與其他一些影戲小說創作者，其實遠比讀者承受著更為強烈的文化衝突。雖然在文字上，可能多少還會用上一些傳統道德的語彙來審視原影戲中的倫理問題，但這也可能只是考慮讀者而選擇的一種相對平和、折中的處理方法。

（一）戀愛與婚姻倫理

　　婚姻戀愛，始終是影戲和現代小說所關心的重要主題，而自由戀愛的最終目的當然也與自由美好的婚姻相聯繫。而自由婚姻作為民國的一種重要新風尚，在電影中得到圖示化的表現以及大膽直接的表演，對於觀眾戀愛觀念與表達方式的變化都有著深遠的影響。不論是好萊塢電影還是早期歐洲電影，都有著非常戲劇化的經典愛情故事模式，情節跌宕起伏，配合著顛沛的大時代背景，觀眾是很容易為之動容的，成為其行動的指南。誠如達紓庵在〈影戲雜談：看影戲有一最驚心處……〉中說起的那樣：

> 看影戲不得持看戲之胸襟，須具遊歷之胸襟。則外國之城市繁華、域外荒涼，一一收諸目底，如同親履……愛情片中男女同席，除眉語之外，互以其足傳達心緒。情竇初開

---

[12] 周瘦鵑：〈娶寡婦為妻的大人物〉，《上海畫報》第109期（1926年5月10日），第2版。

之青年閱之，增其見識不少……[13]

　　婚戀題材也是影戲小說的一個重要題材。第一章中提及，前期影戲小說創作共有二十八篇，其中婚戀題材就有十一篇，佔到四成的比例，可見這一話題在民初的重要性與影響力。影戲小說中常常會有作者的一段前言文字，除了講述創作緣起之外，也會說出其自身的觀影感受與創作緣起，其中可以看出作者的創作動機和對原影戲的感情態度，先以周瘦鵑的〈愛之奮鬥〉為例：

　　　　世界中不論做什麼事情，總須從奮鬥中得來，總有價值，
　　　　總覺可貴。若是袖著手兒閒坐，等好運來尋你，使你事事
　　　　順利，時時得意，世上可有這種便宜[14]事麼？就是情場之
　　　　中，也須從奮鬥中磨礪一下，才能完成好事，有情人終成
　　　　眷屬。要是畏首畏尾，不敢奮鬥，那就只得拼著一輩子，
　　　　向眼淚中討生活了。有情失意的青年男女們啊，你們快不
　　　　要哭了，且揩乾眼淚來看那女英雄瑪麗麥克耐的奮鬥。[15]

　　這篇小說塑造了一個對於愛情有著自主奮鬥精神的女性。故事的女主角在父親的壓迫下接受了一段包辦婚姻，但她原有意中人馬丁，所以一直不肯與紈綺子弟小藍圓房，而她後來也懷了馬丁的骨肉，在父親和丈夫的雙重壓力下，加上聽說馬丁乘船失事的消息，於是毅然流浪異國，一個人辛苦工作帶大孩子。而在她多年困苦之後，終於遇見了難中逃生、苦尋她百度的馬丁，最後

---

[13] 紆庵：〈影戲雜談：看影戲有一最驚心處……〉，《新聲》雜誌第6期（1912年），頁73。

[14] 此處保留原文，但疑為印刷錯誤，以上下文推測應為「宜」。

[15] 周瘦鵑：〈愛之奮鬥〉《禮拜六》雜誌，（1922年，第153期），頁12。

劇情以大團圓結局。

上述周瘦鵑的文字，便有著對於現代男女追求自由愛情和婚姻幸福的肯定和鼓勵，並認為「奮鬥」是爭取愛情和婚姻自主的重要鎖匙，這種觀念與包辦婚姻是呈尖銳對立的，這一點電影中也有反映。爭取婚姻自由和愛情自主是民國定鼎以來最為明確的潮流和訴求，周瘦鵑選擇這樣的題材並寫出這樣的呼籲，也是對潮流時勢的一種體察與順從。劇中的女主角瑪麗為了自由愛情敢於和父權、夫權鬥爭，放棄自己的安逸生活不屈服的決心和實踐，是周瘦鵑推崇這個女性最大的著眼點，對於當時青年男女也是一種積極的鼓勵。

從上看來，周瘦鵑顯然並不是一個頑固派，他早期作品對於「守節」和「孝」的強調，並不能抹去他對於新思潮也曾有過積極的宣揚。而在〈愛之奮鬥〉中女主角的行動顯然就衝突了這兩項中國傳統倫理，因為她在追求愛情的過程中既未守節又未孝父，但周瘦鵑依然歌頌她為愛奮鬥，足見他對這種精神與實踐的認同。

在辛亥革命後與五四運動之前，這種自由愛情觀已經開始產生影響力，但對於女性角色的定位尚未扭轉，不論是電影中還是在周瘦鵑的小說中，依然蘊含著對於女性命運的較為保守的想像：故事之中，女主角瑪麗始終處在一個相對被動，為男人所支配的境地，她被強迫結婚，被強迫參加蜜月旅行，她在孩子生病無錢之時甚至想到要去賣淫。她所謂的奮鬥，其實是「拒絕」，拒絕與不愛之人圓房，逃避自己的父親和形式上的丈夫的壓迫。她所有的苦難，婚姻和生育，都是男人帶給她的，她的出走似乎是在給「娜拉走後」尋求一個答案，然而最終的答案不過是她在窮困潦倒幾乎要去做皮肉生意給孩子治病之際，馬丁找到了她，拯救了她並且締結了美滿的婚姻。在這個故事裡，女人的奮鬥只

是為了尋獲一種「被拯救」的可能，與其說是「追求」，不如說是「堅持等待」。而男人似乎是命運和上帝的使者，將會給予她救贖。

實際上，這種結局的安排對於「娜拉走後」的回答顯然是過分理想化和戲劇化的。故事中的男女主人公雖名為自由戀愛和自由婚姻，其內核依然是不平等的，女性的權利依然不是天賦的，而是他賦的。周瘦鵑在小說前言中對於自由戀愛的呼籲僅止於女性對外部的抗爭，而忽略了對於男女不平等關係的處理。彼時作為現代生活行動指南的影戲，女性解放的意識依然是不充分的。周瘦鵑和原影戲已經意識到了女性角色在婚姻和戀愛倫理中的能動性，但是距離女性主體性的真正解放還是有一定距離。這一點在另一篇影戲小說〈喇叭島〉中也有著一定的反映。

在〈愛之奮鬥〉的案例中，我們可以意識到整個現代戀愛觀念和婚姻倫理的入地生根的過程並不是一蹴而就的，這種傳統到現代的轉換過程是漸進且過渡性的。

相似的情況也存在於陸澹安的小說中。他的第一篇影戲小說是〈賴婚〉，其篇幅很長描寫很細，分三次才在《紅雜誌》上連載完。這部小說是根據格里菲斯的賣座好萊塢電影《WAY DOWN EAST》（在中國上映時即名《賴婚》）改編而成的。電影的劇情其實與托馬斯・哈代（Thomas Hardy,1840-1928）的著名小說《苔絲》非常類似，不過女主人公最後被心愛的男主角在懸崖邊救起，成就了一個大團圓結局。在格里菲斯的這部電影中最後一刻大營救的劇情幾乎是一個好萊塢標誌式的電影橋段，對於觀眾有著無窮的吸引力。然而女主角婚姻的幸福也似乎就只能寄託在這樣戲劇性的拯救橋段上，需要個人的運氣才能成功。這一點，其實和〈愛之奮鬥〉中的女主角是一樣的，她們的愛情和

婚姻的勝利果實都並不完全是自己爭取得來了,最後依然需要運氣和男人的垂顧。在這個層面上,對於女性來說就不止是愛的奮鬥,而是愛的賭博。

影戲小說家所能接受的愛情和婚姻倫理,在彼時只能限於這個程度,原因有兩方面:第一點,整個女性解放的思潮還未完全形成體系,在中國婦女解放的更為系統的理論和實踐是在五四後才較為成熟;第二點,通俗文學的性質決定。基於對讀者趣味的迎合判斷,其創作的文學作品的思想內容不可能太過先鋒激進,這樣會限制其閱讀面和消費面,其宣揚的內容通常是時下流行的最易於被對象消費者接受的那種觀念的集成。

(二)政治倫理

議論政治是市民生活的重要組成部分,在影戲小說這種市民化的小說文體中自然也少不了政治觀念和政治倫理。

以周瘦鵑的〈何等英雄〉為例,周瘦鵑在文前議論中提及:

> 余自觀是劇以來,忽忽兼旬,心中尤耿耿弗能遽忘。小窗
> 無俚,百感交集,因衍其事為說部,以示國人。俾得知彼
> 歐洲第一怪傑之何以造英雄,而尤願吾國為政者之師之
> 也。[16]

〈何等英雄〉這篇影戲小說大抵敘說了拿破崙時期法軍中一位名叫拉力夫的將軍,他在戰爭中的英勇卓識,以及他一家人對

---

[16] 周瘦鵑:〈何等英雄〉,《遊戲雜誌》,第9期(1914年12月),頁28。

於他軍旅生涯的支持與幫助，最終得到了拿破崙的肯定。這一篇小說其實有兩個戰場，一個是由拿破崙指揮的前線戰場，在拿破崙的英明領導下，法軍節節勝利，而拉力夫將軍也在他的領導下立下赫赫戰功；另一個是背後的戰場，是拉力夫的一對兒女如何通過自身的努力和智慧，化解了父親被潛伏的敵人陰謀詭計陷害的危機。而最終，一家人都得到了拿破崙的讚賞肯定。

　　這個故事固然敘述得跌宕起伏，但仔細琢磨卻可以發覺作者敘述的方式其實與原電影是有出入的。電影中的主線是前線戰場的部分，意即歌頌拿破崙的英明領導和拉力夫的英勇善戰，是一個「君賢將勇」的組合。而在影戲小說中，作者卻極力放大了拉力夫一家的故事，即戰場背後的故事，這條線索幾乎和主線有了同等的戲份。從整體上把握，這就構成了「君臣父子」的一個圖解化的建構，可以說這篇小說在情節架構上契合了傳統道德中對於賢君和慈父的形象，潛在地暗示了傳統道德在西洋社會也「具有適用性」。

　　並且，周瘦鵑在人物的形象設置上具有個人崇拜的色彩，如拉力夫將軍崇拜拿破崙，就像他的子女崇拜他那樣，始終存在著一個明確的高低關係（領導）和認同觀念。作者在前言中也提及他自己的創作願望：「而尤願吾國為政者之師之也」，似乎作者也希望有一個像拿破崙那樣的政治領袖出現，來解決民國初年政治亂象的一切問題，成為一個可信賴可依靠的「帝王式」的人物。〈何等英雄〉結尾的一段文字便反映了作者的情感端倪：

　　　大軍凱旋而歸，麇集拿破崙駐處，各高舉其槍刀大呼：
　　「皇帝萬歲！」響徹霄天。時則拿破崙方立馬高阜之上。
　　徐徐下其軍冠。夕陽殷紅，如血映射其天顏，乃滿呈笑容

也。[17]

　　我們自然無法從這一段文字得出作者對於帝制的觀點，但是
作者對於政治英雄式的人物的態度顯然不是負面的。民國以來，
共和政權所許諾的那些社會進步和秩序似乎成為紙上談兵，「議
會」、「共和」等詞彙幾乎成為人們互相調侃的無奈之詞，甚至
成為時人取笑自嘲的談資：《半月》第2卷第21期（1923年）雜
誌編輯部曾針對曹錕（1862-1938）賄選事件和議會解散、總統
遲遲無法確立而發起一次遊戲選舉活動，撰文〈遊戲的總統選
舉〉來表達對於民國當時政治現狀的不滿態度，發動讀者選出
自己心目中的總統和副總統人選，投遞給編輯部以俟統計。文中
言及：

> 我們中華民國真不幸，已有一個月沒有總統了。被逼而
> 走的，實際上已經不成其為總統；想用不正當的手段上
> 臺的，似乎又算不得總統。如此我們應當有怎樣一個總統
> 呢，國會中既沒有我們投票的分見，我們對於投票的議員
> 又不能十分信任……罷罷罷，我們自己也來弄個投票選舉
> 頑頑……[18]

　　這段十年後的政治自嘲活動其實遠在民國初年就有其情感根
由，正是這十多年未變的政治亂象改變了人們的政治觀念。如果
說1923年《半月》雜誌的政治態度已經是苦笑著調侃的話，那麼
十年前的通俗作家周瘦鵑其實對於當時紛亂的政治現實還是多少

---

[17]　周瘦鵑：〈何等英雄〉，《遊戲雜誌》，第9期（1914年12月），頁44。
[18]　《半月》雜誌編輯部：〈遊戲的總統選舉〉，《半月》雜誌，第2卷第21期（1923
　　　年），頁2。

寄寓了一點希望，即一個英雄式的人物來解決社會的問題，在彼時，在他看來問題的解決是有可能的，而在十年後的通俗文學場中，聲調變得低下而絕望的了。

通俗文學常常代表了普通民眾、普通消費者的情感趣味和感情傾向。而周瘦鵑寫作〈何等英雄〉也是為其英雄氣概所傾倒，才有了「可歌可泣，觀之令人興起」[19]的觀影感受。而除了與讀者分享電影之外，作者代表普通民眾的，盼望「時局救星」的政治希望也是不言自明的寫作意圖。在根據同一部影戲改編的兩篇影戲小說〈嗚呼……戰〉與〈情空〉的前言中，周瘦鵑和包天笑分別表達了他們對於政治人物玩弄手腕發動戰爭，導致生靈塗炭的譴責：

……（這篇小說）用特餉吾《禮拜六》之讀者諸君，並以警世之好戰者。[20]

……特取以示吾國人，並將大聲疾呼，以警告世界曰：趣弭戰！[21]

而我著此篇時，則歐洲各國，方各以其機關電信報紙，日詡其殺敵千萬，武功炳於塵寰也。嗚呼孽矣。[22]

[19] 周瘦鵑：〈何等英雄〉，《遊戲雜誌》，第9期（1914年12月），頁28。
[20] 周瘦鵑，〈嗚呼……戰〉（一名〈戰之罪〉），《禮拜六》雜誌（1915年第33期），頁8。
[21] 周瘦鵑，〈嗚呼……戰〉（一名〈戰之罪〉），《禮拜六》雜誌（1915年第33期），頁19。
[22] 包天笑：〈情空〉，《小說大觀》第1期（1915年8月），頁1。

通俗小說家，不論是周瘦鵑還是包天笑，都在選擇影戲上顯示出突出的政治觸覺，他們選擇創作題材顯然都是有著政治意指，包括對一戰情勢的反思以及袁世凱稱帝前後政局劍拔弩張的擔憂。二人的這種反思和擔憂其實具有市民化的視角意義，是以民生疾苦為著眼的通俗敘事。

　　影戲小說成為一種媒介，在通俗作家選擇特定的故事、安排好材料之後，訴說著最普通民眾的政治心理，表達著大眾共同的倫理期待。正因為許多讀者無法成為觀眾，他們無法明確獲知電影的信息，而影戲小說家在創作影戲小說的過程中，自覺篩選了圖像，意在契合時下讀者，以及社會中人的特定心理來進行敘述闡說，意圖能夠說出許多讀者以及普通民眾所共有的政治擔憂。這種創作中的政治倫理再也不是精英主義的了，而是市民化的，以普通人權益出發的思索。

　　因此，周瘦鵑這一批市民化的通俗文人與那些可以通過科舉參政議政的古代文人是不同。通俗文人雖然多少有些文人氣節，但在現代的話語場中因市場化切斷了與政治的聯繫，他們的創作發聲再也無法影響到政治情勢，在獲益於市場的同時又受限於市場，與普通民眾（讀者）一樣，他們與統治階層的連接被進一步切斷了。因而這批市場化的文人與普通人一樣，陷於一種無奈與彷徨之中。

　　所以，周瘦鵑及其他通俗文學家在他們的創作中流露出政治觀點，早已沒有傳統文人「諫言」、「社會諷喻」的功能與精英主義的自視，他們有的是和讀者的「共同社會體驗」。通俗作家是最能代表民間普通消費者的觀念的一批人，他們也和普羅大眾那樣經歷過對共和的期待、對民初亂象的失望、對於帝制的複雜心態、對於軍閥割據的絕望和逃避態度。

五四文學常常斥責通俗文學誨淫誨盜，不關心時政，但其實通俗文學家們許多都是南社成員，在民國前夜也曾是革命的星火，不過紛雜的政治現實和生存的殘酷讓他們和普通民眾一樣，經歷了由熱忱到失望的過程，陷於政治文化的低潮時期，常常在遊戲和疏離中與消費主義共舞，逃避虛妄的曾為其奮鬥過的政治現實。五四新文學對於通俗文學的攻擊，很大程度上是一批「青年人」對「中年人」的批評，是一批愈加激進的革命者對於「前革命者」的批判。而通俗文學家們曾經對於政治的關心和逐漸低落的心理過程，則被遮蔽忽略久矣。

▌第二節　影戲小說中的女性形象

　　受著晚清小報（如李伯元[23]主辦的《遊戲報》和《海上繁華報》）的影響，民國初年的幾本重要的小說刊物，如《禮拜六》和《小說大觀》每冊前都會「延續傳統」，刊登多頁妓女的小照和文字解說。按理而言，民國建立，男女平等的諸般現代觀念正在一步步地延燒擴散，如此堂而皇之地不斷刊登妓女照片似有不妥。然而很可能是出於商業習慣與讀者導向的原因，這種「保留節目」始終與通俗刊物不離不棄。當中也並非沒有變化，比如包天笑主編的《小說大觀》第一期第一張彩頁上就刊登了兩位中國少女穿著西洋禮服彈奏鋼琴的照片，文字說明為「靈蕓英花撫琴合影」，反面是一篇〈靈蕓英花合傳〉。在這篇文章中，作者毫不掩飾她們倆「噪艷聲於北裡」[24]的職業背景和皆用藝名的事實。大概鋪陳了一番二人貌美性情溫和之後，特意強調：「靈

---

[23] 1867 1906。
[24] 包天笑：〈靈蕓英花合傳〉，《小說大觀》第1期（1915年8月），頁2。

蕓、英花二人富於美術思想，衣飾皆出心裁、作新裝。而不佻不衰，嘗以歐西女兒寫真十二枚相示，囑以彩色珂羅版印其鴻影。鑄版既成，附綴小傳於此。」[25]

　　相片呈現了一個歐式裝潢的室內景，兩位女子坐在鋼琴前，假裝懂得彈鋼琴那樣將手臂懸在鍵盤之上。身著歐式長裙的她們面帶微笑。整個畫面很像影樓之中的擺拍，然而這個畫面除了「廣告」效應之外，其實傳達出另外一種資訊：即女子對於「穿著」本身的意識，主動改變自己的著裝著「新」裝，出於「美術思想」而「不佻不衰」。不顧及她倆的妓女身分的話，我們或可以將其看作是女性對於「現代」的一種積極迎合態度，這似乎是一種主動的「文明」傾向。

　　身兼作者與編者的包天笑，非常巧妙地將這樣的欄目安排曖昧化，讀者即可以看到情色的招牌，又可以嗅到「文明」的氣息。這種影像上的模棱兩可，其實在通俗作家的文字中有著同樣的效應。這種對於女性形象的安排似乎一方面是出於商業的考慮（女性形象與其身體符號背後蘊藏的商機與閱讀市場期待），不得罪任何一方讀者；另一方面則也表明了創作者本身所具有的矛盾心態。

　　這一點在影戲小說中有著更為集中的反映。影戲小說創作相較於其他通俗小說並沒有劃時代的突破。而有意義且值得考量的是，面對西洋電影中那些不受中國傳統綱常教育的白人女子，面對她們在銀幕上大膽熱烈的行為舉止，擁抱、親吻、逃婚、暴露身體等身體語言，這些與傳統文人想像不同的視覺集合投射在影戲小說家們心中，他們會作何反應呢？將這些西洋女子的行止書

25　包天笑：〈靈蕓英花合傳〉，《小說大觀》第1期（1915年8月），頁2。

之成文會否是他們對傳統的反叛？

　　實際的情況是，「影戲小說」的創作者們自覺亦或是不自覺地在其「影戲小說」中採取了折衷態度：狹邪化的描寫處理。也就是說我們看到的「影戲小說」中的那些女性電影角色雖然出身西洋，舉止符合現代禮節，但在小說中她們外貌的書寫則十足中國化了，「英英玉立，豔冶如芙蕖出水」[26]，而這種中國化如果借鑒「中國閨秀」自然會與舉止（電影中已經有明確而清楚的預設）產生衝突。所以周瘦鵑等人就選擇了狹邪小說中青樓女子式的形象來給予折衷的處理。這種處理在表面上解決了本土化和維持電影原貌之間的衝突，在稍微調整寫作傾向和形象書寫的同時，規避掉了讀者和創作者自身會遭遇的文化衝突。

　　在〈不閉之門〉、〈嗚呼……戰〉、〈女貞花〉等影戲小說中周瘦鵑對女性身體的描寫是大膽而直接的，雖然著重於臉龐的書寫，但仍然透著一股濃豔之氣：

　　　　這花影中卻有一個脂香粉膩雪豔花嬌的女郎婷婷坐著。瞧了她的玉容，揣測她的芳紀，遮莫是才過月圓時節，大約十六七歲的光景。兩個宜嗔宜喜的粉頰上傅著兩片香馥馥的香水花瓣兒，白處自白，白中卻又微微帶些兒媚紅。一雙橫波眼直具著勾魂攝魄的大魔力，並且非常澄澈，抵得上瑞士奇尼佛湖光一片。檀口兒小小的，很像是一顆已熟的櫻桃，又鮮豔又紅潤，管教那些少年兒郎們見了恨不一口吞降下去。一頭豔豔黃金絲般的香雲，打了一條松辮兒，垂在那白玉琢成一般的背兒上。單是這一縷縷的金絲

[26]　周瘦鵑〈何等英雄〉，《遊戲雜誌》1915年第11期，第32頁。

發也能絡住天下男子的心坎，不怕他們拔腿逃去。看官們別說在下形容得過甚其詞，想恭維那美人兒。要知上面所說的委實都是實錄。並非亂墜天花，信口胡說。可是恭維這影裡美人有什麼用，她斷不能從白布屏上飛將下來，給在下一親芳澤呢。[27]

抬眼四望，想摹他幾幅風景畫稿，無意中卻見一二百步外一條小溪中，隱隱有驚鴻之影，拍著碧水，往來游泳。那雪白的冰肌映著碧澄澄的水，益發明豔動目。瞧那香肩纖腰，也生的不高不低，不肥不瘦，恰合著拉麥克理想中的美人，正是十全十美，一些兒沒有缺點。不知道造物的主宰費了多少精神，多少心血，才滴粉搓酥，造成這麼一個活天仙。他偷望了三四分鐘，見那美人兒已出了水，一骨碌上岸去了。拉麥克又向水中癡望了好一會。[28]

在語言上，很可想見的是她們與男主人公交流的時候那種盈盈若水、耽溺纏綿的形狀：動輒「阿郎」、「奴家」、「妾」等等的稱謂也加強了這種挑逗的氣氛。而「纖腰素手」，「皓齒櫻唇」，這些影戲小說中的女性形象多是多情而直率的，然而這種形象上的「出格」描寫顯然並非出自日常的閨閣風景，更多得益於青樓形象與傳奇故事中的山野妖異女子。正是這種非日常的女子才會在舊有的小說文化場域之中表現出「合理」的性感與誘惑力。而這種少見的、又對男性讀者具有很強吸引力的特質被作者刻意放大了。但因為是西洋女子，又有著「合理」的外表，所以

---

[27] 周瘦鵑，《不閉之門》，《禮拜六》，1915年，第59期，第15頁。

[28] 周瘦鵑：〈女貞花〉，《小說大觀》雜誌，（1917年第11期），頁7。

她們在電影中的行動似乎具有了先天的合法性，於是作者大書特書起來，也並沒有什麼心理負擔。

以周瘦鵑的〈女貞花〉這篇為例，我們就可以進一步瞭解作者靈活遊走於這種文化曖昧之間的心態。〈女貞花〉是根據1918年上映的一部好萊塢電影《貞潔》（*Purity*）改編，文本的前言是這樣敘述的：

> 其事本於美國影戲名片《貞潔》，為文學家克立福霍華德氏手筆，出以窈曲綿密之思，發為清麗挺秀之文。而名美鄔德蘭孟遜則飾為女郎貞潔，現其色相於紅氍毹上，雪膚花貌，傾動一時。士女為世界聞名之範人，專供大美術家雕石象模仙女者。去歲巴拿馬賽會，嘗得一萬金圓之獎，其價值可知。〈貞潔〉之片，予於上海大戲院見之，擊節歡賞之聲，幾破劇場而出。蕩漾於上海一市，十五女兒清且揚，女士有焉。[29]

在彼時的上海，女人裸體是一個甚囂塵上的話題。劉海粟（1896-1994）創立上海美專後，使用人體模特教學。1917年因為陳列人體素描習作而受到社會的巨大壓力和道學家的攻擊，一時鬧得沸沸揚揚。而周瘦鵑選擇在時間不多久後發表這樣一篇影戲小說無疑具有很大的話題性的。

〈女貞花〉主要故事是講一個性格純真的美少女，為了自己的情人能夠出版自己的詩集而做人體模特，期間受到奸人挑撥，引起誤會和社會壓力，但最終還是男女主角破除障礙和誤會重歸

---

[29]　周瘦鵑：〈女貞花〉，《小說大觀》雜誌，（1917年第11期），頁1。

於好，女主角的行為也獲得讚頌。

　　周瘦鵑在這段文字中強調了「名美鄔德蘭孟遜則飾為女郎貞潔，現其色相於紅氍毹上，雪膚花貌，傾動一時」，這種對於女演員色相的強調似乎是對讀者的一種挑逗，可又點到即止，因為作者很快就在下文強調這部影片在巴拿馬藝術展上獲獎，「佐證」其藝術性，而將片名Purity譯為《貞潔》似乎就為這篇影戲小說的創作打上了一個道德倫理的保護傘，即片中女主角不論多麼裸露，都是在有益世道人心和藝術價值高的大框架下，是可以被理解的。而反過來說，那些只對「色相」感興趣的讀者也獲得了某種安全感。

　　周瘦鵑的這種曖昧處理非常之巧妙，在保護自己和保護讀者的同時，可以很好地傳達電影原意和他自己的審美興味，又不忽略商業考量。周瘦鵑本人似乎對於自己的這種遊走於規則之間的操作方式非常自信，於是他在文末寫道：

> 　　這女郎有一個冰清玉潔的玉體，也有一顆冰清玉潔的芳心，任是赤身裸體給全世界的人瞧，也不打緊，凡能使那些不道德的小人慚愧死呢。[30]

　　這段文字非常挑逗而狡猾，大談裸體之餘補上一句「使那些不道德的小人慚愧死」，反而在道德上獲得了制高點的位置。他在圖像到文字的這種改寫中，巧妙改變了敘述策略，使得許多矛盾或衝突的意象可以順利地集合到一起。

　　當然在這種行文下，自然也暴露了周瘦鵑意識的局限性：對

---

[30]　周瘦鵑：〈女貞花〉，《小說大觀》雜誌，（1917年第11期），頁12。

於女性形象靜止的觀察（如《龐貝城末日》中從頭到腳的比賦，《女貞花》中洗澡的女體），甚至有些不加節制的「窺看」，某種程度上而言是非常輕佻的，女性已經被客體化及物品化了。而這種寫作策略最大程度上還是出於商業的需要，並沒有一個持正的文學觀念在其中。影戲小說中的這些女性形象的生產，最後的目標依然還是被消費。

周瘦鵑本人面對這些西洋觀影經驗時是充滿好奇而「厚道」的，願意將新事物推介到普通讀者中去，也瞭解讀者的閱讀需要。即便其創作是對事物本身的一種曲解，周瘦鵑始終樂此不疲。他在撰寫影戲小說的同時也寫了大量的電影評論文章《影戲話》，向廣大民眾介紹這種新藝術，然而他的介紹不過是看重其新奇的形式與「洋派」的姿態，招呼人「看西洋鏡」的虛榮頗能滿足他們對於受尊重的傳統才子身分的懷想，而介紹內容本身並不重要，也並不需要全然理解。誠如列文森（Joseph Levenson, 1920-1969）所說：「上海的有些中國人所謂的世界主義，由中國朝外打量，最終不過是朝裡看的那些人的鄉土化變奏。那是硬幣的翻轉，一面是世故的臉，一面是求索的臉，帶著羞怯的天真。」[31]

電影作為以圖象為主要表現方式的藝術，在民初與通俗文學遭遇，誕生了影戲小說這一特殊文體。影戲小說在這文化碰撞的機緣下，其文學內容也呈現出一種獨特的文化景觀。而這種文化景觀，既有中西文化共存顯示出的差異性，又有作者主觀改造後形成的文化雜糅性。因此說，影戲小說的創作從一個側面展現了民國初年的文化過渡時期，傳統文人將外來經驗內化為本土形

---

[31] 列文森．《革命和世界主義：西洋舞臺和中國舞臺》轉引自李歐梵：《上海摩登》，北京：北京大學出版社，2001年，第327頁。

式的嘗試。影戲小說的創作，非常直觀地表現出了這些通俗作家在西洋電影到通俗小說、從圖像到文字的轉換之中，所遭遇的範式衝突與心理過程。而異質文化在他們腦中的碰撞、整合，揭示出的恰恰是近代中國在面對西方與現代的過程中的文化困境與機遇，而通俗作家創作的影戲小說，給出的便是他們自己對此的思考與答案。

第五章

結論

第一節　影戲小說的特質

　　影戲小說在民國初年的出現不是偶然的。它所誕生的時期是通俗文學發展的頂峰階段，而恰在此時，西洋劇情片傳入中國。對於時尚與新事物有著過人觸覺的通俗作家們，自然不會忽略這一極具魅力的新藝術形式。西洋電影圖像經過文字化處理演變而成的影戲小說，就是通俗文學與電影結合的實踐成果。影戲小說客觀上也適應了普通民眾瞭解與消費電影的市場需要，成為他們接觸現代文明的重要橋樑。而影戲小說在1920年代末的沒落，一來與本土電影業繁榮發展，有聲片時代來臨有很大關係，看電影愈加普及，普通觀眾不再需要一個仲介媒體來幫助欣賞；二來，過去的許多影戲小說家們不再進行此類創作，而是投身國產電影業，直接參與電影的劇本創作。這些通俗作家將自己的電影熱情傾注於於電影文學的原創性寫作中。雖然影戲小說存在的時間只有十多年，整體數量也不過幾十篇，但這種文體卻揭示了民國初年特殊的跨媒介創作情況，展現了小說範式轉變的發展軌跡，具有獨特的文學、文化與歷史價值。

　　這種亦中亦西、兼具圖像與文字特色的文體有以下三點特質：

　　首先，反映了民初通俗文學家的創作方式。影戲小說作為通俗文學的一種，其創作方式也是對一般通俗文學創作的集中反映：一是改寫作品。以影戲小說的始創者周瘦鵑為例，從他踏入文壇的處女作《愛之花》[1]、到〈龐貝城之末日〉、〈何等英雄〉等影戲小說，都是按照主觀意願改寫他人作品而成。這種非原創作品易於複製，寫作難度小，是商業化的通俗文人常見的創作選擇；二是受翻譯文學的影響。影戲小說的幾個代表創作者，

---

[1]　關於《愛之花》改寫的自述，見周瘦鵑〈《美人關》之回憶〉。

如周瘦鵑、包天笑、陸澹安都有翻譯外國文學作品的經驗。因為影戲小說的創作可資借鑒的材料很少，而同樣具有「意譯」性質的翻譯小說可以提供描繪西方的經驗，所以影戲小說家的創作與其時的翻譯文學在文本氣質上很接近，而時人將陸澹安的小說創作與林紓相比[2]，也有這方面的原因；三是創作受到同人影響。通俗文學界作家之間的交遊唱和非常頻繁，創作也會互相影響。如《大世界報》作家群的審美趣味，對於陸澹安創作《毒手》、《黑衣盜》等作品的影響是貫徹始終的。這幾部小說雖是個人作品，但反映出了一批作家的文學觀。而周瘦鵑與包天笑不避重複，根據《戰爭的詛咒》這部電影分別創作影戲小說，也是由整個通俗文學圈對於同題材創作的寬容態度所決定的；四是具有話題性，與時事相關。周瘦鵑的〈嗚呼……戰〉、包天笑〈情空〉緊密貼合著第一次世界大戰的狀況，周瘦鵑〈女貞花〉則有為劉海粟美專裸體模特事件發聲支援的傾向，具有很強的時事性、話題性。

其次，集中體現了小說範式轉變中的過渡形態。一，傳統小說範式的敘述停頓。經過通俗作家的改寫，影戲小說中（如周瘦鵑〈龐貝城之末日〉、〈愛之奮鬥〉等）出現了很多原片中並不存在的、有說書人口吻的敘述停頓。這出於舊敘事範式對於通俗作家的持久影響，以及讀者較為傳統的閱讀期待；二，衍文現象。描寫的衍文主要表現為女性體貌與景物的鋪陳。而敘事的衍文主要表現為在增加場景與動作。二者與通俗文學較為隨意的寫作規範與吸引讀者注意力的創作動機有關；三，類型化的故事模式。民初影戲小說故事內容的類型化，受到傳統才子佳人小說與

---

[2]　鄭逸梅：《藝壇百影》（鄭州：中州書畫社，1982年6月），頁171-172。

早期西洋電影兩方面的影響。而民初混亂的政治情勢與都市生活壓力，客觀上也強化了普通消費者對於類型化作品的需要。四，文白之辨。影戲小說中既有繼承桐城文風的文言小說（如陸澹安《毒手》），也有通俗淺近的白話小說（如周瘦鵑〈不閉之門〉等）。影戲小說家在創作中借鑒了翻譯與方言文學的一些經驗，對於文言與白話都有一定程度的改良。這與新文學所提倡的歐化白話的發展路徑相區別，顯示了小說語言現代化的另一種探索。

再次，體現了圖文轉換中作者的文化心態。影戲小說家將西洋電影轉寫成通俗小說，經歷了內化現代性的過程。在改寫中，他們的文化心態有著扭曲、平衡與妥協等不同的選擇。一，道德倫理傾向，主要體現在愛情婚姻倫理與政治倫理上。雖然通俗作家受到電影題材的影響，在以上兩方面的倫理觀念上顯現出區別於傳統的開放心態，如〈愛之奮鬥〉對於自由戀愛的積極鼓勵與〈嗚呼……戰〉對於政治民主的呼籲。然而這種新的倫理意識並不澈底，依然流露出較為落後的思想傾向（如周瘦鵑關於男女戀愛平等、領袖崇拜等認識問題）；二，女性形象的處理策略。影戲小說中的女性形象基於電影中的西洋女性，然而後者的行為舉止與中國傳統閨閣女子大為不同。因此周瘦鵑在〈龐貝城之末日〉、〈不閉之門〉等作品中，採取了一種折衷的處理方式：將西方女性按照狹邪小說中青樓女子的形象進行描寫，將其較為開放的行為方式合理化。而這種曖昧的處理方式還體現在對於「純潔」（Purity）與「貞潔」（Chastity）概念的偷換（見周瘦鵑〈女貞花〉）等方面。

影戲小說形成以上所述的三點特徵，可以大致概括為以下兩方面的原因：

第一，小說創作中中西文化的衝突與妥協。一方面，受傳統小說範式的影響，通俗小說家通過在影戲小說中添加傳統小說敘事技巧，為電影人物添加中國化的形象元素，比賦傳統倫理等手段，做出了將西洋電影容納於中國文化體系的嘗試；另一方面，正是這種嘗試的艱難與複雜，使得影戲小說家不得不在實際創作中做出妥協，接受並表達西洋電影中與傳統文化相區別的特質。這客觀上促進了影戲小說中敘事技巧、小說語言以及倫理觀念的發展。

　　第二，適應市場需要的小說創作。通俗小說在民初充分市場化，其創作形式與創作內容都有著迎合讀者口味的傾向。自然，影戲小說這種通俗文學形式在創作中，不論是小說技巧、倫理觀念還是故事題材，都需要照顧讀者的閱讀習慣與閱讀期待。如影戲小說中敘事描寫上的衍文，及對女性形象的處理都有著非常明確的讀者導向。所以說，影戲小說中雖然有著許多現代的元素，但並沒有催生出具有顛覆性、獨創性的小說技巧與文化觀念。

第二節　影戲小說的價值與局限性

　　影戲小說作為一種特殊的文體，擁有十多年的創作活躍期，數十位創作者，曾經在通俗文學圈產生過不小的文化影響力。而因其創作方式的獨特，糅合中西文化的文學呈現，影戲小說也獲得了區別於其他文體的獨立價值。

　　影戲小說對於其後電影的發展有著重要推動作用。影戲小說在當時電影市場還未成型之時，向市民推介了電影這一新興藝術，培養了市民消費意欲，同時也成為一種城市生活方式的文字示範。影戲小說可謂最早向普通市民介紹這一新興藝術與消費方

式的媒介。其後隨著大量西洋電影的上映和傳播，整個電影產業開始形成，看電影逐漸成為海上繁花夢的一個重要標示，老上海不可或缺的獨特風景線。

影戲小說的創作使鴛蝴派作家逐漸接觸瞭解電影行業，為二十年代他們廣泛涉足這一領域做出了重要的準備工作，也令電影劇本作為中國新興的文學種類得到一些有益的嘗試與實踐。以明星公司為代表的企業逐漸支撐起民族電影業的脊樑，而許多鴛蝴派文人（如周瘦鵑、包天笑、陸澹安等）參與電影製作與劇本撰寫，為中國電影的起步做出了巨大貢獻與探索。影戲誕生初期，人們對於電影戲劇的模棱兩可的印象，也在影戲小說作家以及後來逐漸壯大的電影人隊伍的努力下清晰起來。

影戲小說是重現民國初年通俗文人心態的重要視窗。民國初年，越來越多的西方器物與文化進入中國人的生活，而電影則是其中最典型的代表之一，它深刻地改變了人們娛樂消費與審美的方式。影戲小說作為通俗文人將電影經驗內化為中國文學的嘗試，本身就集中體現了他們接受與理解現代文明的心理過程與樸素實踐。影戲小說家在中西文化之間，在圖像與文字之間，進行斡旋、妥協與平衡，他們對於小說語言的選擇、敘事範式的改造、故事內容的增刪，都是橫跨異質文化的比照學習與反思。影戲小說作為一種微觀視角，展現了通俗文人個體在文化過渡時期由內向外看世界，並描繪世界的方法。雖然只是過渡時期的一小部分過渡性創作，但影戲小說反映了傳統文化走向現代的細節，與其中的艱難歷程。

影戲小說還體現了通俗小說家對於小說新範式的努力。民國初年，固有的小說範式已經不能完全適應現代中國的文化表達需要。影戲小說糅合了電影與文學的諸多要素，集中展現了傳統

小說範式尋求自身突破口的嘗試。除了表面的器物、制度與風俗外,影戲小說也吸納了西洋電影的部分文學特質(如其敘述方式以及類型化的要素),這自然帶來了中西方兩種文學範式的衝突,而衝突引發的是試探性共融的結果。也就是說,影戲小說展現了傳統小說範式借鑒西方,改良自身的漸進歷程。

雖然最終獲得確立的是新文學作家的小說範式,但這並不能抹去通俗小說面對、接納與學習西方的努力與成績。通俗作家在小說語言、敘事等方面做過許多有益的嘗試,而這種嘗試更為貼近市民的心理。他們用文字與讀者共同探索當下漸進的,身體力行的現代文學教育,而非澈底顛覆人們的思維。在歷史宏大的革命敘事背後,還有著更多的歷史小人物與普通創作者,曾為這大時代的向前和文學可能性的探索做出過微毫的努力與貢獻,他們的心境和軌跡應該在悠長的歷史中被記住:

> 真正的歷史大動盪,並不是那些以其宏大的暴烈的場面讓我們吃驚的事。造成文明洗心革面的唯一重要的變化,是影響到思想,觀念和信仰的變化。令人難忘的歷史事件,不過是人類思想不露痕跡的變化而造成的可見後果而已。[3]

影戲小說作為文學範式變革時代的一個重要案例,向我們展示的正是這種細節的,漸進的演進過程。而這個過程並不會一帆風順,影戲小說作為通俗作家內化現代性的一種嘗試,也存在著一定的局限性。

---

[3] 勒龐(Gustave Le Bon, 1841-1931)著,馮克利譯:《烏合之眾——大眾心理研究》(北京:中央編譯局出版社,2000年),頁5。

影戲小說質量良莠不齊。除了周瘦鵑、包天笑、陸澹安這幾位較有代表性的作家之外，餘下的影戲小說家的創作水準就顯得平庸了。如〈飛行鞋本事〉、〈迷魂陣〉等小說顯現出流水賬式的敘事，幾乎沒有對話，只是記錄下了原片的故事梗概；後期在期刊上連載的長篇影戲小說，如《黑衣盜》、《虎面人》等，敘事存在漫漶累贅的問題，各個相對獨立的故事段落重複率很高，藝術上比較粗糙；部分小說（如〈半夜飛頭記〉等）對於女性形象的描寫有著低級趣味的傾向。

影戲小說創作商業氣息濃厚。通俗作家撰稿維生，不得不考慮讀者的閱讀習慣，因而類型化的故事模式、類型化的人物形象氾濫。影戲小說中同樣存在這樣的情況，並且許多影戲小說的創作本身就有商業目的：如《電影月報》「影戲小說」欄目的大部分作品是為新電影做廣告，促進電影熱賣。正是由於商業宣傳與讀者導向的雙重約束，後期影戲小說幾乎沒有表現出獨立的文學價值。

影戲小說並沒有產生超越時代的思想意識與倫理觀念。通俗作家在影戲小說中加入驚世駭俗或顛覆性的思想觀念，並不是一個討巧的選擇，甚至可能導致讀者的流失。通俗文學的性質，決定了影戲小說中不可能存在著超越讀者認識範圍的思想內容。相反，影戲小說的創作實際上盡量貼合了最大數讀者的審美趣味，使得不同消費者都可以從小說中看到自己期待的內容。因此，相對保守的思想傾向自然是最為穩妥的選擇了。

影戲小說的這些缺陷並不能磨滅其獨特的價值，相反，更佐證了文化過渡時期歷史演進歷程的艱難與曲折：

　　正是他們（晚清民初小說家）的點滴改良，正是他們前瞻

後顧的探索，正是他們的徘徊歧路甚至失足落水，真正體
現了這一歷史進程的複雜和艱難……那是一個充滿創造與
迷誤、歡樂與痛苦的艱難而又讓人神往的歷史進程，並非
每個時代的作家都能成為真正意義上的迎新送舊的「過渡
的一代」……即使沒有奉獻出多少成熟的傑作。[4]

　　現代中國的文學成就乃至今日的文化景觀，是一代人共同努
力的結果。而影戲小說的創作集中反映了「過渡的一代」的文學
探索，正是這樣的文學創作與訴諸其上的文學追求，構成了時代
進程的基石。

---

[4]　陳平原：《中國小說敘事模式的轉變》（北京：北京大學出版社，2001年），頁
　　29。

▌後記

我對於影戲小說開始發生興趣，還是2011年秋天。那時候我正準備申請來香港讀書，日日在南大鼓樓校區文科樓的中文系資料室駐扎。每天早上，我騎著自行車，從曾憲梓樓騎到青島路口的金麥籠包子鋪排隊買兩個包子，一杯豆漿。通常，我會買一個紅油豆腐包和一個粉絲包，這兩種包子都是我在故鄉從未吃過，在異地也再未吃過的。之後我會再騎去文科樓開始一天的自習。

說起來那段時間，實在是機械的可怕，每日這樣周而復始，竟從炎炎夏日，到了銀杏葉鋪滿道路的深秋，再到落雪，乃至冷到電腦都無法開機的時節。轉年就是春天，看文科樓前開滿了各式花卉，燦爛非凡，然後它們翩翩落下，枝頭又綠意濃濃了。大概這個時候，遲鈍的我才明白了一點點古代詩人的傷春心情。我接到港大的錄取信大概已經是五月了，這半年間申請、考試、寫畢業論文，大多時候在中文系資料室消磨。閱讀民國期刊庫的合訂本，我需要每天在前台填寫卡片登記才可以入庫，那些發黃發脆的雜誌，有時輕輕一翻，竟碎了。

如果有什麼事情是不那麼機械的，就是我經常和那時的女朋友吵架，有時三天一吵，有時五天一吵。於是某種程度上，我也就像民初的那些對現實失望的年輕人一樣，通過閱讀通俗雜誌來尋找現實中沒有的快慰與平靜。我幾乎成為了一個一百年前的人，日日沉浸在這些一百年前的文獻中，那些可愛的無奈，憂憤的幽默，常常讓我會心。我也愈加明白如今也並不比一百年前高明多少，討論的其實也都是差不多的問題，許多前現代問題到現在也沒有解決。

影戲小說研究其實想回答的是「What if」的問題，如果沒有新文學，通俗文學中能不能誕生現代文學。這個問題現在看來有些粗獷，不過那時的我確實有些為民初通俗文學打抱不平的意思，覺得1949年以後文學史都是新文學同人專斷書寫的，對所謂通俗文學太多刻板印象與扭曲了。我本來是跟著苗懷明教授研究《紅樓夢》的，因為對於世情小說到張愛玲之間的演變發生好奇，從而「背叛」了苗老師，轉向了通俗文學與現代文學，現在想來還有些不好意思。

　　這本書，我最感謝的是我碩博期間的導師楊玉峰教授。楊老師不是那種保姆式的導師，對於我們學生的研究興趣一貫支持鼓勵，但具體到成文研究則格外嚴格。對於我專業上的問題，楊老師常常會有啟發性的回答，繼而講出幾本我從未聽過的書提醒我留意，於是我愈加有些慚愧自己讀書太少了。在文獻上，圖書館沒有的書，楊老師多半有；民國那些只聞其名的小眾文獻，楊老師常有藏本，因了他的緣故，我看到了許多重要的影戲小說與相關文獻。本研究成文過程中，楊老師在上百頁的文稿中，每頁都有著非常精嚴的修改意見，從別字到措辭，再到邏輯推理論證過程，使我感動之餘，為寫論文的粗疏而非常汗顏。

　　其次要感謝的是我的父母，給予我自由快樂的家庭氛圍以及對我各方面決定的支持，正是他們的支持使我更加謹慎，不能辜負了他們的期望。如今我早已過了成人的年紀，是該我全面支持他們的時候了。

　　也要感謝我現在的女朋友芊芊三年以來的支持與照顧，使得當時的我即便腎結石也能及時寫完這篇論文的初稿。希望我將來不要再得結石了，可以反過來照顧她。

　　也感謝論文答辯中吳存存教授，周建渝教授的指導與鼓勵。

以及諸多師友一直以來的幫助，感謝南京大學的潘志強、倪婷婷教授，以及苗懷明教授。上海交通大學的陳建華教授；如今已經在賓大的胡簫白同學，以及莫崇毅學長，孟婷婷師姐等友人的寶貴意見。

也感謝我的編輯辛秉學先生幾月以來的辛勞與耐心。

2012年世界末日這一年，我離開了南京，南京大學中文系也澈底搬離了鼓樓，文科樓亦隨之廢棄。一不小心，自己成為了那個小世界的最後見證者。而這本書，就也成了實在的紀念：過去的許多都已灰飛煙滅，在此種灰飛煙滅中，我和這本書也成長為現在的樣子。

倪萌南在畢業前曾前往梅花山遊玩，寫過一首七律，中有一聯：「後來君子傷陳跡，前度遊人為探花」，付佳奧近日重游故地，續成七絕：「辜負春風無限意，各垂雙淚向繁華」。也不知道為什麼，南京總讓人有點哀意，有了哀意，不免懷舊一番，這本寫民國的書，多少也有些這樣的意思。

余斌老師有本書叫《提前懷舊》，我年紀大概只有他的一半，應該算作是「超前」懷舊了。然而我研究了那麼多「落伍」的作家，且也讓我「超前」一回罷。是為後記。

二零一七年四月於薄扶林

附錄　亦中亦西的現代文學嘗試
——民國「影戲小説」簡論

一、引言

　　清末民初作為文學以及文化的轉型與過渡時期近年得到學者的關注，就小說一體而言，經歷了風起雲湧的激盪和離合，各種對立要素互相交織糾纏，文體、文類及其功能被重新建構。而新文化運動一興起，預設了自身「正確性」的高調文人獨尊了自己舶來的文學舞臺，造成「排斥機制」的強勢話語。

　　上海作為彼時中國城市文明與現代化程度最深的城市，其遠比其他地區發達的電影以及商業化的文學市場滋養著城市中人的觀念變化，有異於廣大的鄉土中國。城市文明包裹的現代性困境雛形未必是高揚「民主科學」旗幟的「五四」同仁們可以對症療救與完全適用的。

　　在上海，作為「五四」排斥對象的鴛蝴派小說家並非藐然獨絕於時代之外，其成員不僅譯介了大量外國小說，同時也對電影在中國的引進與發展起到了推波助瀾的作用。以周瘦鵑為首的通俗文人們在《禮拜六》、《小說大觀》等刊物上發表利用觀影經驗轉述電影內容，改寫而成的通俗的「影戲小説」[1]，帶有濃重的譯述性質，現出明清世情小說與狹邪小說的影子。

　　在這一類「影戲小説」中，主要有兩方面的內容尤其值得關注：一方面其中突出的時代過渡性與中外小說範式碰撞的內在衝突；另一方面，「影戲小説」文體轉換中文字與影像的悖合以及置換重述，周瘦鵑包天笑等人對影像的有意曲解都揭示出當時外

---

[1]　電影最早中譯名是「影戲」。

來文體對本土意識的衝擊及其軌跡。

在民初通俗小說的問題上，早期有魏紹昌等人分別主編的幾本鴛蝴派資料匯編；其時林培瑞的《論一、二十年代傳統樣式的通俗小說》，以及之後陳平原《中國現代小說的起點：清末民初小說研究》對鴛蝴派的獨立價值及其功能有較好的見解，陳平原《中國小說敘事模式的轉變》在清末民初小說範式的轉變有比較深的理論建設。新世紀，陳建華在其《從革命到共和：清末至民國時期文學、電影與文化的轉型》中對周瘦鵑本人以及鴛蝴派的相關資料有一番新的整理和認識。

在民初電影與上海城市、文學方面，有李歐梵的《上海摩登》從文化研究的角度上復原舊上海文化景觀；另外張英進《中國現代文學與電影中的城市：空間、時間與性別構型》以及選編《民國時期的上海電影與城市文化》，重點在歷史與城市的互動的關注。

晚清民初的思想文學潮流與現代性的關系這方面：概述性的如張灝《中國近代思想史的轉型時代》；而李歐梵《現代性的追求》、王德威《被壓抑的現代性》在理論上把晚清民初提到了與現代性高度相關的層面上；周蕾《婦女與中國現代性》則從女性主義出發以晚清民初小說為考察對前人成果進行繼承與反思。

之前學者對這一方面問題的考察偏於理論與文化研究較多，對文本顯得不夠重視；或者理論先行進而搜索文獻，難免有所偏頗。筆者寄望以文本與影像資料相對全面的考察為出發點，輔以相關理論支持，給予這一派小說以認識的主體性。

二、影戲小說創作背景與作家身分危機

1902年，經歷早前變法失敗的梁啟超在政治思維的考慮下寫出了頗不像小說的章回小說《新中國未來記》。這部小說行文鬆散，說理遠多於敘事，大可看作作者政治觀點的雙簧論辯。題目更是與日本明治時期倡言改革的政治小說如廣末鐵腸《二十三年未來記》等盡同工之妙，指向亦很明確，即在變人思想。然而小說創作自非任公本業，曲線救國的寫作也只維持了五回，借喉發聲效果不佳。同年，《新小說》創刊號刊登了梁啟超〈論小說與群治之關係〉一文，比小說更為明確的提出了自己文學革命的主張。這篇文章總結了晚清康有為、黃遵憲等人的小說變革理論，明確提出「小說界革命」的口號，標志著「小說界革命」拉開了帷幕：

> 欲新一國民，不可不先新一國之小說。顧欲新道德，必新
> 小說；欲新宗教，必新小說；欲新政治，必新小說；欲新
> 風俗，必新小說；欲新學藝，必新小說；乃至欲新人心，
> 必新小說；欲新人格，必新小說。何以故？小說有不可思
> 議之力支配人道故。[2]

雖然梁啟超的政治目的喧賓奪主，且其小說包治百病的觀點也有嚴重缺陷，但其理論還是受到知識界的廣泛關注，之後大量白話小說的產生，客觀上也的確起到一定啟迪民智，教育開化

---

[2] 梁啟超，〈論小說與群治之關係〉，《梁啟超全集》（北京：北京出版社，1999年），第884頁。

的作用。然而最為重要的是，通過以梁啟超劉鶚為代表的新知識分子創作主體的初步形成，使得小說的文學地位得到提升，逐漸向文學創作的中心靠攏，不再只是保守文人理解的娛樂消遣的遊戲文字，在主題上和行文上都努力高雅化、嚴肅化，載起「道」來。然而非常具有諷刺意味的是，這樣的小說的受歡迎程度與林紓翻譯的《巴黎茶花女遺事》或者其他同時出現的柯南道爾的偵探小說或者凡爾納的科幻小說相比，是非常讓人汗顏的。當時的讀者對於才子佳人神魔鬼怪的志趣自未減弱，對於新事物，他們也更願意接受趣味性強的科幻小說與偵探小說，對於小說文體消遣性的期待依然根深蒂固。然而由於當時政治形勢的風起雲湧，大家不免對於政治有著相當高的熱情，而易於閱讀的政治小說無非成為了一條捷徑，在文學層面上雖然趣味寡淡，但仍佔有相當影響力。

雖然梁啟超痛罵過晚清通俗小說「不出誨盜誨淫兩端」[3]，但啟蒙之難並非一兩個有先見的知識分子提出幾個觀點，寫出幾本小說就可以全然扭轉的。然而為了達到這個目的，梁啟超甚至製造了一個西方國家以小說立國的「神話」[4]：「小說為國民之魂」，「往往每一書出，而全國之議論為之一變」[5]，足見矯枉過正之苦心。

然而這種不受大眾歡迎的強調隨著辛亥革命一聲炮響，逐漸成為歷史，只剩下一些零星或者隔岸觀火的吶喊。如果說清末政治小說的出現以及消閒小說的一時低潮和當時高漲的社會政治熱情相關的話，那麼辛亥之後這種小說載道的政治小說的式微與

[3]　梁啟超，〈譯印政治小說序〉，《清議報》第1冊，第24頁，1898年。
[4]　陳平原，《中國現代小說的起點——清末明初小說研究》，北京：北京大學出版社，2001年，第4頁。
[5]　梁啟超，〈譯印政治小說序〉，《清議報》第1冊，第24頁，1898年。

消閒小說的重新風靡無疑也與不堪的政治現實不無關系。依舊不過是「城頭變換大王旗」[6]。民初政治一片亂象，清末的那些對變革持樂觀態度的知識分子們終於也產生了革命的幻滅感與失望情緒。於是像《玉梨魂》這樣的才子佳人式的小說再度登臺，倍受歡迎，小說中革命也已經成為一道淡遠的背景而已。讀者們更願意相信才子佳人小說中所許諾的浪漫愛情更具現實性，即便現實依然殘酷。與其為現實牽腸勞心，還不如讀讀消閒小說來得舒服簡單。誠如王鈍根在〈《禮拜六》出版贅言〉中明確宣傳的那樣，消閒小說足以使人忘卻政治在內的種種不快：

> 賣笑耗金錢，覓醉礙衛生，顧曲苦喧囂，不若讀小說之省儉而安樂也……一編在手，萬慮都忘，安閒此日，不亦快哉！古人有不愛買笑，不愛覓醉，不愛顧曲，而未有不愛讀小說者。況小說之輕便有趣如《禮拜六》者呼？[7]

晚清小說（尤其政治小說）常指摘傳統小說中濫用詩詞，措辭靡麗，筆意即在攻擊舊文體背後舊文人的那種吟詩作樂，不關世事的作態。強調「言之有物」的新小說眾人無非是希望小說擔起當時詩文沒有做到的啟蒙與戰鬥的責任罷了，某種程度上說，這種「載道」理想其實依然非常傳統而保守，掣肘他們的正是對「道」的認知。辛亥革命以後，徐枕亞、吳雙熱等人大興復古小說的勢頭，不僅詩詞大量運用，甚至乾脆作起駢文小說，同時消閒小說鋪天蓋地，相較晚清政治小說顯示出非常激烈的反彈。

6　魯迅，〈為了忘卻的紀念〉，《魯迅全集》第4卷，北京：人民文學出版社，2005年版，第501頁。

7　王鈍根，〈《禮拜六》出版贅言〉，《禮拜六》第1期，1914年6月6日。

作為上海最早的電影評論，1919年開始鴛蝴派作家周瘦鵑在《申報‧自由談》上發表的十餘篇〈影戲話〉中指出電影在西方生活中扮演的重要角色以及其經濟文化影響力，油然為上海電影產業發展的短腿而擔憂，以為開通民智不得不發展電影，並連篇累牘地介紹西洋電影，並發表於之相關的影戲小說──根據上海新興電影院中的西洋電影觀影經驗，將其情節轉述成小說發表的一類文學作品，發表在鴛蝴派的重要陣地《禮拜六》《小說大觀》等雜誌上。鴛蝴派與早期中國電影的關系自不待言，但周瘦鵑的這些專門化的電影評論以及其「影戲乃開通民治之鎖鑰」[8]的觀點令人注目，後者不禁讓人想到梁啟超在其著名的〈論小說與群治之關系〉中對小說政治啟蒙作用的褒揚。包天笑周瘦鵑等人都在不同場合表示自己當時的創作帶有曲線救國的「啟迪民智」的考慮。

然而就實際效果而言，鴛蝴派的創作卻增強了普通市民的「消閒」傾向，因為讀者厭倦了晚清政治小說的說教意味，關注小說的趣味與消費性，兼著對現實的迷茫與失望，「讀者想跟上世界這種願望便讓位於想忘卻自己跟不上這個世界這一願望了。」[9]與此同時，新興的電影在上海落地生根，西洋大型影院的落成，都逐漸培養了一批觀眾的消費需要。而周瘦鵑等人將自己在某電影院觀看西洋電影的經驗演繹成小說形式，在《小說大觀》、《禮拜六》等發行量可觀的雜誌上發表無疑也是非常契合讀者的「時尚」需要的。而有趣的是這些鴛蝴派作家如周瘦鵑，包天笑，陸澹盦等人，在上海這樣一個中西雜糅，新鮮與腐朽並

---

[8] 周瘦鵑，〈影戲話〉（一），《申報》，1919年6月20日，第15版。
[9] 林培瑞，《論一、二十年代傳統樣式的通俗小說》（無中譯本），轉引自李歐梵《現代性的追求》，北京：三聯出版社，2000年，第191頁。

存的染缸中，似乎率先向我們展示了才子佳人範式下的新因素，傳統小說容納新觀念、新技術的嘗試——即影戲小說。在這一類小說中，許多西洋電影中滲透的傳統小說中所沒有的敘述技巧得到某種程度的接受與探索，一些傳統觀念也受到挑戰。

作為本文研究對象的影戲小說

	短篇小說			
	篇名	作者	刊物	時間
1	〈倫理小說：阿兄〉	周瘦鵑	《禮拜六》	1914年第24期
2	〈哀情小說：WAITING〉	周瘦鵑	《禮拜六》	1914年第25期
3	〈英雄小說：何等英雄〉	周瘦鵑	《遊戲雜誌》	1914年第9期
4	〈哀情小說：龐貝城之末日〉	周瘦鵑	《禮拜六》	1915年第32期
5	〈歐戰小說：情空〉	包天笑	《小說大觀》	1915年第1期
6	〈警世小說：嗚呼……戰〉	周瘦鵑	《禮拜六》	1915年第33期
7	〈妻之心〉	周瘦鵑	《中華婦女界》	1915年第1卷第2號
8	〈言情小說：不閉之門〉	周瘦鵑	《禮拜六》	1915年第59期
9	〈言情小說：女貞花〉	周瘦鵑	《小說大觀》	1917年第11期
10	〈鐵血鴛鴦（原名世界之心）〉	陸澹安	《新聲雜誌》	1921-1922第5-7期
11	〈影戲小說之一：愛之奮鬥〉	周瘦鵑	《禮拜六》	1922年第153期
12	〈影戲小說：日光彈〉	鄭際雲華 吟水	《快活》	1922年第11期
13	〈喇叭島〉	周瘦鵑	《遊戲世界》	1922年14、15期
14	〈影戲小說：賴婚〉	陸澹女	《紅雜誌》	1923年第18-20期
15	〈賢妻〉	張南凌	《半月》	1923年第2卷第1期
16	〈小廠主〉	周瘦鵑	《半月》	1925年第4卷20期
17	〈良心復活〉	包天笑	《杭州畫報》	1925年12月
18	〈影戲小說：王氏四俠〉	木石	《電影月報》	1928年第1期
19	〈迷魂陣〉	白雲	《電影月報》	1928年第1期
20	〈影戲小說：就是我〉	碧梧	《電影月報》	1928年第2期
21	〈影戲小說：海外奇緣〉	鵑紅	《電影月報》	1928年第2期
22	〈影戲小說：清宮秘史〉	碧梧	《電影月報》	1928年第3期
23	〈影戲小說：金錢之王〉	碧梧	《電影月報》	1928年第3期
24	〈影戲小說：木蘭從軍〉	壽星	《電影月報》	1928年第3期
25	〈影戲小說：大俠複仇記〉	癡萍	《電影月報》	1928年第4期

	短篇小說			
	篇名	作者	刊物	時間
26	〈影戲小說：戰地情天〉	濮舜卿	《電影月報》	1928年第5期
27	〈影戲小說：猛虎劫美記〉	鵑紅	《電影月報》	1928年第5期
28	〈影戲小說：戰血情花〉	碧梧	《電影月報》	1928年第6期
29	〈影戲小說：上海一舞女〉	碧梧	《電影月報》	1928年第6期
30	〈影戲小說：飛行鞋本事〉	篁	《電影月報》	1928年第6期
31	〈影戲小說：火燒九曲樓〉	徐碧波	《電影月報》	1928年第7期
32	〈電影小說：萬丈魔〉	庚夔	《電影月報》	1928年第7期
33	〈影戲小說：愛國魂〉	碧梧	《電影月報》	1928年第7期
34	〈奮鬥的婚姻〉	癡萍	《電影月報》	1928年第8期
35	〈影戲小說：火裡英雄〉	鵑紅	《電影月報》	1928年第8期
36	〈影戲小說：熱血鴛鴦〉	碧梧	《電影月報》	1928年第8期
37	〈影戲小說：金剛鑽〉	逸梅	《電影月報》	1928年第9期
38	〈續集火燒紅蓮寺本事〉	碧梧	《電影月報》	1928年第9期
39	〈影戲小說：半夜飛頭記〉	碧梧	《電影月報》	1928年第9期
40	〈懺悔〉	癡萍	《電影月報》	1929年第10期
41	〈影戲小說：糖美人〉	碧梧	《電影月報》	1929年第10期
42	〈影戲小說：王氏三雄〉	紅葉	《電影月報》	1929年第11-12期
43	〈風流劍客〉本事	孫瑜	《電影月報》	1929年第11-12期
44	〈影戲小說：偷影摹形〉	劍塵	《電影月報》	1929年第11-12期
45	〈影戲小說：偵探之妻〉	華華	《電影月報》	1929年第11-12期
46	〈隱痛〉本事	小椿	《電影月報》	1929年第11-12期
47	〈血淚黃花本事〉	癡萍	《電影月報》	1929年第11-12期
48	〈虎口餘生〉	小椿	《電影月報》	1929年第11-12期
49	〈梁上夫婿〉	小椿	《電影月報》	1929年第11-12期
50	〈富人的生活〉	癡萍	《電影月報》	1929年第11-12期
51	〈五集火燒紅蓮寺本事〉	癡萍	《電影月報》	1929年第11-12期

	長篇小說			
	書名	作者	出版方	出版時間
1	《言情小說：火中蓮》	陳蝶仙	不詳	1916年
2	《毒手》	陸澹安	新民圖書館	1919年
3	《黑衣盜》	陸澹安	交通書局	1919年
4	《紅手套》	陸澹安	文業書局	1920年
5	《老虎黨》	陸澹安	世界書局	1920年

長篇小說			
	書名	作者	出版方	出版時間
6	《虎面人》	陸澹安	新華印書局	1923年
7	《誘惑》	包天笑	《申報》連載	1925年10.4-12.31
8	《恩與仇》	包天笑	《申報》連載	1926年1.26-5.7
9	《富人之女》	包天笑	《申報》連載	1926年5.29-6.26
10	《情之貿易》	包天笑	《申報》連載	1926年6.27-8.13
11	《窮人之女》	包天笑	《申報》連載	1926年9.14-11.27
12	《盲目的愛情》	包天笑	《申報》連載	1928.12.18-1929.7.2

按：《電影月報》1928年4月創刊於上海，1929年9月15日出至第11、12期合刊
號後停刊，共出12期11冊，為16開本大型專業刊物。每期圖版20餘頁，文
字100餘頁，發行2-3萬冊。《電影月報》十二期，介紹了六家公司拍攝的
六十餘部影片，配有大量的文字和劇照，是一份珍貴的歷史資料。影戲小
說在這一階段變得欄目化，帶有很強的廣告色彩。

　　於此同時，這批活躍於上海的鴛蝴派作家的身分認同也同樣
值得注意：許多鴛蝴派作家，尤以《禮拜六》為主要創作陣地的
一批文人，皆是江浙人士，蘇州最多。雖然在上海灘有著遠較塾
師幕僚為優裕的經濟條件，但已經職業文人化的他們，心中仍不
能釋懷「重士輕商」的傳統觀念，雖然生活上依賴上海現代的都
市節奏與閱讀市場，然而心中念茲在茲的始終是那個代表著傳統
優雅士大夫生活的蘇州。補白大王鄭逸梅曾續寫蘇東坡「寧可食
無肉，不可居無竹。無肉使人瘦，無竹使人俗」：

　　　不瘦亦不俗，要吃筍燒肉！[10]

　　其中非常明確剖白了自己想要「腳踏兩船」，既不俗又不瘦
的心理。具體而言就是上海的錢要賺，但不想因之而俗；蘇州的
生活要保留，但也不願因之宦囊羞澀「瘦」下來。這批蘇州作家

---

[10] 鄭逸梅，〈呵呵錄〉，《天韻》，1923年3月26日。

常在自己的文章中流露出對於上海浮華的厭惡：「上海號稱文明而為汙穢之藪」[11]；「再也不願看見這萬惡的上海」[12]；「上海一埠，實為萬惡之藪，一舉一動，處處宜慎」[13]。話雖如此，他們終究沒有立即離開這汙濁不堪之地，「余居滬十年，心每厭其煩囂，徒以職業所系，不能舍而他去。」[14]「有家不歸，坐使春樹暮雲，花開花落、衣食兒女之累人如此。」[15]周瘦鵑曾因思念家鄉寫過短篇小說〈我想蘇州〉，時人亦作歌曲談及此事：「周瘦鵑，年廿九，人在上海想蘇州。」[16]不少《禮拜六》作家因為鄉梓之情組建了文學社團「星社」，同道中人常結伴在蘇州玩樂。然而已經被吸收為刊物市場的一部分的鴛蝴派文人終於也不能放下在上海優越的物質生活，他們折衷地在福州路一帶住下，吃茶看書玩花叫局，儼然還住在「想像的蘇州區域」。

本雅明在其遺作《發達資本主義時代的抒情詩人》，提出了「驚顫經驗」的理論：即現代都市中，人們不得不與陌生人以及陌生經驗共生其間，快速消化並快速反應來爭取自己的生存空間，這種特殊的心理機制即「驚顫體驗」。在這種體驗過程中，不僅有恐懼，還有克服恐懼而適應的快感。周瘦鵑等一批蘇州土生的通俗作家弼文上海，面對傳統文士生活所不能消化的現代經驗時，他們一方面抱怨上海的「物質」，懷念蘇州的優雅，另一方面卻炫耀「時尚」生活，看電影，介紹西洋新事物（包括「影戲小說」創作）。他們與上海城市本身保持微妙的距離，維持克

[11] 張丹斧，〈逐臭〉，《晶報》，1919年5月12日第2版。
[12] 陳松峰，〈鑽戒的自由戀愛〉，《禮拜六》第189期，頁26。
[13] 花奴，〈釣上魚兒〉，《禮拜六》第69期，頁21。
[14] 小草，〈婚姻鑒〉，《禮拜六》第63期，頁6。
[15] 范煙橋，〈向盧十勝〉，《永安月刊》第80期，頁35。
[16] 王元恨，〈再度斜氣歌〉，《世界小報》1923年8月6日。

制的觀看，成為整個城市的游離的書寫者，同時保有好奇與批判的態度，充滿矛盾地重新審視與描繪這個供其衣食的城市空間。可以說他們面向城市讀者消費的創作活動（如影戲小說）與作者身分是不協調的，或者說這派文人與城市精神是存在隔離的。出於「驚顫體驗」與市場需要，周瘦鵑包天笑等人接觸上海的現代生活與西洋文明景觀，「影戲小說」的創作除了一種生活方式的示範也是一種軟廣告的推介，是讀者導向的行為。事實上周瘦鵑真正從中獲得的大略不是精神的認同與享受，只不過是在上海繼續「才子生活」的物質資本。

三、影戲小說中的新舊小說範式衝突

就小說一體而言，文言小說與白話小說作為兩大傳統在明末清初的界限已經顯得相對模糊，面對書場消費式的白話講述模式與「為正史彌缺」的文言筆記小說的姿態在晚清域外小說大量進入以及新小說接踵而來的現實面前，頗顯出空中樓閣的意思：書場已經不見，春筍般湧出的刊物時代小說愈加成為書面文學，而文言小說在「小說界革命」的對白話的倡言下，也已經成為「於社會無大勢力，而亦無大害」的小說左類，同時筆記小說背後的文人姿態在「白話通俗小說」「啟蒙政治小說」的潮流下亦顯得脆弱了。如果說《巴黎茶花女遺事》等長篇小說翻譯的文言化打破了白話占據長篇，文言恪守短制的格局，那麼民初諸如《玉梨魂》等駢文小說無疑可以說是破立之間的一種自由嘗試，文體文類的認知與期待被打破後的，一種範式與另一種範式交接的不穩定時態，晚清大量文學價值不高，但實驗性質濃厚、獵奇心理作祟的各種類型小說的出現、翻譯與複製等等都是在這樣的大環境

下——小說逐漸代替傳統文體占據核心地位，人們在呼喚政治革命的同時也希望看見文學的變革。

　　誠如前文所述，民初出現復古化的駢文小說的「逆流」，但其悲劇化的結局處理已經是相對過往才子佳人的一大進步了，也就是說這時候的反彈只是因為晚清政治小說的鼓吹用力過猛，並不能遮蓋其本身內涵的向前發展的變革趨勢。而民初的影戲小說可以集中說明這一點。

　　目前筆者可見的影戲小說有數十篇，以鴛蝴派作家創作為主，周瘦鵑在《禮拜六》上發表為最早，《電影雜誌》上欄目化發表最集中，也最商業化。周瘦鵑作為鴛蝴派中的「哀情鉅子」，是活躍於上海、在《禮拜六》等雜誌上發表大量作品的重要通俗小說家。〈WAITING〉作為目前已知較早的一篇影戲小說，發表於1914年11月，《禮拜六》第25期。在影戲小說之前，有一段作者自述：

> 比來予無聊極矣，閒愁萬種，欲埋無地，苦海舟流，罔知所屆……於是藉影戲場為排遣之所……近見一劇闕名《WAITING》（譯言等待），劇雖至簡短，而哀戚之情卻深。掩袂歸來，挑燈把筆，一夕而成一短篇。即以原名名之……[17]

　　周瘦鵑選擇這樣一部影片作為影戲小說的創作素材，主要強調的是「哀戚之情卻深」符合其美學標準，契合其心意，在另一篇影戲小說〈龐貝城之末日〉中也有「是劇哀戚頑豔，大可衍為哀情小說」[18]的說法。而電影轉述成流行小說，也必然看重的

---

[17]　周瘦鵑，〈WAITING〉，《禮拜六》1914年第25期，第1頁。
[18]　周瘦鵑，〈龐貝城之末日〉，《禮拜六》，1915年32期，第6頁。

是其情節上的通俗跌宕，感動人心，而這種小說期待在傳統白話
小說中是非常明確的。而顯然，周瘦鵑也是希望影戲來作為他的
一個重要寫作素材來源，與此同時也有廣告和展示時尚生活的考
慮，如在影戲小說〈何等英雄〉文前談及最新影戲《何等英雄》
（法國故事長片，1914年9月8日在夏令配克影戲園中國首映）的
一些情況：

> 《何等英雄》原名HOW HEROES ARE MADE。為影戲中
> 惟一之傑作，竭來海陬，風靡一時。演者凡三四家，連演
> 十數夜而觀者無厭。華燈乍上，輒座為之滿。余一見之於
> 奧立姆辟克劇場，再見之於東京影戲園。情節詭奇妙到毫
> 末。……觀之令人興起。[19]

　　這種生活指南與新片推介的情況在之後二十年代《電影月
報》中被體系化與欄目化，常常一篇影戲小說（二十年代影戲小
說已經主要以國產電影為素材）配上一篇介紹發行公司，電影主
要演員，製作過程與主要賣點的說明文章：

> 華劇公司創立至今，已閱四載。所出諸片，國內外觀眾罔
> 不同聲贊道……《偷影摹形》：是劇劇情完全脫胎於粵之
> 舞臺名劇，業已全部竣工。導演張惠民，因鑒於改編《白
> 芙蓉》之成功，故複採取《偷影摹形》之情節……統觀全
> 劇，彌覺精彩，文武兼備，莊諧並重，中國影壇上未有之
> 作品雲。──《華劇公司消息一束》[20]

---

[19] 周瘦鵑，〈何等英雄〉，《遊戲雜誌》1915年第11期，第27頁。
[20] 華華，〈偵探之妻〉，《電影月報》1929年第11-12期，第70-73頁。

甚至再配上一篇讚歌式的觀後感：

> 劇旨說「革命」的起因，「人生」的真義，非常明瞭，更
> 切合現代思潮。助長民眾革命的勇氣和堅決心，大大的有
> 益於中國……自看了這部影戲之後，我陡增了百倍的氣
> 概。出得戲院，走過西國人的身旁，不自覺的傲氣直沖，
> 不再拿他們當稀罕，轉而為國人欣容……[21]

　　這方面後文將詳述。就周瘦鵑初創作影戲小說時確實有以電
影為素材以及推介時髦生活這方面的考慮，但本文將著重考量其
在將視覺藝術轉化為文字文本肇始，傳統小說範式與西洋電影中
的敘事新要素的衝突與演變。

（一）本無必要的敘述停頓

1.某生體模式

　　眾所周知，傳統筆記小說、稗官野史常常通過「某生，某時
人，某地人士……」來進行開頭，以第三人稱敘述，「某生」為
敘述脈絡。換言之，這種「某生體」是可以在兩端無限擴寫的。
小說主要關注其中一段故事，受書場傳統的影響，「來歷」總免
不了一敘，因此在開篇之時將主人公身分大致經歷濃縮是非常普
遍的。這即是陳平原所說的「盆景化」[22]的小說傳統，兩端擴寫
後甚至可以變成長篇小說，與西方「橫斷面」的小說形態相對
應。這種傳統的小說操作範式在林紓的創作（如〈纖瓊〉）與周

---

[21] 華但妮，〈以《王氏四俠》卜中國電影之將來〉，《電影月報》，1928年第1期，
第71頁。

[22] 陳平原，《中國現代小說的起點：清末民初小說研究》，北京：北京大學出版
社，2001年，第154頁。

瘦鵑的創作（如與影戲小說同期的〈真假愛情〉）中同樣存在。

　　以周瘦鵑的影戲小說〈愛之奮鬥〉與鄭際雲、華吟水〈日光彈〉以及碧梧〈半夜飛頭記〉為例，小說開頭即敘：

　　　　話說蘇格蘭地方有一個苦小子，叫做但尼爾麥克耐，租著田主藍貴族的田，耕種過活……（〈愛之奮鬥〉）[23]

　　　　紐約有克蘭者，杆杆富人也，設質肆於市。窮措大恒，麇集於其門……（〈日光彈〉）[24]

　　　　無錫有名妓陳姍姍者，豔比桃李而冷若冰霜。蓋傷人心者別有懷抱也。（〈半夜飛頭記〉）[25]

　　在電影中很難想像「某生體」應該如何用電影語言敘述，所以很明顯這是轉述故事情節時採取的一種較為簡略方便講述方法，避免補敘的頭緒紛繁。西洋電影哲學和「橫斷面」範式下的西洋小說較為一致的是，人物背景性格在情節推進中展開才是主流的做法。

2.文末的評語

　　「小說家者流，蓋出於稗官。」（《漢書‧藝文志》）稗官野史斷不願自承稗官野史，總也有史書的寫法，模仿《史記》篇目結尾總結性的「太史公有言曰」的，從野史到小說不勝枚舉，就較近的兩個例子來說，蒲松齡短篇小說結尾的「異史氏言曰」以及林紓短篇小說中的「畏廬曰」，都是各自短篇創作中不可或

23　周瘦鵑，〈愛之奮鬥〉，《禮拜六》，1922年，第153期，第11頁。
24　鄭際雲、華吟水，〈日光彈〉，《快活》，1922年第11期，第1頁。
25　碧梧，〈半夜飛頭記〉，《電影月報》，1929年第9期，第75頁。

缺的一個程式。就司馬遷而言，「太史公有言曰」是他的又一種發表他歷史觀點的角度，可以與文章對照來看。而對於後來的有些小說家來說，只是因為覺得如果不加上這樣一段總結陳詞，單純敘述故事不發議論，似乎就把小說作得過於消閒通俗，不夠「有益世道人心」，夠不上「文章」的標準。於是乎，一些作者常會加上夫子自道鋪陳一些有見地或者看上去有見地的觀點，收束全文，亮明觀點。古來許多倫理小說都通過這個「套子」來遊戲道德，明明誨淫誨盜，文末或者文前常一本正經地「勸世」、「警人」，以過來人的身分反過來「批判」小說內容宣揚的東西。而影戲小說中，也存在這種文末評語的雞肋或者蛇足的情況。

以周瘦鵑的影戲小說〈嗚呼……戰〉而言，文末就用中國傳統小說的方法來作結：

> 美人寂寂英雄死，一片傷心入畫圖。嗚呼……戰！嗚呼！戰之罪！
>
> 瘦鵑曰：是劇原名THE CURSE OF WAR，編者為挨爾菲萊梅欽氏M·ALFRED MACHIN，劇情哀戚，楚人心魄。令人不忍卒觀。予徇丁郎之請，草茲一篇，屬稿時亦不知拋卻多少眼淚。銜杯把筆，兩日而竟。特取以示吾國人，並將大聲疾呼，以警告世人曰：趣弭戰！（〈嗚呼……戰〉）[26]

原片是一部非常純正的戰爭片，講兩個異國好友因戰爭不得不在戰場上兵戎相見，不僅生命不保，亦使二人至交一女子痛

---

[26] 周瘦鵑，〈嗚呼……戰〉（一名《戰之罪》），《禮拜六》，1915年第33期，第19頁。

不欲生。然而在周瘦鵑的小說中，兒女「哀戚」之情才是主要著筆之處，文中也不吝重墨煽兒女情，戰爭反而成了相對遼遠的背景，是兒女情悲劇的原因，而周瘦鵑詛咒戰爭的原因也恰恰在不能使故事團圓，成皆大歡喜的結果，並非對戰爭有什麼深刻震撼的認識。感動他的不過是一齣悲劇而已，造成悲劇的原因大略成了行文的一個噱頭，寄希望於使文章顯得嚴肅罷了。「在周瘦鵑，小說是一種職業性的寫作，跟都市消費機制密不可分，所謂「愛國小說」不過眾多種類的一種，鴛蝴派的功能不僅如林培瑞（Perry Link）所說的在於紓解都市現代性帶來的壓力，也如哈貝馬斯所說的資產階級陶冶自我的教養之具。」[27]

而〈龐貝城之末日〉結尾：

> 正是：「無限癡情無限恨，一齊都付與東流」。妮蒂霞可憐！（〈龐貝城之末日〉）[28]

周瘦鵑在寫作中常常有很多敘述停頓，但在這篇數萬言的〈龐貝城之末日〉的結尾他卻這樣聊聊帶過，發出一句空洞的「妮蒂霞可憐！」，顯得很蒼白。周瘦鵑可以在文中描寫一處景色花去數百文字，可他在結尾處如此惜墨如金，顯然是無話可說。因為他本人小說也好，翻譯小說也好，對於鋪陳景色，描寫女體等有著異常的癖好，在議論思考發面實在乏善可陳，然而傳統小說範式的作用下大概使他覺得總該說點什麼比較「規矩」，因此憋出了一句詩，發了句感慨。某種程度上，傳統小說的文末

---

[27] 陳建華，《從革命到共和：清末至民國時期文學、電影與文化的轉型》，桂林：廣西師範大學出版社，2009年，第177頁。

[28] 周瘦鵑，〈龐貝城之末日〉，《禮拜六》1915年第32期，第20頁。

評點功能在周瘦鵑的影戲小說這裡已經失去了它原始存在的意義，只剩下一個形式空殼。

3.描寫的衍文

影戲小說的創作某種程度上是未經計劃自發性的，常常是在觀影之後發現「是劇哀戚頑豔，大可衍為哀情小說」[29]，「爰記其概略」[30]，「既歸，遂作此，挑燈三夕始成。」[31]。這其中「衍」與「概略」的成分是很足的，周瘦鵑本人在寫作影戲小說時就承認了這一點。

相對於小說，當時的西方電影語言相對更為節制且偏重敘事，蓋出於商業與通俗消費的受眾考量，注意情節的跌宕與畫面的華美直接。而鴛蝴派常為人詬病的是「敘事」為「描寫」所替代，如周氏常常在女性外貌體徵、景物上將敘述停頓下來，做與情節發展無關的鋪陳，有時甚至影響了故事本身的發展。誠如前文所說，周瘦鵑重視當時西洋電影中的「哀情」色彩，切中周喜歡抒情而不喜敘事的心理（才子佳人小說與鴛蝴派作品故事都非常模式化非常雷同，常希圖在語言上以示區分，出現大量鋪陳與詩賦以志其趣），而這種漫漶的描寫也有跡可循，從而看出當時作者的寫作範式。

首先是女性體貌上的鋪陳，試舉一例：

> 女郎芳名喚作妮蒂霞NYDIA，雙輔嫣紅，彷彿是初綻的海棠；眉灣入鬢，彷彿是雨後的春山。加著那櫻桃之口、

---

[29] 周瘦鵑，〈龐貝城之末日〉，《禮拜六》，1915年32期，第6頁。

[30] 周瘦鵑，〈愛之奮鬥〉，《禮拜六》，1922年，第153期，第11頁。

[31] 周瘦鵑，〈不閉之門〉，《禮拜六》，1915年，第59期，第28頁。

蜷蟧之頸、柔荑之手、楊柳之腰，襯托上去，簡直能當得龐貝城天字第一號的美人兒。在紅粉業裡盡可跳上寶座，南面稱王，瞧那滿城粉黛一個個北面稱臣，不敢仰視……又有一個好事的文人做了一首詞曲調，他道：「悄悄又瞑瞑，似睡偏醒，個人風貌太娉婷。膚雪鬢雲光聚月，忍在眸星，何必盼清泠。暗已腥腥，那關秋水不晶瑩。多管那郎非冠玉，未肯垂青。」（〈龐貝城之末日〉）[32]

　　如此這般，按下不表。筆者很難想像這是一個西洋美女，似乎這只是作者將腦中的才子佳人小說的素材進行了流水線般的寫作輸出。想到女人就想到了美女，想到了美女就想到了那些傳統小說教化建構起來的美的標準化指標，每個部分都符合標準，呈現在讀者面前的是一些對標準的記憶的再次喚起而已，本身與美無關。另一方面，這種鋪陳在電影中是根本不可能實現的，原片是著名的劇情片，對於女主角的美貌並沒有給予破壞劇情的呈現。這就是這類小說的「衍」，描寫得粗糙不精。在其他的一些影戲小說中連篇累牘的四六句式，具有駢文的樣貌，這與徐枕亞《玉梨魂》的處理方式很相近。

　　其次是景物上的鋪陳：

　　中國傳統文學尤其詩歌有著悠久的抒情傳統，「起興」以及「借景抒情」屢見不鮮，明清較雅化的小說也是如此。然而在敘事傳統悠久的西方，其早期電影傾向於用故事以及動作說話。抒情效果還同樣在電影「間幕」提示與影片節奏的調度中實現。然而在影戲小說中這種表現就顯得泛濫了：

---

[32]　周瘦鵑，〈龐貝城之末日〉，《禮拜六》1915年第32期，第1~2頁。

那千絲萬絲粉霞色的日光一絲絲斜射在茜紗窗前，放著的三四盆紫羅蘭上，把滿屋子裡都飾滿了影子，這牆壁廂疏疏密密，那壁廂整整斜斜。一時間雪白的牆上咧，碧綠的地衣上咧，好似繡上了無數的紫羅蘭。薄颸過處，枝葉徐動，活像是美人兒凌波微步一般……（〈不閉之門〉）[33]

　　我們可以看到這段景物描寫並無出彩之處，或者說跟之後的劇情沒有基本的聯繫，某種程度上只是作者（周瘦鵑）一種鴛蝴派風格化的書寫，是一種標籤式的流水線式的描寫，幾乎與同期的其他鴛蝴派的言情小說並無二致，似乎想要營造一種「美」的意象，但實際上只是將一些標籤化的詞句進行排列組合，重複使用而已，內在共通的不是美的精神而是「美」的謎面的堆積（如果美的答案是一個謎的話）。更為重要的是，這段描寫在原片中只有一個非常簡單的鏡頭，作者根據個人喜好敷衍出一段描寫，過分抒情，與原片緊湊的故事風格不相吻合。另以格里菲斯《賴婚》為例，不管是牧場還是豪宅的場景轉換中，導演在電影中所設置的不過是一個遠景的「鳥瞰」，這種遠景的鏡頭每個不超過3秒鐘，沒有特殊的情感指向，主要的功能是要體現場景的真實性。然而這種節奏是為中國作家所不能接受的。陸澹盦撰寫的同名影戲小說中這些轉合處的場景描寫是十分抒情化與詩化的，定要寫出景色的感情傾向，「美惡」的道德感。

（二）類型化的故事模式

　　誠如西方常見的「Love Story」的類型愛情故事，中國明清

---

[33]　周瘦鵑，〈不閉之門〉，《禮拜六》，1915年，第59期，第21頁。

也有相近的「才子佳人」小說，無疑都是在受眾中可以激起強烈共鳴的敘事模式，「公主夢」或是士子的「洞房花燭夜，金榜題名時」，無外如是。鴛蝴派小說也不過是「才子佳人」的近代經驗，換換作梗「小醜」的來路，女子有了新知更矛盾罷了。這派小說考慮商業的需要，故事常常雷同，「哀情」、「殘情」等等不過是「一菜兩吃」的幌子，味道很是一樣。在影戲小說中（如〈女貞花〉和〈WAITING〉）就有類似於《西廂記》中先訂終身而後需男子立功立名才得迎娶的情節設置。在行文過程中有著明顯用西方經驗比附中國經典與傳統道德的傾向，倫理上有意中國化了，故事的浪漫性也被招安了。就通俗小說而言，受眾對於故事情節的關注往往大於其他方面，如果小說（或者更早的說書）情節足夠跌宕起伏，驚心動魄，人物性格明確的話，讀者或者觀眾就會被深深吸引，其說教意義或者政治傾向往往反而得不到預期的認識。

通俗小說常有的故事模式，讀者或者觀眾在閱讀和觀看之前就建立了大致的期待，並且在閱讀和觀看結束後滿足這種期待將會給普通觀眾帶來滿意的心理，並為下一次的嘗試做好準備：

> 長篇影戲必有未婚夫婦，必有黨人，必有中國歹人，必有機關，必有惡鬥，必有汽車火車飛船，未婚夫婦必無一死無關緊要之人，則必累累以死。[34]

然而文學本身不是重複，故事模式常常限制文本本身的文學素質與獨特性，甚至故事在遷就故事模式的過程中就喪失了故事

---

[34] 陸澹盫，〈鐵血鴛鴦本事〉前言，1921年《新聲》第6期。第73頁。

自身的圓融性：

> 市井俗人喜看理治之書者甚少，愛適趣閒文者特多。歷來
> 野史，或訕謗君相，或貶人妻女，更有一種風月筆墨，其
> 淫穢汙臭，塗毒筆墨，壞人子弟，又不可勝數。至若佳人
> 才子等書，則又千部共出一套，且其中終不能不涉於淫
> 濫，以致滿紙潘安子建、西子文君，不過作者要寫出自己
> 的那兩首情詩豔賦來，故假擬出男女二人名姓，又必旁出
> 一小人其間撥亂，亦如劇中之小醜然。且鬟婢開口即者也
> 之乎，非文即理。故逐一看去，悉皆自相矛盾，大不近情
> 理之話。（《紅樓夢》第一回）

> 這些書都是一個套子，左不過是些佳人才子……開口都是
> 書香門第，父親不是尚書就是宰相，生一個小姐必是愛如
> 珍寶。這小姐必是通文知禮，無所不曉，竟是個絕代佳
> 人。只一見了一個清俊的男人，不管是親是友，便想起終
> 身大事來……這有個原故：編這樣書的，有一等妒人家富
> 貴，或有求不遂心，所以編出來汙穢人家。再一等，他自
> 己看了這些書看魔了，他也想一個佳人，所以編了出來取
> 樂。何嘗他知道那世宦讀書家的道理！（《紅樓夢》第五
> 十四回）

　　鴛蝴派文學在某種程度上可以看作是現代才子佳人小說，雖
然更新了一些現代元素，但心理機制是一樣的。兩者都試圖在小
說中完成作者和讀者的心理期待，不論是大團圓的歡樂，還是悲
劇的哀愁。現代上海讀書市場的商業化氣息愈加濃烈，期刊之間

競爭激烈，讀者導向化很明顯。作者常常看中的是素材是否是讀者喜愛的故事

以周瘦鵑為例，他和好友丁悚經常結伴去看電影，看完後也常常是丁悚覺得這部電影的故事不錯，可以寫成小說，讀者會喜歡：

> 丁子謂予曰：「是劇哀戚頑艷，大可衍為哀情小說。」[35]
> 二子尤擊節歎賞。（丁悚）屬予衍為小說。[36]

在丁悚和周瘦鵑一同看過《嗚呼⋯⋯戰》之後，丁悚極力慫恿周瘦鵑寫成影戲小說，周瘦鵑起初十分猶豫，因為他聽說包天笑已經要寫這部電影的影戲小說了，覺得自己再寫，題材故事與其撞車，似有不妥，遲遲沒有動筆。但丁悚卻說道：

> 今之小說界時有其事，不見夫〈犧牲〉之後有〈銀瓶怨〉，〈六尺地〉後有〈土饅頭餡〉，〈鬥室天地〉後有〈牢獄世界〉，〈耐寒花〉後有〈麗景〉。諸作雖屬重複，而識者不以為病。且此系影戲，初無譯本。天笑先生為是，子亦不妨為是。情節固一，而彼此之結構布局，文情意境各不相謀，何不可之有？[37]

後來周瘦鵑從其言，寫了影戲小說〈嗚呼⋯⋯戰〉，由此可見兩點：第一，情節是否雷同讀者並不關心，他們關心的是自己

---

[35] 周瘦鵑，〈龐貝城之末日〉，《禮拜六》，1915年32期，第6頁。

[36] 周瘦鵑，〈不關之門〉，《禮拜六》，1915年，第59期，第21頁。

[37] 周瘦鵑，〈嗚呼⋯⋯戰〉（一名〈戰之罪〉），《禮拜六》，1915年第33期，第8頁。

是否喜歡這個故事，小說作為承載的表現形式之一，可以千變萬化。這一點，丁悚和周瘦鵑以及後來的一些影戲小說的創作者都是清楚的。第二，影戲小說作者在寫作中具有相當高的自由度，影戲本身的故事只是素材的基礎，自己可以根據自身的好惡以及讀者期待自由發揮，存其筋骨，換其髮膚，有時筋骨都有變化。

西方電影誕生初期也並非高雅藝術，大眾藝術觀影習慣遠未養成，對電影感興趣的常是所謂「遊手好閒者」[38]，於是電影劇本常常選用那些為大眾喜聞樂見、通俗易懂且情節性強的小說來改編（如〈龐貝城的末日〉）。而鴛蝴派在選擇「影戲小說」的寫作材料過程中，也傾向於選擇那些符合其審美標準的情節劇，如陸澹盦〈賴婚〉一篇所根據的格里菲斯導演的《WAY DOWN EAST》，劇情基本上套用了《苔絲》的情節，不過賦予了它一個大團圓的結局罷了。然而「影戲小說」創作者們求新的路徑如果依然是通過一種類型代替另一種類型的話，這本身就是一種悖論。

（三）古文與駢文的進入

晚清開始的譯介活動很多都通過文言來進行，其中古文的選用一方面自然有「雅化」的考慮，另一方面也是不得已而為：言文分裂已久且白話尚不為知識分子所熟習，一些翻譯者坦白自己的翻譯本有意用白話，後來才出於這樣的原因而轉為文言（如梁啟超〈十五小豪傑〉和魯迅《月界旅行》）。鴛蝴派在翻譯中同樣面臨相似的問題，如周瘦鵑等人早期翻譯都是這個傾向。而影戲小說中那些夾雜古文的段落（如〈WAITING〉）頗有點自動

---

38 裘里安娜・布儒娜，《漫步廢地圖：文化理論和Elvira Notari的城市電影》，轉引自《上海摩登》，北京：北京大學出版社，第131頁。

寫作的意思，畢竟其人知識結構或者說所受教育的寫作範式就是
如此。然而值得注意的是，這種行文有時是與內容不相貼合甚至
貌合神離的。

影戲小說誕生之初（即1914年），周瘦鵑非常自然地選擇了
文言來進行寫作，〈WAITING〉這一篇小說即是如此：

> 莫春三月，倫敦某地一小園之中有一妙齡女郎斜倚一老樹
> 而坐，含其玉纖於櫻口之中。嫣然而笑，粉頰暈紅，直如
> 芳春玫瑰，香雲滿頭，為微颷所掠，縷縷四嬝，乃類黃金
> 之絲。雙波盈盈含黛，微睇樹下。[39]

很明顯這就是一種美人畫似的寫法，與老上海月份牌上的一
樣的臉譜化，千人一面，沒有特色。我們可以看出像周瘦鵑這樣
的作家，略受過一些傳統教育，有文言為文學正統之心，然而也
能看出其人的文言水準無法支援他行文時文意合一，時常顯得這
種文言描寫非常皮相，空洞，被分割成一塊一塊，成了詞彙的堆
積，有肉無骨。

前文引用過的白話影戲小說〈龐貝城之末日〉中有個有趣的
現象，其中描寫妮蒂霞一段很有些四六駢文的味道。當時是1915
年，白話文運動還沒有開始，然而讀書市場對象的擴大，白話閱
讀的需要逐漸顯現，有商業敏感性的影戲小說家也開始駢文的運
用，但白話文學化的不夠成熟以及鴛蝴派作家運用上的生疏使得
文白夾雜，既不成白話也不成駢文，又想流行又想嚴肅雅致，結
果可想而知。民初小說文言化還很可能與《玉梨魂》的大受歡迎

---

[39] 周瘦鵑，〈WAITING〉，《禮拜六》1914年第25期，第1頁。

相關。民初小說在劇情上保持一種要素化的雷同（即含有「具賣點」的情節要素的堆積），導致此類小說要在質量上爭高下主要倚仗語言功夫，也即相當程度上基於古典文學的修養，在小說中敷衍詩詞，駢章麗句的情況就不難理解了。而《玉梨魂》、《廣陵潮》這種受歡迎的處理方式在圖書市場上無疑具有某種商業標籤的性質，使之成為一種成功範本由人借鑒。然而要素化範本化的小說創作必然是文傷其質的。

（四）限度內的新嘗試

受電影圖像敘事的影響，一些影戲小說中不自覺地採取或者說逐漸認同了這種西式敘事方式，已經呈現出現代文學的一些端倪。其在限度內嘗試西方「橫斷面」寫法的嘗試值得注意。

以周瘦鵑為例：〈WAITING〉開頭一節，就截取了公園一景，敘述情侶二人的纏綿對話：

> 「吾愛卿不見花間有二蛺蝶乎？乃比翼而飛；又不見樹梢有糧雲雀乎？乃並頭而棲。」
> 「多情哉蛺蝶與雲雀也。」[40]

在對話中兩人的互相關系就很輕易地敘述而出，自然而且非常生活化，說書口白的痕跡很淡，甚至還有點起興的意思。有趣的是，作為周瘦鵑第一篇影戲小說尚如此，為何之後的〈嗚呼……戰〉、〈龐貝城之末日〉反而流於某生體似的倒退呢？答案很可能與內容有關，〈WAITING〉中人物較少關系簡單，故

---

[40] 周瘦鵑，〈不閉之門〉，《禮拜六》，1915年，第59期，第21頁。

事少波折，雖然抒情味濃重，但基本上是隨男主人公單線發展的，所以不需要周氏「譯述」成大家較能理解的「某生體」，按照電影本身敘述就很輕鬆了。而〈龐貝城之末日〉這樣線索人物紛繁情節一波三折（電影是根據義大利長篇小說改編）的情況下，周氏既有的小說敘事能力無法直接表達，所以需要借助於傳統的敘述手法。

四、電影與影戲小說的圖文轉換

（一）女性形象的狹邪化

其實通俗作家在影戲小說中描寫女性有著一種相當矛盾的心理：誠如許多學者指出的那樣，民初鴛蝴派小說存在著非常傳統的道德教化與倫理觀念，雖然實在效果上強調了「情」的作用，或者客觀上描寫出了愛情感天動地的力量，但悲劇性的結果原本卻是作者規勸讀者「莫溺於情」（徐枕亞語）的書寫手段，似乎只是想告訴讀者雖然愛情及其美好，但如果癡情於此，恐怕將要有大悲劇降臨。其他一些小說裡同樣存在將悲劇歸結於男女主人公「妄動癡情」[41]。這和傳統的倫理小說或者狹邪小說有可比之處，因為它們也經常標榜自己是「過來人」，加上一個「警世」、告誡後來人的套子，文本內部卻呈現一種投入與積極的心態，全然忘了自己「有益世道人心」的「預設」。或者說他們本身對於自己書寫對象的態度就是曖昧的，然而也是充滿興趣的。

「影戲小說」創作上相較於傳統小說也也未能有時代意義上的突破。一方面這些影戲的觀眾與影戲小說的作者對於女性有一

41　如陸澹盦的〈賴婚〉中意外懷孕之女子。

種傳統文化上的保守形象認知，另一方面他們在上海這個商業文化與消費社會中非常清楚女性形象與其身體符號背後蘊藏的商機與閱讀市場期待：

> 服裝亦極新奇，均系特別打樣裁制者。無論男女演員，皆半裸式，能於古野之中，表示近代之美，令人觀之發生快感。[42]

　　而有意義且值得考量的是，面對西洋電影中那些非常不同於中國傳統綱常教育下的白人女子以及中國新電影中的新派女子形象，她們的行為舉止必定是與其時的傳統文人想像是不同的，將這些西洋閨秀女子的行止書之成文會否是他們對傳統的反叛？

　　最終，這些作家選擇了折衷的處理方式：「影戲小說」的創作者們自覺亦或是不自覺地在其「影戲小說」中採取了折衷態度：狹邪化的描寫處理。也就是說我們看到的「影戲小說」中的那些女性電影角色雖然出身西洋，舉止符合現代禮節，但在小說中她們外貌的書寫則十足中國化了，「英英玉立，豔冶如芙蕖出水」[43]等等不一而足，而這種中國化如果借鑒「中國閨秀」自然會產生與舉止（電影中已經有明確而清楚的預設）產生衝突。所以周瘦鵑等人就選擇了狹邪小說中青樓女子的形象範式來給予折衷的處理。

　　在〈不閉之門〉、〈嗚呼……戰〉等影戲小說中周瘦鵑對女性身體的描寫是大膽而直接的，雖然著重於臉的書寫，但仍然透著一股濃豔之氣：

---

[42]　《電影月報》1928年第3期封2。

[43]　周瘦鵑：〈何等英雄〉，《遊戲雜誌》1915年第11期，第32頁。

這花影中卻有一個脂香粉膩雪豔花嬌的女郎婷婷坐著。瞧了她的玉容，揣測她的芳紀，遮莫是才過月圓時節，大約十六七歲的光景。兩個宜嗔宜喜的粉頰上傅著兩片香馥馥的香水花瓣兒，白處自白，白中卻又微微帶些兒媚紅。一雙橫波眼直具著勾魂攝魄的大魔力，並且非常澄澈，抵得上瑞士奇尼佛湖光一片。檀口兒小小的，很像是一顆已熟的櫻桃，又鮮豔又紅潤，管教那些少年兒郎們見了恨不一口吞降下去。一頭豔豔黃金絲般的香雲，打了一條鬆辮兒，垂在那白玉琢成一般的背兒上。單是這一縷縷的金絲髮也能絡住天下男子的心坎，不怕他們拔腿逃去。看官們別說在下形容得過甚其詞，想恭維那美人兒。要知上面所說的委實都是實錄。並非亂墜天花，信口胡說。可是恭維這影裡美人有什麼用，她斷不能從白布屏上飛將下來，給在下一親芳澤呢。[44]

「纖腰素手」，「皓齒櫻唇」，這些影戲小說中的女性形象多是多情而直率的，這顯然受惠於青樓文學的文學形象而非日常的閨閣風景。在語言上，很可想見的是她們與男主人公交流的時候那種盈盈若水耽溺纏綿的形狀：動輒「阿郎」、「奴家」、「妾」等等的稱謂也加強了這種狹溺的氣氛。

然而這種對女性的觀看與描寫邏輯有著明顯的局限性：而這種男性作者對於女性形象這種靜止的觀察（如〈龐貝城末日〉中從頭到腳的比賦，〈女貞花〉中洗澡的女體），這種甚至有些不加節制的「窺看」，某種程度上完成了文字上的意淫與偷腥，女

44 周瘦鵑，〈不閉之門〉，《禮拜六》，1915年，第59期，第15頁。

性已經被客體化以及物品化了。

　　周瘦鵑本人在面對這些西洋觀影經驗時是充滿好奇而「厚道」的，願意將新事物推介到普通讀者中去，也知道讀者要什麼。即便是對事物本身的一種曲解。周瘦鵑在撰寫影戲小說的同時也寫了大量的電影評論文章〈影戲話〉，向廣大民眾介紹這種新視聽，然而他的介紹不過是看重其新奇的形式與「洋派」的姿態，招呼人「看西洋鏡」的驕傲頗能滿足他們對於受尊重的傳統才子身分的懷想，而介紹內容本身並不重要，也並不需要全然理解，更缺乏重視。誠如列文森所說：「上海的有些中國人所謂的世界主義，由中國朝外打量，最終不過是朝裡看的那些人的鄉土化變奏。那是硬幣的翻轉，一面是世故的臉，一面是求索的臉，帶著羞怯的天真。」[45]

（二）電影技術進入「影戲小說」

　　一些西洋電影中具有突出特色的手法並未被「翻譯」掉，得到比較傳神的表達，以周瘦鵑為例：

　　首先是閃回。〈WAITING〉中男主人公臨死前將公園纏綿回憶與現實孤獨寂寥的情景交融起來：

> 惠爾乃槁坐椅上，沉沉以思，癡視不少瞬。剎那間往事陳
> 陳，盡現於目前，初則見小園中喁喁情話時，繼則見火車
> 站前依依把別時，終則見個儂姍姍而來花靨笑倩，秋波流
> 媚。直至椅則垂蓁首，默默無語，但以其殷紅之櫻唇，來
> 親己吻。惠爾長跽於地，展雙臂大呼曰：梅麗吾愛！予待

[45] 轉引自李歐梵，《上海摩登》，北京：北京大學出版社，2001年，第327頁。

卿已三十年矣，卿何姍姍其來遲也？呼既，即仰後僕於椅
上，寂然不動而梅麗之小影尤在手。[46]

　　這種電影中常用的「閃回」的處理方法在古代文學中是不可
見的，但因其直接而有效的形象性，為周氏所借鑒。後來周在其
小說〈改過〉中言及父母的等待時也用了這一手法。

　　其次是平行蒙太奇。〈龐貝城之末日〉中在處理雙線敘事的
時候時常在節奏緊張的時候在平行的兩條敘事線索中來回跳躍，
交叉切換，有效地調整了劇情的節奏，延宕敘事懸念：雖然依然
使用的是「看官你道是那誰誰誰此刻如何」的傳統方法來進行轉
場，但是這種方法得到密集運用後就可以極大地加強故事的節奏
與懸念。在〈龐貝城之末日〉一篇中敘及女主人妮蒂霞逃出牢獄
去往法場救男主角克勞格斯的情節時，就非常明顯地採用了這種
方法，一方面敘述妮蒂霞如何破除萬難向法場進發，尋找證人；
一方面克勞格斯在被轉移到刑場，行刑隊在做準備，在敘述中節
奏越來越快，氣氛也越來越緊張。這種處理方法在周瘦鵑影戲小
說中出現帶有令人驚奇的效果。周後來在〈腳〉這篇小說中陳先
生和狗兒母親雙線處理車禍也是這一手法的運用。

　　然而，周瘦鵑以上這些新奇的手法終究只是驚鴻一瞥，不能
與全文其他部分的速度與質感相協調，顯示出很明顯的拼貼性，
這大概也多少反映出作者的某種矛盾與試驗心理。而周氏影戲小
說的創作對其原創小說與翻譯活動在技法和思維上理解西方小說
都有一定的益處和助力。

---

[46]　周瘦鵑，〈WAITING〉，《禮拜六》1914年11月第25期，第6頁。

（三）躍躍欲出的心理描寫

　　獨白化的心理描寫已經在影戲小說中出現。「影戲小說」的創作對象取材於一二十年代的西洋電影，這一時期的電影形式是默片的天下。雖然部分電影會配有即興的音樂伴奏，但演員不能發聲，沒有音效。對話和旁白通過「間幕」的形式在螢幕上打出來。所以那時的電影不可能像小說那樣自由調整敘述時間，因此在心理描寫的表現上是遠次於動作的。然而西方較之中國要發達的小說心理描寫技術使得西方電影也充斥了心理描寫的嘗試，例如用動作（雖然在中國的傳統敘事範式下表現心理的動作是缺乏書寫的必要與經驗的）。

　　然而中西心理敘事的差別很大：西方小說經常在心理上展開渙漫的感性旅行，成為推動情節的重要要素；而在中國，常常只有「獨白」一途，即人物與自己對話爭辯，立場轉換。所以面對心理描寫的需要時，「影戲小說」仍然無法沖破其敘事工具的欠缺，如在〈龐貝城之末日〉中談及妮蒂亞難抑的愛情心理，左不過自捫自問，多種聲音在衝突或者一者傾訴一者慰安。

　　心理的表現方法也有了圖像化的突破。然而在影戲小說中這種心理敘事已經與傳統的範式相異其趣，比如周瘦鵑〈WAITING〉結尾主角的心理幻想的具象化[47]，在西方文學中是很常見的一種描寫手段。但在傳統小說中是難以尋覓的。不能說西方小說範式直接作用於影戲小說，只能說電影在某種程度上移植了心理描寫的經驗，而得到中國作者的採用。但整體而言，這種技術的運用仍然是游離的。

---

[47] 周瘦鵑，〈WAITING〉，《禮拜六》1914年第25期，第6頁。

五、影戲小說的特殊性淺析

（一）技術與文化心理的慣性

通俗小說家如周瘦鵑在其影戲小說中大量添加傳統小說元素，運用傳統小說方法很可能出自兩方面的考慮：

一方面，既有的傳統短篇小說創作範式在其腦中已經固化，無法輕易擺脫，在敘述過程中自覺運用範式下的律令，技術上形成一種類似於自動寫作的態勢。比如〈何等英雄〉、〈戰血情花〉、〈戰地情天〉都通過女主角之口說出類似於「君倘不成大事，非吾愛也」[48]這樣的輪調鼓勵自己的情人上戰場，立功名，讓人想起晉文公離齊的故事。在這種故事中，女性已經觀念化了，成為鞭策制度，以完成男人的個人成就與國家大義。這種觀念不論在評書戲曲與小說中，還是當時生活中都是常見的，並與當時國難當頭的情勢相吻合，也算是一種合情理的發揮。

另一方面，創作中有著很大程度對受眾的考慮。「五四」小說家們意在破除的那種重視情節故事的小說閱讀期待在當時處在完全的統治地位。這種與書場經驗相關的閱讀期待以及對於模式化的劇情的反覆體驗的心理需要在某種程度上很難輕易轉變。誠如前文所述，民初駢文小說、言情小說的大量出現是對晚清政治小說趣味性缺失與烏托邦口號的一種反撥，是逃避殘酷現實的心理需要。另一方面，晚清民初凋敝的民生狀況並不因為西洋技術或者生活方式的引介乃至革命而得到實質性的改變，革命也許只是上房揭瓦，如魯迅〈風波〉中所描繪，心裡的辮子不是一次革

---

[48] 碧梧，〈戰血情花〉，《電影月報》1928年第61期，第77頁。

命就可以減掉，而文化習慣也不是朝夕可改。人們文化生活的需要也依然與傳統時代相承，不是人為可以隨意加速的。

更為重要的是，將西洋女性做狹邪化的描寫也是試圖將新的文化經驗劃歸到固有的文化心理預期與理解範圍之中的努力。就像攝影技術甫入中國，人們以為是攝魂奪魄的妖術，時人大多只能根據自己的經驗與文化方式將一些自己無法精確認識的東西強行挪入自己的理解範疇，本身就會導致扭曲。就如同毫無3D電影觀影經驗與認知的人誤入3D電影場，只會覺得螢幕上的畫面是花的，不會理解其原理。而3D眼鏡就如同民初時人的生活方式與教育內容一樣關鍵，決定這個人如何面對並解讀面前巨大的陌生與未知。

（二）城市商業的獵奇心理與小說範式轉變的必然

影戲小說的創作在引介西方現代經驗方面意義特殊，雖然表現有時會因商業考慮而扭曲，但新經驗卻有衝破舊範式的實際效用：

新興的電影在上海生根後西洋大型影院的落成以及「影戲小說」在流行雜誌上的發表，逐漸培養了一批觀眾觀眾的「時尚」消費需要。「影戲小說」的創作除了一種生活方式的示範也是一種軟廣告的推介，是讀者導向的行為。《電影月報》上影戲小說連著演職員表連著影評連著該片製作公司的介紹成為《電影月報》的保留欄目格式，甚至有些電影尚未公映，褒獎的影評以及擇其精要的影戲小說已經喧人耳目，非看不可了。而電影中西洋生活，外國風景，新鮮器物，美人紳士已經逐漸開始為人們理想生活的建構添磚加瓦，提供具體的可供嚮往的範本。於此同時，電影以及相關衍生品的消費已經成為一種小資生活的重要元素，

彰顯觀者的意趣與品位。

　　新的小說描寫對象和現代經驗必須要求中國書寫者使用一些以往難以自發出現的技術和筆調來描寫。描寫內容本身常顯出對舊模式的排斥。相對而言，一些不同文化質地下的不同現象，通過不同文化與不同表達方式的呈現，面相是十分不同的。由於客觀表達的需要，傳統小說範式下的周瘦鵑等一眾影戲小說家從新興的電影藝術中采納了一些新鮮的敘述方式，複製到影戲小說的創作中，展現出新舊小說轉變中要素性的轉變，提示我們轉變的漸變性與艱難，文學革命並非一蹴而就，也不能妄分新舊。

（三）影戲小說的意義及文學多樣性的淺流

　　影戲小說在當時電影市場還未成型之時向市民推介了電影這一新興藝術，培養了市民消費需求，同時也成為一種城市生活方式的文字示範。影戲小說可謂最早向普通市民介紹這一新興藝術與消費方式，隨後隨著大量西域電影的上映和傳播，整個電影產業開始形成，看電影逐漸成為上海海上繁花夢的一個重要標示性的標示，老上海不可或缺的獨特風景線。

　　影戲小說的創作使鴛蝴派作家逐漸接觸瞭解電影行業，為二十年代他們廣泛涉足這一領域做出了重要的準備工作，也電影劇本作為中國新興的文學種類得到一些創作的有益實踐。以明星公司等電影公司為代表的企業逐漸支撐起民族電影業的脊樑，許多鴛蝴派文人（包括影戲小說家）參與電影製作與劇本撰寫，為中國電影的起步做出了巨大貢獻與探索。影戲誕生初期人們對於電影戲劇的模棱兩可的印象也在影戲小說以及之後逐漸壯大的中國電影人隊伍的努力下清晰起來。

　　雖然相對於解放後文學多樣性的缺失，在新文學進行同時通

俗文學仍有市場，各種類屬期刊銷量極盛，足見其時文學多樣性的健康狀況，然而由於新文學文人（主流）的「載道」觀念的影響，通俗文學及其接近現代性的有益嘗試卻受到不應有的漠視與忽略。筆者在研究影戲小說以及同作者的其他通俗小說創作時，意識到其實他們與新文學「五四」一輩的區別在某種程度上被過分誇大了，其對於政治事務的關心並不冷漠，對於家國的情懷也未必寡淡，只不過對於時代而言，其積極的戰鬥意義並不強烈而已。更為值得關注的是，這批人與新文學眾人其實都面臨著相同的精神痛苦，站在傳統弛蕩，現實紛亂的邊緣，內心充滿自我認同的或清晰或模糊的矛盾。在那樣的時刻，我們可以說通俗小說作家雖然成為民國文學多樣性標籤的注解，但是卻並未真正得到平等的尊重，即便有，也是「互相監督，長期共存」一般的。

參考書目

中文部分

（排列次序按作者或編者姓名之漢語拼音）

A）參考書籍

包天笑：《釧影樓回憶錄》（北京：中國大百科全書出版社，
　　2009年）

本雅明著，張旭東，魏文生譯：《發達資本主義時代的抒情詩
　　人：論波德萊爾》（北京：三聯出版社，1989年）

曹雪芹，高鶚：《紅樓夢》（人民文學出版社，2006年7月）

陳存仁：《銀元時代生活史》（桂林：廣西師範大學出版社，
　　2007年）

陳國恩：《中國現代文學的觀念和方法》（臺北：新銳文創，
　　2012年）

陳建華：《從革命到共和：清末至民國時期文學、電影與文化的
　　轉型》（桂林：廣西師範大學出版社，2009年）

陳建華主編：《禮拜六的晚上》（上海：上海書店出版社，
　　2011年）

陳節：《中國人情小說通史》（南京：江蘇教育出版社，1998年）

陳平原：《中國現代小說的起點：清末民初小說研究》（北京：
　　北京大學出版社，2010年）

陳平原：《小說史：理論與實踐》（北京：北京大學出版社，
　　2010年）

陳平原：《中國小說敘事模式的轉變》（北京：北京大學出版社，2010年）

陳平原、夏曉虹編：《二十世紀中國小說理論資料》（北京：北京大學出版社，1997年）

陳緒石：《海派文學與中國傳統文化》（杭州：浙江大學出版社，2012年）

范伯群：《多元共生的中國文學的現代化歷程》（上海：復旦大學出版社，2009年）

范伯群編：《周瘦鵑文集》（上海：文匯出版社，2011年）

范伯群：《禮拜六的蝴蝶夢：論鴛鴦蝴蝶派》（北京：人民文學出版社，1989年）

范伯群、孔慶東：《20世紀中國通俗文學史》（北京：高等教育出版社，2006年）

馮沛齡：《電影月報：1928年4月-1929年9月》（上海：上海社會科學院出版社：2011年）

耿傳明：《決絕與眷戀：清末民初社會心態與文學轉型》（上海：復旦大學出版社，2010年）

哈佩：《電影技術基礎》（北京：中國電影出版社，1980年）

韓南著，徐俠譯：《中國近代小說的興起》（上海：上海教育出版社，2004年）

黃遵憲：《日本國志》（羊城富文齋改刻本）

胡朝雯：《媒介文化視域下的報人小說：1920-1929》（北京：新華出版社，2012年）

胡霽榮：《中國早期電影史1896-1937》（上海：上海人民出版社2010年）

江邊：《20世紀中國文學流派》（青島：青島出版社，1992年）

姜國：《南社小說研究初探》（長春：吉林大學出版社，2012年）

姜進主編：《都市文化中的現代中國》（上海：華東師範大學出版社，2007年）

勒龐著，馮克利譯：《烏合之眾—大眾心理研究》（北京：中央編譯局出版社，2000年）

梁啟超：《梁啟超全集》，（北京：北京出版社，1999年）

梁啟超：《李鴻章傳》（天津：百花文藝出版社，2000年）

李歐梵：《現代性的追求》（北京：三聯書店，2000年）

李歐梵著，毛尖譯：《上海摩登》（北京：北京大學出版社，2001年）

李歐梵：《李歐梵自選集》（上海：上海教育出版社，2002年）

林紓：《林紓選集‧小說卷》（成都：四川人民出版社，1985年）

林毓生著，穆善培譯：《中國意識的危機：「五四」時期激烈的反傳統主義》（貴陽：貴州人民出版社，1986年）

劉鐵群：《現代都市未成型時期的市民文學：〈禮拜六〉雜誌研究》（中國社會科學出版社，2008年）

魯迅：《魯迅全集》（北京：人民文學出版社，2005年）

陸弘石：《中國電影史1905-1949：早期中國電影的敘述和記憶》（北京：文化藝術出版社，2005年）

陸澹安著，陸康編：《陸澹安文存》（上海錦繡文章出版社，2010年）

梅雯：《破碎的影像與失憶的歷史》（北京：中國電影出版社2007年）

米列娜編，伍曉明譯：《從傳統到現代：19至20世紀轉折時期的中國長篇小說》（北京：北京大學出版社，1991年）

魯迅：《中國小說史略》（上海：上海古籍出版社，1998年）

羅崗：《敘事學導論》（昆明：雲南人民出版社，1994年）

羅蘇文：《滬濱閒影》（上海：上海辭書出版社，2004年）

芮和師等編：《鴛鴦蝴蝶派研究資料》（廈門：福建人民出版社，1984年）

薩杜爾：《世界電影史》（北京：中國電影出版社，1982）

史書美著，何恬譯：《現代的誘惑：書寫半殖民地中國的現代主義（1917-1937）》（南京：江蘇人民出版社，2007年）

托馬斯・庫恩著，金吾倫、胡新和譯：《科學革命的結構》（北京：北京大學出版社，2003年），頁70。

錢玄同：《錢玄同文集》（北京：中國人民大學出版社，1999年）

錢振綱：《清末民國小說史論》（石家莊：河北人民出版社，2008年）

錢鍾書等：《林紓的翻譯》（北京：商務印書館，1981年）

汪蔚甫編：《小說郛・第一集》（上海：廣益書局，1917年5月）

王德威：《想像中國的方法：歷史・小說・敘事》（北京：三聯書店，1998年）

王德威：《被壓抑的現代性》（北京：北京大學出版社，2005年）

王志毅編：《周瘦鵑研究資料》（天津：天津人民出版社，1993年）

魏紹昌編：《鴛鴦蝴蝶派研究資料・史料部分》（上海：上海文藝出版社，1962年）

溫尚南：《姑蘇影人》（蘇州：古吳軒出版社，2012年）

吳貽弓等主編：《上海電影志》（上海：上海社會科學出版社）

夏志清：《中國現代小說史》（香港：友聯出版社，1982年）

熊月之主編：《上海通史・民國文化》，《上海通史》第10卷（上海：上海人民出版社，1999年）

徐蜀、殷夢霞等編：《民國時期電影雜誌彙編》（北京：國家圖書館出版社，2013年5月）

許紀霖、羅崗等，《城市的記憶：上海文化的多元歷史傳統》（上海：上海書店出版社，2001年）

雅各·盧特著，徐強譯：《小說與電影中的敘事》，（北京：北京大學出版社，2011年）

楊玉峰：《南社著譯敘錄》（香港：中華書局，2012年）

袁進編：《鴛鴦蝴蝶派散文大系》（上海：東方出版中心，1998年）

趙家璧主編：《中國新文學大系》（上海：上海良友圖書印刷公司，1935年）

張艷華：《新文學發生期的語言選擇與文體流變》（濟南：山東大學出版社，2009年）

張英進：《中國現代文學與電影中的城市：空間、時間與性別構型》（南京：江蘇人民出版社，2007年）

張英進編：《民國時期的上海電影與城市文化》（北京：北京大學出版社，2011年）

鄭逸梅：《南社叢談》（上海：上海人民出版社，1981年）

鄭逸梅：《藝壇百影》（鄭州：中州書畫社，1982年）

張真著，沙丹、趙曉蘭，高丹譯：《銀幕豔史：都市文化與上海電影1896-1937》，（上海：上海書店出版社）

趙稀方：《翻譯現代性：晚清到五四的翻譯研究》（天津：南開大學出版社，2012年）

中國人民政治協商會議唐山市委員會文史資料研究委員會編：《唐山文史資料第一輯》（唐山市政協文史資料研究委員會，1984）

中國戲曲志編輯委員會：《中國戲曲志‧上海卷》（北京：中國
　　ISBN中心，1996年）

周蕾：《婦女與中國現代性》（上海：上海三聯書店，2005年）

樽本照雄：《新編增補清末民初小說目錄》（濟南：齊魯書社，
　　2002年）

B）參考論文

陳建華：〈論周瘦鵑「影戲小說」─早期歐美電影的翻譯與文
　　學文化新景觀〉，《現代中文文學學報》，第10卷第2期
　　（2011年7月），頁150-173。

陳建華：〈文人從影──周瘦鵑與中國早期電影〉，《電影藝
　　術》，第342期（2012年第1期），頁131-137。

胡文謙：〈影戲：「影」、「戲」與電影藝術：中國早期電影
　　觀念研究〉，《首都師範大學學報》，第199期（2011年第2
　　期），頁100-105。

李斌、曹燕寧：〈鴛鴦蝴蝶派文人觀影活動研究〉，《電影文
　　學》，第11期（2010年），頁12-14。

李斌：〈早期電影對通俗文學的影響〉，《重慶大學學報（社會
　　科學版）》，第24卷第2期（2010年3月），頁100-105。

柳存仁：〈論鴛鴦蝴蝶派〉《人文中國學報》第五期（1998年4
　　月），頁1-21。

王健：〈電影初入─上海都市語境中的電影面貌：1896-1913〉，
　　《台大新聞論壇》，第12期（2013年4月），頁55-79。

英文部分

（排列次序按作者或編者姓名之英文字母）

Jay Leyda, *Dianying/Electric Shadows: An Account of Films and the Film Audience in China* (Cambridge, Mass.: The MIT Press)

Nick Browne(ed.), *New Chinese Cinemas: Forms, Identities And Politics* (Cambridge: Cambridge University Press, 1994)

Liu Ts'un Yan, *Chinese Middlebrow Fiction: From the Ch'ing and Early Republican Eras*, (Hong Kong: The Chinese University of Hong Kong Press, 1984)

Perry Link, *Mandarin ducks and butterflies: popular fiction in early twentieth-century Chinese cities* (Berkeley: University of California Press, 1981)

秀威經典　　　　　語言文學類　PG1797　新視野41

紙上銀幕：民初的影戲小說

作　　者/邵　棟
責任編輯/辛秉學
圖文排版/楊家齊
封面設計/楊廣榕

出版策劃/秀威經典
發 行 人/宋政坤
法律顧問/毛國樑　律師
印製發行/秀威資訊科技股份有限公司
　　　　　114台北市內湖區瑞光路76巷65號1樓
　　　　　電話：+886-2-2796-3638　傳真：+886-2-2796-1377
　　　　　http://www.showwe.com.tw
劃撥帳號/19563868　戶名：秀威資訊科技股份有限公司
　　　　　讀者服務信箱：service@showwe.com.tw
展售門市/國家書店（松江門市）
　　　　　104台北市中山區松江路209號1樓
　　　　　電話：+886-2-2518-0207　傳真：+886-2-2518-0778
網路訂購/秀威網路書店：http://www.bodbooks.com.tw
　　　　　國家網路書店：http://www.govbooks.com.tw

2017年8月　BOD一版
定價：300元
版權所有　翻印必究
本書如有缺頁、破損或裝訂錯誤，請寄回更換

國家圖書館出版品預行編目

紙上銀幕：民初的影戲小說 / 邵棟著. -- 一版.
-- 臺北市：秀威經典, 2017.08
　　面；　公分
BOD版
ISBN 978-986-94686-6-4(平裝)

　1. 中國小說　2. 通俗小說　3. 電影文學　4. 文
學評論

820.9708　　　　　　　　　106008010

讀者回函卡

感謝您購買本書，為提升服務品質，請填妥以下資料，將讀者回函卡直接寄回或傳真本公司，收到您的寶貴意見後，我們會收藏記錄及檢討，謝謝！
如您需要了解本公司最新出版書目、購書優惠或企劃活動，歡迎您上網查詢或下載相關資料：http:// www.showwe.com.tw

您購買的書名：_____

出生日期：_____年_____月_____日

學歷：□高中 (含) 以下　　□大專　　□研究所 (含) 以上

職業：□製造業　□金融業　□資訊業　□軍警　□傳播業　□自由業
　　　□服務業　□公務員　□教職　　□學生　□家管　　□其它____

購書地點：□網路書店　□實體書店　□書展　□郵購　□贈閱　□其他

您從何得知本書的消息？

　□網路書店　□實體書店　□網路搜尋　□電子報　□書訊　□雜誌
　□傳播媒體　□親友推薦　□網站推薦　□部落格　□其他_____

您對本書的評價：（請填代號　1.非常滿意　2.滿意　3.尚可　4.再改進）

　封面設計____　版面編排____　內容____　文／譯筆____　價格____

讀完書後您覺得：

　□很有收穫　□有收穫　□收穫不多　□沒收穫

對我們的建議：_____

_____

_____

_____

11466
台北市內湖區瑞光路 76 巷 65 號 1 樓

秀威資訊科技股份有限公司　　　收

BOD 數位出版事業部

⋯⋯⋯⋯⋯⋯⋯⋯⋯⋯⋯⋯⋯⋯⋯⋯⋯⋯⋯⋯⋯⋯⋯⋯⋯⋯

（請沿線對折寄回，謝謝！）

姓　　名：＿＿＿＿＿＿＿＿＿　年齡：＿＿＿＿＿　性別：□女　□男

郵遞區號：□□□□□

地　　址：＿＿＿＿＿＿＿＿＿＿＿＿＿＿＿＿＿＿＿＿＿＿＿＿＿

聯絡電話：(日) ＿＿＿＿＿＿＿＿＿＿＿＿ (夜) ＿＿＿＿＿＿＿＿＿＿＿

E-mail：＿＿＿＿＿＿＿＿＿＿＿＿＿＿＿＿＿＿＿＿＿＿＿＿＿＿＿